ELIGE TU PROPIA AVENTURA®

HÉROES Y MONSTRUOS

NETFLIX

STRANGER THINGS

GRANTRAVESÍA

HÉROES Y MONSTRUOS

NETFLIX

STRANGER THINGS

GRANTRAVESIA

ELIGE TU PROPIA AVENTURA®

HÉROES Y MONSTRUOS

NETFLIX

STRANGER THINGS

Rana Tahir

Ilustraciones de Patrick Spaziante
y Katherine Spaziante

GRANTRAVESÍA

STRANGER THINGS: HÉROES Y MONSTRUOS. ELIGE TU PROPIA AVENTURA

Título original: *Stranger Things: Choose Your Own Adventure. Heroes and Monsters*

Publicado según acuerdo con Random House Children's Books, una División de Penguin Random House LLC

Traducción: Táibele Ha'

Ilustraciones de portada e interiores: Patrick Spaziante y Katherine Spaziante

D.R. © 2023, Editorial Océano de México, S.A. de C.V.
Guillermo Barroso 17-5, Col. Industrial Las Armas
Tlalnepantla de Baz, 54080, Estado de México
www.oceano.mx
www.grantravesia.com

Primera edición: 2023

ISBN: 978-607-557-803-3

A todos los soñadores, esto es para ustedes.
Permitan que su vida sea tan extraña y maravillosa como sus sueños.
A mi yo más joven: tus sueños se están haciendo realidad.
Gracias por traerme hasta aquí.

¡ATENCIÓN!

Este libro es distinto de otros libros.

Tú y SÓLO TÚ estás a cargo de lo que sucede en la historia.

Hay peligros, elecciones, aventuras y consecuencias. Deberás usar TUS numerosos talentos y mucho de TU inmensa inteligencia. La decisión equivocada podría terminar en desastre… e incluso, muerte. Pero no te desanimes. En cualquier momento, puedes dar marcha atrás y tomar una opción distinta, alterar el camino de TU historia y cambiar su resultado.

Eres un estudiante de escuela de California. Te estás preparando para asistir a un seminario de periodismo en un pueblo distante durante tus vacaciones de primavera, cuando de pronto conoces a una problemática estudiante con un pasado misterioso. ¿Eliges ayudarla o continúas con tu viaje a Hawkins, Indiana? ¡Lo que sea que elijas, pronto te encontrarás inmerso en una inesperada aventura que te llevará a un mundo de operaciones secretas del gobierno, poderes psíquicos, mundos paralelos y hasta monstruos vengativos!

Es el inicio del día previo a las vacaciones de primavera en la Escuela Secundaria Lenora Hills. Estás atrapado en la sala del periódico escolar con el jefe de redacción, escuchando su interminable sermón sobre tus obligaciones en el periódico. Te encantaría poner los ojos en blanco, pero justo ahora necesitas fingir que estás poniendo atención.

—No me has entregado el nombre para tu próximo perfil de nuevo estudiante —dice, disimulando apenas el desdén que siente por ti.

—¿No hay otra cosa que pueda hacer? Soy un buen escritor y en verdad podría investigar a fondo una historia más interesante, si me das la oportunidad, en lugar de estas tonterías —le recuerdas por millonésima vez.

—No empecemos con esto otra vez —frunce el ceño—. Mira, o me das un nombre para el final del día o estás fuera del periódico.

Después de eso, te ordena que salgas de la sala. Gruñes al salir y avanzas pisando fuerte por el pasillo, entre caras sonrientes, ansiosas por el próximo descanso. La energía es contagiosa, y te sientes más ligero. Al menos, hay algo que esperas con ansias en estas vacaciones: ¡una verdadera conferencia para estudiantes periodistas en otro estado! Podrás viajar en avión por primera vez y conocer a estudiantes de todo el país. Quizás entonces alguien te tome a ti y a tu trabajo en serio. Esperas que ese alguien sea el anfitrión y organizador de la conferencia, Fred Benson. Por ahora, te diriges a clase soñando despierto con la conferencia que te espera en Hawkins, Indiana.

Continúa en la siguiente página.

2

Te diriges al patio. El día ya está llegando a su fin y todavía no has encontrado a una persona para el perfil del periódico, pero a estas alturas en realidad ni siquiera te importa. Un grito atrae tu atención; una multitud está reunida alrededor de unos estudiantes de primer año. Una de ellas está de rodillas después de haber caído, al parecer; las miradas engreídas de las chicas que están de pie junto a ella dejan claro que la hicieron tropezar a propósito. La chica en el suelo se levanta y grita:

—¡Angela!

Extiende una mano hacia el frente, en garra, y grita. Hay un momento de silencio, y luego la multitud estalla en carcajadas ante el absurdo espectáculo. Una profesora se abre paso a través de la multitud y se lleva a la chica, Angela, mientras los demás comienzan a moverse otra vez. La chica extraña está acompañada por un chico, que trata de consolarla mientras recogen las piezas de un proyecto escolar, un diorama, hecho pedazos. Escuchas un fragmento de su conversación.

—Lo arreglaremos, okey... —dice el chico.

Los ojos como de venado de la chica están llenos de lágrimas, y se te parte el corazón. Más allá de su extraño grito, parece indefensa y asustada. Podrías simplemente alejarte; necesitas ir a casa y prepararte para el viaje. Ésa ha sido la única cosa que te ha mantenido motivado a lo largo de esa aburrida semana. Pero sientes lástima por la chica. Podrías ir a hablar con ella; parece que el chico que está con ella no es capaz de consolarla. ¡Te das cuenta de que es nueva en la escuela y necesitas a una persona para tu perfil! ¿Vas a hablar con ella?

Si eliges hablar con ella, continúa en el número 4.

Si eliges prepararte para tu viaje a Hawkins, Indiana,
continúa en el número 74.

4

—Toma, déjame ayudarte —te agachas para levantar la mitad inferior de un hombre de arcilla vestido con un uniforme marrón y se la entregas a la chica—. Lamento que te haya pasado esto. Los *bullies* son una lata.

—¿Como los zopencos? —pregunta ella genuinamente.

Ríes.

—Sí, puedes decirles así... muchos *bullies* son unos zopencos.

—Como los chicos que le decían Chico Zombi a Will.

—¡Ce!

—¿Chico Zombi? Ése es un insulto raro —observas al chico, Will, con curiosidad. Está claro que él quiere evitar esa conversación, así que captas la indirecta—. Son nuevos en la escuela, ¿verdad? —ellos asienten—. ¿Ya leyeron la *Gaceta de Lenora Hills*? Estamos haciendo una serie de entrevistas con alumnos de aquí, sólo algunas cosas básicas para presentarlos. ¿Les interesaría ser entrevistados? Será genial.

Empiezas a ver un rayo de esperanza en los ojos de la chica.

—No creo que sea una buena idea —suelta Will—. De cualquier forma, tu novio estará aquí durante las vacaciones —comienza a alejarse.

—No supe cómo te llamas... —dices rápidamente y estiras tu mano hacia la chica para evitar que ella también se vaya. Te dice que su nombre es Jane—. Bueno, Jane, podría ser formidable para tu novio verte mientras eres entrevistada —sus ojos brillan. ¡Eso! ¡La tienes!—. Sí, quizás él también podría participar. Incluso podríamos poner una foto de ustedes dos juntos.

Jane accede rápidamente y hacen planes para encontrarse en Rink-O-Mania al día siguiente.

Continúa en la siguiente página.

You spin me right round, baby, right round... La música retumba con fuerza en Rink-O-Mania, pero no supera los sonidos de las risas, los gritos y alguna que otra caída. La bola de discoteca ilumina la pista. Jane lleva a Mike, su novio, de la mano hasta la pista. Tú vas detrás, intentando captar fragmentos de la conversación, pero al lado de Will, que sigue a la enamorada pareja con paso miserable.

—¿Así que tú, Mike y Jane crecieron juntos?

—Eh, no —responde Will, pero sigue distraído—. Mike y yo crecimos juntos, y conocimos a Ce... a Jane, quiero decir, hace unos años, y luego cuando Hop... quiero decir, cuando su padre murió en un incendio en el centro comercial, ella vino a vivir con mi familia y nos mudamos aquí.

Te das cuenta de que Will le dice *Ce* a Jane. Will se queda callado mirando a Jane y Mike. Hay nostalgia en sus ojos. No sabes qué pensar al respecto. Antes de que puedas preguntarle por el apodo, el grupo de patinadores sale de la pista para comer algo.

—¡Malteadas! ¡Yum! —Angela se acerca a su mesa—. ¿Dónde, tenías escondido a este hombre tan guapo?

Antes de que puedas registrar lo que está sucediendo, Angela tira de Jane hacia la pista. Will parece aterrado mientras uno de los chicos que van con Angela toma una malteada de la mesa y las sigue.

Continúa en la siguiente página.

6

Corres a la pista. Las luces se desvanecen y un reflector ilumina a Jane mientras Angela lidera un grupo que patina amenazadoramente a su alrededor. Intentas empujarlos para abrirte paso, ¡pero es demasiado tarde! El chico lanza la malteada en la cara de Jane, y ella cae de espaldas, para diversión de la multitud.

—Qué mal que no puedas llorarle a la maestra hoy —se burla Angela—. Tendrás que ir a llorarle a tu papi a casa… Ay, no… ni eso tienes —Angela se aleja con una sonrisa despiadada.

¡No puedes creer que haya ido allí para burlarse de que el padre de alguien esté muerto! Jane toma un patín y marcha con fuerza hacia Angela. La persigues.

—¡Jane, no!

Estrella el patín en la cara de Angela. La chica herida se desploma sobre el suelo, se toca la cara, ve sangre en sus dedos y llora. Mike y Will corren hacia Jane.

Los ojos de Jane se ven vidriosos, como si estuviera en otro lugar. Te vas, ya no quieres involucrarte con esta chica.

Continúa en la siguiente página.

La luz del sol te despierta. Es un día brillante, y te sientes ilusionado con sólo pensar en dejar atrás lo que pasó ayer. Tu mamá ya está en el trabajo, así que estás solo en casa, comprobando y volviendo a comprobar que ya tienes todo listo para tu viaje a Hawkins, cuando escuchas un golpe en la puerta principal.

—¿Mamá? —quizás olvidó algo. Abres la puerta y encuentras a dos policías preguntando por ti—. ¿Pasa algo?

—Tienes que venir con nosotros. Estás bajo arresto por ataque y agresión —dice un oficial con brusquedad, mientras te saca por la puerta.

—¡Esperen! Debe haber un error. ¡Yo no hice nada! —retrocedes, tratando de no dejar que te lleven.

—La víctima dijo que tú habías sido cómplice. Puedes explicar lo que quieras en la comisaría.

Antes de que te des cuenta ya estás en la patrulla. Todavía quedan algunas horas antes de tu vuelo, y sólo esperas regresar a tiempo para lograrlo. Porque, en realidad, tú no hiciste nada.

Continúa en la siguiente página.

8

—Gira a tu izquierda.

Lo haces e intentas mantener la cabeza en alto, pero lo único que quieres hacer es gritar de frustración. La cámara parpadea y tu sesión de fotos policiales termina. El oficial te lleva a otra habitación para esperar el transporte. Nada de lo que dijiste en la entrevista ayudó, y recordaste demasiado tarde que tal vez deberías haberte quedado callado y esperar a un abogado o a uno de tus padres. ¿Cuántas veces te dijo tu madre que debías conocer tus derechos y utilizarlos? Te sientas en un banco duro y reflexionas sobre ello.

La puerta se abre y otro oficial entra, seguido por... Jane. *¡Genial!* Cuando el oficial se va, Jane se inclina hacia ti.

—Lo siento mucho —susurra—. Traté de decirles que tú no hiciste nada, pero ellos dijeron que Angela había declarado algo diferente.

—Ahórratelo —apartas tu cuerpo de ella lo más que puedes en el rígido banco—. Ya se arruinó todo de cualquier forma.

La derrota te inunda. Adiós a las vacaciones de primavera. Una vez que tu mamá te saque de la cárcel, te pondrá bajo arresto domiciliario.

—Hora de moverse —grita un oficial a través de la puerta antes de entrar y llevarlos a ti y a Jane hasta una camioneta de la policía. ¡Vas a ir a la cárcel! Cuando la camioneta se aleja, ves a ese chico Mike a un lado de la carretera, mirando fijamente a Jane.

Continúa en la siguiente página.

Apoyas la cabeza contra el frío metal y observas fijamente el camino a través de las pequeñas ventanas selladas. Al menos, tendrás una columna más interesante de lo habitual para el periódico.

Sientes una sacudida cuando la camioneta se detiene bruscamente. Consigues incorporarte y gritas en dirección al conductor:

—¿Qué está pasando?

Jane se pone tensa. Parece lista para entrar en acción. Oyes el clic de la cerradura, y Jane empuja la puerta, golpea a un policía y aterriza de frente en el asfalto. Dos hombres la agarran y ella grita.

Un hombre de aspecto amable se pone frente a Jane y dice:

—Hola, niña —ella deja de luchar y camina lentamente hacia el hombre, como si estuviera hechizada.

¿Jane lo conoce?

—¿Qué hay de este chico? —una mujer de aspecto severo, vestida de traje, con el cabello corto y oscuro, asiente en dirección a ti.

—Él es un… —Jane te mira, luego se vuelve hacia el hombre— amigo.

El hombre suspira y asiente a los otros adultos. La mujer de aspecto severo te ofrece una mano y te lleva fuera de la camioneta, hacia un auto negro. Jane sigue al hombre a un auto diferente.

—¿Adónde me llevan? —la mujer no responde. No parece que tengas muchas opciones.

Continúa en la siguiente página.

Te llevan hasta un pequeño restaurante. Dentro, tú y Jane se sientan con el hombre. Una mesera toma su orden. Jane pide hot cakes.

El hombre lleva su atención hacia ti.

—Soy el doctor Owens. ¿Así que eres amigo de Jane?

—Mmm… correcto.

—Bueno, ahora tendrás que tomar una decisión, y lamento no poder darte más detalles. Necesito llevar a Jane conmigo, pero ella no irá hasta que sepa lo que pasará contigo. Tienes dos opciones: puedes venir con nosotros o puedes regresar a Lenora, pero no podrás ir a tu casa.

—Entonces, ¿adónde iría?

—A casa de los Byers —suspira—. Lo siento. No puedo decirte nada más.

Puedes ver una súplica en los ojos de Jane; lo que sea que esté sucediendo, ella está asustada. Después de lo que Jane le hizo a Angela, ¿es prudente ir con ella? ¿Y qué está sucediendo con los Byers?

Si eliges ir con Jane, continúa en la siguiente página.

Si eliges regresar a Lenora, continúa en el número 25.

El convoy que los conduce a ti y a Jane se detiene frente a misteriosa caseta de concreto, con sólo una puerta. Los llevan dentro, a un elevador.

—No habrán creído que trabajábamos en un cobertizo, ¿cierto? —pregunta Owens. El elevador se detiene y las puertas se abren a un gran pasillo de concreto—. ¿Saben qué es un ICBM? Son las siglas en inglés de un misil balístico intercontinental —continúa el doctor. Todos, incluido tú, pasan junto a los guardias. En tu mente destellan, como si fueran viejos carretes de películas en blanco y negro, las imágenes de nubes de hongos que alguna vez viste en la clase de historia—. Es un viejo espacio vacío, así que lo remodelamos para contener algo mucho más potente que un misil: tú —Owens apunta hacia Jane. Quieres preguntarle a qué se refiere.

—Hola, Once —Jane se detiene, pálida, mientras mira al hombre alto frente a ella. La respiración de Jane se vuelve más pesada, y la piel de gallina se hace visible en su cuello cuando el hombre se acerca lentamente; él sabe que ella le teme—. Te robaron tus dones. Y creo saber por qué. Volvamos a trabajar juntos, tú y yo. Padre e hija.

Continúa en la siguiente página.

12

—Creí que Will había dicho que tu padre murió en un incendio de un centro comercial —dices, sin pensar.

—Él no es mi... —Jane se esfuerza por hablar. Por fin, comprendes lo que significa oler el miedo.

El hombre pone su mano en el hombro de Jane. Ella lo empuja y corre por el pasillo, de regreso al elevador.

Sin pensarlo, vas detrás de ella. Tres guardias de seguridad le impiden el paso y la agarran. Ella forcejea, pero no es una rival para ellos. Una mujer con bata de laboratorio se acerca. Sostiene algo que parece una pistola con una jeringa unida y se la clava a Jane en el cuello. Ella se queda sin fuerzas.

—¿Qué le están haciendo? —gritas.

El hombre alto se acerca y te hace callar, luego se agacha para acunar a Jane entre sus brazos.

—Todo va a estar bien. Ya estás en casa.

La levanta y se aleja con ella.

Continúa en la siguiente página.

Owens sigue al hombre, pero tú tiras de su manga.

—¿Quién es él? ¿Qué le hizo a Jane?

—Él es… Su nombre es el doctor Brenner. A falta de una mejor palabra, es… un colega —un equipo con batas de laboratorio rodea a Jane y la visten con un traje blanco y una gorra a juego de la que sobresalen varios cables. En el centro de la habitación hay una gran máquina que se abre a un tanque. Observas cómo el equipo coloca a Jane en el agua.

—¿Qué están haciendo? —das un codazo a Owens, que observa a Jane con mirada afligida.

Brenner interrumpe.

—Estamos recuperando sus dones. Ésta es la única manera —entra en una sala de control desde donde se puede ver la máquina. En la sala hay varias pantallas y monitores. Puedes mirar a Jane dentro del tanque y un pequeño televisor que está en blanco.

—¿A qué se refiere con sus "dones"?

Brenner enciende algunos interruptores, y la máquina comienza a zumbar. El televisor en la sala de control comienza a reproducir algunas imágenes. Ves a una niña pequeña, con la cabeza rapada, vestida con lo que parece una bata de hospital.

—¿Ésa es…?

—Jane, hace años —responde Owens. Llevas la mirada de la pantalla del televisor a uno de los monitores donde se ve a Jane, la verdadera, flotando en un tanque—. Deberías irte. No necesitas ver esto.

Continúa en la siguiente página.

14

—Usted fue el que me trajo aquí, ¿lo recuerda? —replicas, sin apartar tus ojos de la pantalla. Hay otros niños como Jane en el video: niñas y niños de diversas edades, todos con las cabezas rapadas y vestidos con batas grises demasiado grandes. Están jugando en una habitación blanca con un arcoíris pintado en el piso y a lo largo de las paredes—. ¿Qué es esto?

—Un video de la cámara de seguridad de mi antiguo laboratorio —responde Brenner.

"Vaya, vaya, mira quién decidió finalmente acompañarnos", un hombre rubio con camisa y pantalones blancos se acerca al televisor donde aparece la pequeña Jane.

—¿Quién es ése? —le preguntas a Owens. No responde. Una máquina comenzó a emitir un pitido lentamente a medida que se conectaba y comenzó a garabatear gráficos en un largo papel—. ¿Qué es eso?

—Se encarga de hacer un seguimiento de su actividad cerebral y cardiaca —explica Owens, y luego se dirige hacia Brenner—. Ella lo está rechazando.

—Dale tiempo —dice Brenner, sereno.

—Creo que no deberíamos haberla lanzado. Se va a ahogar ahí —el video de seguridad se detiene.

—¿Ella está viendo el mismo video que nosotros? —preguntas a Owens.

—No exactamente —Owens gira hacia ti—. Nosotros estamos viendo el video. Ella… ella lo está reviviendo. Pero está rechazando los recuerdos —antes de que pueda añadir algo más, un hombre entra a la sala y lo saca.

Continúa en la siguiente página.

15

Brenner enciende un micrófono, le habla a Jane y reproduce en los altavoces música de ópera. Ella puede oírlo, pero no parece despierta. Brenner le está contando una historia a Jane, pero recuerdas cómo reaccionó frente a Brenner hace un rato. Nunca habías visto a alguien tan asustado. ¿Y por qué Brenner seguía llamándola *Once*? Recuerdas a Will llamando a Jane *Ce*. ¿Es una clase de apodo?

—Un recuerdo —dice la verdadera Jane, llamando tu atención.

—Muy bien —asiente Brenner.

—¿Cómo? —pregunta Jane.

—No importa cómo —desearías que Brenner contestara su pregunta, ansioso por saber qué le está haciendo a Jane.

Continúa en la siguiente página.

16

"Vaya, vaya, mira quién decidió finalmente acompañarnos". El video se reproduce nuevamente, muestra al hombre de blanco que habla con voz suave. "Te quedaste dormida esta mañana".

"Lo lamento". Escuchas a las dos: Jane en el tanque y la pequeña Jane hablan al mismo tiempo. "¿Estoy... en problemas?" Apenas puedes creer lo que estás presenciando. Observas las máquinas, los garabatos se han vuelto más lentos. En el televisor, un hombre abre la puerta y entra en la habitación. Es un doctor Brenner más joven. Todos los niños se forman en fila de inmediato.

"Buenos días, niños".

"Buenos días, papá", responden al unísono, junto con la verdadera Jane.

Escuchar la voz de Jane con los niños en la pantalla es discordante. ¿Está recordando lo que dijo? Te preguntas si, en lo más recóndito de tu propia mente, todo lo que alguna vez dijiste está almacenado en algún lugar fuera de tu alcance.

"Número Doce, ¿podrías abrir la puerta, por favor? Síganme, niños", dice el Brenner joven. ¿A todos los niños los nombran con números? Entonces, la cámara cambia del interior de la habitación al pasillo justo del otro lado de la puerta, donde los niños están formados.

Owens vuelve a la sala de control.

—¿Cómo está ella?

Brenner observa el tanque.

—Muy bien. Salió a flote.

—Bien —Owens se para a su lado—. Porque acabo de hablar con Stinson. No tenemos mucho tiempo.

—Bueno, entonces, ella tendrá que nadar más rápido.

Continúa en la siguiente página.

Te acercas a Owens.

—¿A qué se refiere con que no tienen mucho tiempo? ¿Qué está pasando?

—Es una larga historia, chico.

—¿Tiene algo mejor que hacer? —te das cuenta de que lo has convencido. Te lleva fuera de la sala y por el pasillo, hasta otra oficina.

—Siéntate —señala una silla mientras cierra la puerta y se sienta detrás de un escritorio—. ¿Qué sabes exactamente de Once?

—Considerando que acabo de descubrir que su nombre es *Once*, no mucho. Conocí a Jane, quiero decir, a Once, un día antes de conocerlo a usted —te inclinas hacia atrás—. Usted está dando rodeos. ¿Qué está pasando?

—Entonces, me escuchaste decir antes que Once era poderosa. Pero sus poderes desaparecieron. Estamos tratando de recuperarlos.

—¿Por qué? —por lo general, cuestionarías la idea de que una persona tenga superpoderes, pero este laboratorio no estaría aquí si eso fuera un engaño.

Te muestra una foto de una chica en uniforme de porrista.

—Hace unos días, esta chica fue asesinada en Hawkins, Indiana. Su nombre era Chrissy Cunningham. Luego, un chico fue asesinado de manera similar al día siguiente. Su nombre era Fred Benson.

Continúa en la siguiente página.

18

No puedes creerlo.

—Espere, ¿Fred está muerto?

—¿Cómo? ¿Lo conoces? —Owens no puede ocultar su mirada conmocionada.

—Yo... no lo conozco. Quiero decir, nunca lo vi en persona. Se suponía que él debía recibirme cuando llegara a Hawkins donde habrá una conferencia de periodismo para estudiantes a la que yo asistiría.

—Lamento que hayas tenido que enterarte de esta manera —Owens te observa, preocupado—. Pero deberías estar muy contento de no encontrarte en Hawkins en este momento.

—¿A qué se refiere?

Owens pellizca el puente de su nariz y suspira.

—Chrissy y Fred no fueron asesinados en... las... las formas habituales. Fueron asesinados por alguien con poderes, como los que Ce tenía.

—Entonces, ¿necesitan que ella recupere sus poderes para que ustedes consigan encontrar al que los mató?

—No exactamente —Owens se inclina hacia atrás; su silla rechina—. Sabemos quién los mató, pero Once todavía no. Ella es la única que puede vencerlo, pero...

—Pero necesita sus poderes para hacerlo.

—Así es. No tenemos mucho tiempo. Cuando Chrissy fue asesinada, se abrió un portal.

—¿Un portal?

—Un portal entre nuestro mundo y uno que llamamos el Mundo del Revés, otra dimensión donde está el asesino. Creemos que él está tratando de abrir muchos portales, pero no sabemos la razón y no podemos hacer nada al respecto sin Ce.

Continúa en la siguiente página.

Owens pasa la mano por su cabeza.

—Pero ésa no es la única razón por la que tenemos poco tiempo.

—¿A qué se refiere?

—Hay personas en el gobierno que piensan que Ce es el peligro, y la están buscando. ¿Recuerdas cuando te dije que, si no venías con nosotros, tendrías que quedarte en la casa de los Byers? —tú asientes—. Algunos agentes gubernamentales acaban de entrar en la casa de los Byers. Jonathan, Mike y Will están desaparecidos, junto con dos de los agentes que designamos para protegerlos. Sabemos que los chicos no fueron capturados, pero más allá de eso, no tenemos idea de dónde podrían estar. Si ya dieron con la casa de los Byers, sólo es cuestión de tiempo para que también nos encuentren.

—Entonces, ¿Jane necesita recuperar sus poderes y derrotar a este asesino superpoderoso antes de que el gobierno la atrape a ella?

—Veo que entiendes el dilema en el que nos encontramos.

—Pero ¿por qué mostrarle viejos recuerdos? ¿Cómo le ayuda eso para recuperar sus poderes?

—No tengo idea. Ésa es la especialidad del doctor Brenner. Si hubiera podido hacer esto sin él, créeme, lo habría hecho —está claro que no hay mucho afecto entre Owens y Brenner. Jane también parecía aterrorizada de él.

Una mujer irrumpe en la oficina.

—Doctor Owens, lo necesitamos.

Owens sale corriendo y tú lo sigues.

Continúa en la siguiente página.

20

En la sala de control, la gente está corriendo por todas partes. La máquina que viste hace rato está garabateando frenéticamente.

—¿Qué está pasando? —Owens mira a Brenner.

La mujer responde.

—Ella está entrando en paro cardiaco.

—Entiendo, es suficiente. Sáquenla —dice Owens con firmeza. Brenner lo ignora—. ¡Sáquenla! —los otros obedecen las órdenes de Owens. El tanque se abre y llevan a Jane a una mesa. Un médico toma un desfibrilador.

—¡Despejado! —presiona las paletas sobre el pecho de Jane y le da una descarga. No hay respuesta—. ¡Otra vez!

La segunda descarga despierta a Jane. Balbucea y tose. Un hilo de sangre corre desde su nariz.

—Tranquila. Te tomará tiempo ajustarte —le dice Brenner a Jane calmadamente—. Pero ahora estás segura.

De pronto, Jane toma una de las paletas y la estrella contra la cara de Brenner. Salta de la mesa y luego corre por el pasillo. Vas detrás de ella. ¡Se dirige al elevador!

—¡Jane! ¡Espera! —la llamas.

Tres guardias de seguridad te cortan el paso y rodean a Jane. La sujetan y la empujan hasta ponerla de rodillas.

Intentas apartar a uno de los guardias. Jane grita. Una de las lámparas del techo estalla en una cascada de chispas y eres lanzado hacia atrás. Tu cabeza choca con algo mientras el caos estalla a tu alrededor.

Si intentas ayudar a Jane, ve al número 22.

Si eliges mantenerte al margen, ve al número 23.

22

En medio de la oscuridad y la confusión, te llevan a una pequeña habitación. Lentamente, te levantas, con la cabeza palpitante. Intentas acordarte de lo que pasó… lo último que recuerdas es… ¡Jane usó sus poderes! ¡Funcionó! Los recuperó. Balanceas tus piernas a un costado de la cama y sientes el frío del metal golpear tu tobillo. Bajas la mirada y descubres una cadena que mantiene atado tu pie derecho a la cama.

—¿Hola? ¿Hay alguien afuera? ¿Jane? ¿Owens?

—Ellos no pueden oírte —una voz que reconoces se escucha a través de una bocina.

—Doctor Brenner, ¿dónde estoy? ¿Dónde están Jane y Owens?

—Regresaron a la otra área del laboratorio, siguen trabajando en el Proyecto NINA, y están de luto.

—¿De luto? —se te eriza la piel—. ¿Alguien… alguien más murió en Hawkins?

—Oh, no, no en Hawkins. Fue justo aquí —la voz de Brenner se escucha inquietantemente tranquila—. Pobre Once… ella no quería lastimar a su nuevo amigo, pero sus poderes… no pudo controlarlos. Y ahora cree que estás muerto. Once me necesita ahora para ayudarla a controlar sus poderes, para que asegurarme de que no vuelva a suceder algo como esto. Al fin está en casa con su papá. Eso significa que te quedarás aquí indefinidamente.

—¡Usted no puede hacer esto! —gritas—. ¿No es usted su padre? ¿No le importa Jane?

—Ella me importa, me preocupo por ella. Me importan *todos* mis hijos.

Fin

Jane grita… ¡y la habitación explota! Los focos estallan, caen chispas del techo y los tres guardias retroceden. Owens te alcanza y te lanza hacia atrás.

—¿Éstos son sus poderes?

—Algunos —responde él—. Los más explosivos.

—¿Tiene más? —justo en ese momento Jane se levanta y se gira hacia ti y Owens. La conmoción se evidencia en su rostro.

—Mis… mis poderes… —se mira las manos.

Recuerdas la expresión de su cara cuando le gritó a Angela en la escuela. ¿Era esto lo que intentaba hacer?

—Ahora ves que está funcionando. Vamos, Once —Brenner extiende su mano—. Volvamos. Todavía necesitas ver un recuerdo más. La verdad.

—Lo que vi… —Jane duda—. La sangre, mucha sangre. ¿Y si… y si no quiero recordar?

No había sangre en el video de seguridad. ¿De qué está hablando?

—Debes hacerlo, Once —dice Brenner con firmeza.

Jane toma la mano de Brenner y vuelve a entrar en el tanque. Brenner recupera un video etiquetado como 8 de septiembre de 1979, lo pone en la videograbadora y comienza a reproducirlo.

—¿Estás seguro de esto? —pregunta Owens a Brenner.

—Querías resultados —responde Brenner.

La tensión entre ellos es palpable. Algo tiene asustados a todos en la sala. Cuando se reproduce el video, lo ves. Notas un tatuaje en la muñeca del asistente rubio y te das cuenta de que en realidad es Uno, el primer niño psíquico de Brenner. Él se quita algo del cuello y recupera sus poderes. Luego, mata a todos hasta que Jane lo detiene y lo hace polvo.

Continúa en la siguiente página.

24

—Sus huesos… sus ojos… —dices entre jadeos.

—Es lo mismo que les pasó a Chrissy y a Fred.

Ahora sabes quién es el asesino: siempre ha sido Uno. Jane sale del tanque temblando, luego levanta los brazos y el tanque comienza a elevarse. Todos están demasiado aturdidos para hablar. Entonces, ella deja caer el tanque y el suelo se sacude.

—Lo lograste, Jane —dices en voz baja, llena de asombro.

En ese momento, Jane se da media vuelta y corre. La sigues hasta otra habitación. Abre la llave del lavabo, se sienta en la cama y se cubre los ojos. Intentas hablarle, pero ella te calla. Entonces, abre los ojos.

—¡Mis amigos están en peligro! Tenemos que ir a Hawkins ahora mismo.

Brenner irrumpe en la habitación, inyecta algo en el cuello de Jane, y ella pierde el conocimiento.

—¿Qué está haciendo? —gritas.

Brenner te empuja a un lado y saca a Jane de la habitación. Justo entonces suena una alarma. Se oyen disparos. ¡Ya encontraron la base secreta!

Brenner sale corriendo por la puerta, llevando a Jane consigo. Lo persigues por unas escaleras que conducen al exterior, donde un helicóptero se cierne sobre ti. Te agachas, los disparos pasan zumbando junto a tu cabeza.

Una bala alcanza a Brenner y éste cae. Intentas arrastrarte hacia Jane, pero el caos a tu alrededor lo hace difícil. Jane lentamente se pone de pie y levanta las manos. Grita y usa sus poderes para hacer que el helicóptero se desplome y quede envuelto en una ardiente llamarada. Corres hacia ella.

—¡Jane, debemos escapar!

De pronto, ves una camioneta de Pizza Surfer Boy que se dirige a toda velocidad hacia ti.

Mike, Will y Jonathan están a bordo, con Argyle, un repartidor que te resulta familiar. Mientras tú y Jane suben, ellos dicen que su amiga Max está en serios problemas.

Continúa en el número 45.

25

Te encuentras en casa de los Byers con Jonathan, Will y Mike; es tarde, por la noche. Stinson, la mujer que te trajo después del encuentro con Owens, está sentada frente a ti, explicando la situación. Una estudiante, Chrissy Cunningham, fue asesinada en Hawkins, y el pueblo entero está en peligro.

—Perdón. Me está costando mucho trabajo entender esto —Jonathan no puede ocultar la frustración en su voz—. Exactamente, ¿qué está pasando en Hawkins? ¿Qué cosa es responsable de los asesinatos?

—Eso tratamos de determinar —responde Stinson.

—¿Dónde está Once? —repite Mike su pregunta.

—Con Owens —respondes. Mike te mira—. Yo estaba con ellos. Pero elegí regresar aquí.

—De acuerdo, ¿dónde está Once ahora mismo?

—Por seguridad es mejor que no lo sepan. Está trabajando para recuperar sus poderes y ayudar a sus amigos en Hawkins —explica Stinson.

Mike se levanta frustrado.

—¿Cuánto tiempo tardará? —Jonathan intenta hacer avanzar la conversación.

—No sé. Semanas, o meses…

—¡Meses! —Will aprieta el puño—. ¡Nuestros amigos viven en Hawkins!

—¡Mi familia vive en Hawkins! —Mike golpea el sofá.

—Y yo trataré de contener la situación hasta que Once esté lista. Mientras tanto, es de vital importancia que no hablen con nadie sobre esto.

Mike intenta decir algo, pero ella lo interrumpe.

Continúa en la siguiente página.

—Hay facciones en nuestro gobierno que trabajan directamente en contra de Once… que, de hecho, la están buscando en este momento. No podemos arriesgarnos, si ellos se enteran de cualquier cosa, pondremos en riesgo a Once. Y si ella está en riesgo, sus amigos también, igual que tu familia. Once confió en nosotros; les pedimos que hagan lo mismo —Stinson mira a Mike, toma aliento—. Los agentes Harmon y Wallace estarán aquí para protegerlos. Esto es para ti —saca una carta del bolsillo de su saco y se la entrega a Mike. Él corre de inmediato escaleras arriba para leerla. Stinson se va, y ahora tú estás bajo arresto domiciliario.

La mañana transcurre rápidamente. Harmon y Wallace se pasan la mayor parte del día sentados frente al televisor, viendo golf. Subes las escaleras y llamas a la puerta de Will.

—Adelante —responde.

Dentro, Will está lanzando una pelota. Mike está sentado en la cama.

—Es que no creo que lo hayan pensado muy bien —dice Will mientras camina—. Si esto sigue así por semanas o meses y nadie puede contactarnos, se preocuparán mucho.

—Sí, mamá se preguntará dónde estoy cuando no regrese de las vacaciones —dices y te sientas en el suelo.

—Sí —murmura Mike, mirando la carta que recibió de Jane anoche. Will lo mira con tristeza.

—Aunque sigas mirándola, no va a cambiar, ¿entiendes?

Jonathan entra en la habitación.

—Por eso no podemos quedarnos —cierra la puerta detrás de él.

Continúa en la siguiente página.

—Escuchen —Jonathan toma la silla del escritorio de Will y se sienta—. Supongamos que los amigos de Owens dicen la verdad. No podemos llamar a Hawkins sin alertar al ejército y poner a Ce en peligro. Bien. Entonces, nosotros iremos.

—¿Iremos a Hawkins? —Mike se inclina más.

—¿Cómo? —pregunta Will—. No tenemos auto y tampoco dinero.

—Conseguiremos transporte, uno barato —Jonathan sostiene un cupón de Pizza Surfer Boy.

Mike y Will asienten con la cabeza y bajan para pedir la pizza.

—Mira, si quieres quedarte aquí, está bien. Nosotros tenemos que llegar a Hawkins para ayudar a nuestros amigos —dice Jonathan, mirándote.

No sabes qué hacer. Una parte de ti sabe que quedarse aquí es más seguro que irse, y no le debes nada a Jane ni al resto de ellos. Por otra parte, ¿el truco de Jane en Rink-O-Mania te salvó de un destino peor en Hawkins? Según los anuncios de Pizza Surfer Boy, tienes treinta minutos o menos para tomar tu decisión.

Continúa en la siguiente página.

Suena el timbre. Llegó la pizza. Todavía no has tomado una decisión. Los chicos están ansiosos por salir de la casa y dirigirse a Hawkins. *¡Bang!* Escuchas un disparo.

—¿Qué carajos fue eso? —Jonathan se dirige rápidamente a la puerta de la recámara—. ¡Quédense aquí! —corre al pasillo, y se escuchan más disparos—. ¡Debemos irnos, debemos irnos ahora! —grita.

La ventana se hace añicos, y ves a alguien empujando para entrar. Jonathan agarra a Will y lo lleva hacia el pasillo. Mike y tú los siguen.

—¡Corran! ¡Corran! —grita Jonathan.

Harmon les hace un gesto para que vayan hacia él mientras los cubre.

—¡Síganme! —grita Harmon por encima del ruido de los disparos. Se mueve a la puerta de atrás, pero ésta se abre de golpe. Más soldados entran, disparando. Harmon está cojeando cuando te agarra y pone un bolígrafo en tu mano—. ¡No pierdas esto! ¡Llama a NINA!

—¡La camioneta de las pizzas! —grita Jonathan. Corre y golpea la ventana del conductor—. ¡Détente!

Argyle está en el asiento del conductor.

—¿Qué demonios está pasando? ¿Eso es sangre de verdad, hermano?

Todos saltan a la camioneta. Jonathan entra y cierra la puerta del costado.

—¡Arranca! —le gritas a Argyle.

Él acelera.

Continúa en la siguiente página.

29

Levantas la mirada y te das cuenta de que un auto los persigue. Los demás también lo ven.

—¡Argyle, tienes que salirte de la carretera ahora! —grita Jonathan.

—¡Sal de la carretera! —gritas tú.

Él gira el volante, hacia la noche del desierto.

Tras perder a los atacantes, se detienen en un depósito de chatarra. Argyle se queda en la camioneta. Mike y Will se sientan en un auto descompuesto para hablar, sosteniendo el bolígrafo que Harmon les dio. Nadie sabe quién es Nina. Jonathan parece enfermo, mirando fijamente a la nada.

—Voy a dar un paseo —le dices.

Él asiente.

Sales a la carretera, eliges una dirección y comienzas a caminar. De alguna manera, un artículo para el periódico escolar se ha convertido en un arresto, un secuestro por parte de unos agentes, un arresto domiciliario y una huida de un tiroteo. Tienes ganas de vomitar. ¿Cómo salieron tan mal las cosas? Bajo un sol radiante, algo brilla a lo lejos. Llevas una mano hacia tus ojos a manera de visera. Es una cabina telefónica. Buscas en tus bolsillos y encuentras algunas monedas, suficientes para hacer una llamada. Si al menos pudieras ponerte en contacto con Stinson. Das una palmada en tu costado. ¡Por supuesto! De alguna forma, Stinson se enteró de que los estaban llevando a la cárcel a ti y a Jane. ¿Quizá conoce a alguien en la cárcel? Es una posibilidad remota, pero valdría la pena averiguarlo. Piensas en tu madre: tal vez esté esperando noticias tuyas, pensando que estás en Hawkins.

Si eliges llamar a la cárcel, continúa en la siguiente página.

Si eliges llamar a tu mamá, continúa en el número 64.

Por mucho que quieras asegurarle a tu madre que estás bien, algo más grande está en juego. Vale la pena intentarlo. Entras en la cabina telefónica y encuentras un ejemplar de la Sección Amarilla. Buscas el número de la cárcel, metes las monedas en el teléfono y marcas. ¡Alguien contesta!

—Por favor, proporcione el número de identificación de la persona con la que desea hablar —dice la voz al otro lado del teléfono, con tono aburrido.

—No tengo un número de identificación, pero su apellido es Stinson.

—¿Nombre?

—No lo sé. Sólo Stinson. Es amiga de Owens.

—No hay registro de un Stinson u Owens detenido aquí.

—¡No, no, ella no es una prisionera!

—No permitimos llamadas a guardias en esta línea. Por favor, cuelgue y…

—No, ella tampoco es una guardia. Es una agente. Necesito hablar con ella…

—Nada de llamadas de broma, niño —la línea se corta.

Golpeas el auricular contra el teléfono. Callejón sin salida. Arrancas la página del directorio telefónico y estás a punto de romperla en pedazos, pero entonces te detienes y la metes en tu bolsillo. Respiras hondo y regresas con los demás. Cuando llegas, ves a los chicos saltando alrededor con una sonrisa en la cara.

—¿Qué pasó? —corres hacia ellos.

—¡Lo tenemos! ¡El número de NINA! ¡Lo tuvimos todo el tiempo! Estaba en el bolígrafo —Mike sostiene un trozo de papel con un número escrito en él. ¡Al final, tal vez tu caminata no fue una pérdida de tiempo!

—¡Hay un teléfono cerca de aquí! —dices.

Todos se meten en la camioneta para ir a la cabina telefónica. La rodean mientras Will lee el número para Mike, quien comienza a marcar.

Continúa en la siguiente página.

—¿Está llamando? —pregunta Will.

Mike sacude la cabeza.

—No, sólo está haciendo ruidos raros.

Le extiende el auricular a Will.

—¿No te recuerda a algo? —le pregunta.

Will escucha.

—Juegos de guerra… No estamos llamando a una persona. Estamos llamando a una computadora.

Mike corre hacia la camioneta y toma un mapa de la guantera.

—Si es una computadora, necesitamos un *hacker* para encontrarla. Y la única *hacker* que conozco vive en Utah.

—¿Utah? —preguntan tú y Jonathan al mismo tiempo.

—En Salt Lake City, para ser preciso —continúa Mike.

—No puede ser, no puede ser —Will sonríe.

Todos se suben a la camioneta, ¡y parten con rumbo a Utah!

—Entonces, ahora que tenemos tiempo —dices, sentándote con Mike y Will en la parte de atrás—, cuéntenme todo —ambos te miran, inseguros—. Después de lo que ha sucedido en las últimas veinticuatro horas, creo que merezco saber qué está pasando.

—Ahora mismo me gustaría que Dustin estuviera aquí para contarlo —murmura Mike.

—Dustin es uno de nuestros amigos… en realidad, la persona a la que vamos a ver es su novia, Suzie. Fuimos yo, Once, Dustin y nuestro otro amigo, Lucas, quienes encontramos a Will cuando desapareció.

—¿Desapareció? —lo miras y recuerdas el día que conociste a Jane, cuando mencionó que Will había sido acosado. El apodo de Chico Zombi vuelve a tu memoria—. De acuerdo, empiecen por ahí.

Continúa en la siguiente página.

32

Si no fuera por lo que acabas de vivir, pensarías que toda la historia es un invento. Ahora no puedes negar la verdad. Will desapareció; fue entonces cuando Mike y sus amigos encontraron a Jane, que escapó de un laboratorio en Hawkins después de abrir por accidente un portal a otra dimensión, el Mundo del Revés. En este momento, tú mismo te sientes al revés. Las criaturas del otro lado te asustan. ¿Es esto lo que te esperaba en Hawkins?

—Si el portal que hicieron los rusos fue cerrado por Jane o Ce, entonces, ¿qué está pasando en Hawkins ahora?

—Tus suposiciones son tan buenas como las nuestras —añade Will.

—Dijeron que el Mundo del Revés tenía un Hawkins alterno. ¿Creen que haya una Lenora alterna allí? —te preguntas cuán lejos puede extenderse este peligro.

—No lo sé. Sólo he estado en el Mundo del Revés en Hawkins.

Will te mira con compasión.

Jonathan detiene la camioneta y cambia de lugar con Argyle para que él conduzca durante las próximas horas. Te recuestas en la parte de atrás y te quedas dormido al instante.

Continúa en la siguiente página.

Cuando despiertas, Jonathan está estacionándose frente a una gran casa. Puedes escuchar el caos que hay en su interior. Sales de la camioneta y estiras las piernas; las horas sentado han sido duras. Ya llegaron a Salt Lake City, Utah, y puedes suponer que éstan frente a la casa de Suzie.

—No puedo sentir mi trasero —dice Argyle al salir de la camioneta—. ¿Ustedes pueden sentir sus traseros?

—Todos tienen que comportarse muy bien —dice Jonathan mientras camina hacia la puerta principal.

—¿Por qué me miras cuando lo dices? —Argyle alcanza a Jonathan.

—Ellos son muy religiosos —explica Mike.

—Sí, y yo soy muy espiritual, amigo —insiste Argyle.

—Sí, me parece que ellos también, pero de otra manera.

Mike llama a la puerta. Se abre de golpe, y ve a un pequeño niño vestido sólo con pantalones cortos y cubierto de pintura, sostiene un arco y una flecha de juguete.

—Eh, hola. ¿Está Suzie en casa?

El niño grita y dispara una flecha que golpea a Mike justo entre los ojos. Entran y ven a un ejército de niños causando estragos; toda la casa es un desastre. El pequeño arquero corre hacia el interruptor de la luz y lo baja.

—¡Cornelius! —una chica mayor corre hacia el interruptor y lo sube de nuevo—. ¿Cuántas veces debo decírtelo? ¡No es un juguete! mira a Argyle a los ojos.

—¿Quiénes son ustedes?

—Estamos buscando a Suzie —interrumpes antes de que Argyle se presente.

—Tercer piso, segunda puerta a la izquierda.

Argyle se toma su tiempo antes de alejarse de ella.

Continúa en la siguiente página.

—Okey —dice Suzie después de escuchar la historia que inventaron—, es demasiada información. Porque... creo que en serio es la mayor locura que he escuchado —ahogas una carcajada; si ella supiera—. Entonces, me conecto a esta computadora y encuentro la ubicación de algo llamado Proyecto NINA, y el Proyecto NINA es el nombre clave para una consola de videojuegos.

—Y es para Dustin —añade Will.

—Haría lo que fuera por mi pastelito —Suzie suspira—. Pero me temo que ocurrió algo muy desafortunado. Estoy castigada y ya no tengo mi computadora.

—¿Dónde está? —preguntas. ¿En serio, vinieron hasta aquí para nada?

—Papá la tiene en su estudio —Suzie se retuerce las manos. La luz se apaga y luego vuelve, y se puede oír a la hermana mayor gritándole a Cornelius de nuevo—. Aunque... quizás haya una manera.

Te escondes con los demás, esperando a que empiece el plan. Cornelius apaga el interruptor y corta la corriente. La puerta del estudio se abre y el padre de Suzie sale y baja las escaleras. Los otros se escurren al interior del estudio, pero la luz vuelve demasiado rápido. Corres escaleras abajo y ves que él ya solucionó el problema del interruptor y está a punto de regresar a su estudio. Tienes que pensar rápido. Ves un poco de aceite de cocina cerca de ti, y unos patines abandonados.

Si eliges comenzar un incendio, continúa en la siguiente página.

Si eliges tratar de hacerlo tropezar, continúa en el número 47.

Tomas el aceite de cocina, un cubo de basura y un fósforo, y corres al pie de la escalera. Viertes un poco de aceite en el cubo, que está a medio llenar, prendes un fósforo y lo dejas caer dentro. Todo se enciende y corres escaleras arriba.

Golpeas la puerta.

—¡Hey, chicos, tienen que darse prisa! ¡Se nos acaba el tiempo! —oyes gritos abajo. El fuego ya llamó su atención. El padre de Suzie grita a los niños que se alejen del fuego. No pasará mucho tiempo antes de que use el extintor para apagarlo—. ¡Vamos! ¡Vamos!

La puerta del estudio se abre de golpe, y salen corriendo justo cuando su padre está subiendo las escaleras. Sales de la casa con los demás. Suzie les da una hoja impresa, sonriendo. La miran: las coordenadas.

—¡Funcionó!

—Gracias a ti —dice—. Nos diste el tiempo suficiente. Ahora, si me disculpan, tengo que ocuparme de Cornelius.

Suzie calla en ese momento. Te das media vuelta para ver a Argyle bajar de la camioneta, con la hermana de Suzie, que luce algo despeinada. Rápidamente te vuelves hacia Suzie.

—Gracias, Suzie. ¿Cómo nos ponemos en contacto contigo si necesitamos más ayuda?

Ella escribe su número en la hoja impresa y sonríe de nuevo.

—Saluda a mi pastelito de mi parte.

En poco tiempo, ya están en la carretera de nuevo, esta vez en dirección a Nevada, con las coordenadas que obtuvo Suzie.

—Vamos a hacerlo —dices entusiasmado—. ¡Vamos a encontrar el Proyecto **NINA**!

Continúa en la siguiente página.

36

Después de horas en la camioneta, por fin llegan a la frontera entre Nevada y Utah. Jonathan se detiene en una gasolinera para llenar el tanque, y tú aprovechas la oportunidad para estirar las piernas. Entras en la pequeña tienda y buscas los snacks. Tomas algunas bolsas de papas fritas, Airheads, Mars Men, Nerds y Razzles, junto con algunas botellas de Coca-Cola para mantener despiertos a Jonathan y Argyle durante el viaje, y un par de bidones de gasolina extra para el camino. Te acercas al mostrador y pagas todo.

—Están bastante lejos para una pizza a domicilio… —dice el dependiente.

Estás a punto de salir de la tienda cuando te fijas en otro auto. Es sospechosamente anodino, pero lo que llama tu atención es la persona en el asiento del pasajero, que sostiene unos binoculares apuntando hacia la camioneta. ¿Los están siguiendo? Levantas todo lo que acabas de comprar para cubrirte la cara, mientras te esfuerzas por caminar con calma hacia la camioneta.

Jonathan justo acaba de llenar el tanque.

—Jonathan —susurras, arrojando los snacks y los bidones de gasolina en la parte trasera—, creo que nos están vigilando.

—¿Vigilando? —se ve agotado, como si pudiera quedarse dormido de pie en cualquier momento.

Inclinas la cabeza hacia el otro auto, y él echa un vistazo.

—Sí, no creo que ésos sean amigos de Stinson. Tal vez están intentando seguirnos hasta NINA —Jonathan se dirige a los otros—. Tenemos que irnos ahora.

Continúa en la siguiente página.

Argyle se acomoda en el asiento del conductor y enciende la camioneta. El conductor del otro auto hace lo mismo.

—Argyle, cuando regreses al camino, gira a la izquierda —le dices.

Argyle luce confundido.

—Estoy bastante seguro de que Nevada está en la otra dirección, hermano.

—No podemos dejar que sepan en qué dirección vamos —haces la misma inclinación de cabeza hacia el otro auto que le hiciste a Jonathan.

Argyle voltea para mirar.

—¡No los mires! ¡Carajo! Nos están siguiendo.

—Ah, claro —Argyle asiente—. Espera, ¿son los malos del gobierno? —sus ojos se abren desmesuradamente.

—Ve a la izquierda, ¿de acuerdo? Y conduce con normalidad —le dice Jonathan.

Argyle sale de la gasolinera y gira. Después de unos segundos, el otro auto los sigue, aunque mantiene cierta distancia.

—Chicos… —grita Will, mirando por la parte trasera de la camioneta—. Ahora hay otro auto.

Te vuelves para ver el otro carril ocupado por un auto que iguala la velocidad del primero. Detrás de ellos, hay uno más. Tres autos, todos siguiéndolos lejos de NINA.

—No podemos continuar en esta dirección. Estamos perdiendo tiempo para llegar a Once —Mike te agarra del hombro.

Él tiene razón. Si tan sólo los están siguiendo, entonces se van a mantener así hasta que se den cuenta de que los están llevando a dar un paseo.

—Tenemos que perderlos.

—¿No sabrán que sabemos que ellos saben que nosotros sabemos que nos están siguiendo? —Argyle mira por el retrovisor.

—¿Qué? —preguntan todos al unísono.

Argyle ladea la cabeza.

—Estoy diciendo que si intentamos huir, ¿no tratarán de atraparnos los tipos malos del gobierno?

Es un buen argumento.

Hasta ahora, los otros autos no intentan rebasar a la camioneta porque no creen que ustedes sepan que los están siguiendo.

Continúa en la siguiente página.

Los autos los han estado siguiendo durante quince minutos y no hay ninguna señal de que vayan a dejar de hacerlo. Mike se siente frustrado, mientras la camioneta se aleja cada vez más de Once. Si ellos saben que Argyle los está conduciendo lejos de Jane, no han hecho ningún movimiento todavía.

—Están determinados a seguirnos hasta que los llevemos directo a Once, ¿cierto? —lanzas una mirada furtiva a los autos que se mantienen siguiéndolos desde lejos.

—Sí, ¿y? —Jonathan voltea para mirarte—. ¿Estás diciendo que tienes una idea?

—No exactamente. Pero como diría Sherlock Holmes: "El mundo está lleno de cosas obvias que nadie observa ni por casualidad".

—Entonces, ¿qué es lo obvio?

—Ellos necesitan seguirnos. Eso evidencia que no tienen idea de dónde está Once, lo cual es algo bueno. Y significa que estamos más presionados para que no nos atrapen. Si nos atrapan, quién sabe cómo podrían intentar sacarnos esa información.

—De acuerdo, todas estas cosas son obvias, pero ¿en qué nos ayuda ahora?

—Creo que nos arriesgamos. Este extraño equilibrio no nos está ayudando ni a nosotros ni a ellos. Tenemos que jugar nuestra mano y lidiar con las consecuencias —ves el encendedor de Argyle tirado en el suelo, luego miras los bidones de gasolina que compraste—. Necesitamos asegurarnos de que no podrán seguirnos.

—Estamos en una carretera sin nada alrededor —Will señala por la ventana—. ¿Qué va a impedir que nos sigan?

—¿Qué me dicen de eso? —Argyle asiente hacia una señal que anuncia una ciudad cercana.

Continúa en la siguiente página.

—Una ciudad puede ser útil para ocultarnos —concuerdas.

—¿Crees que no se arriesgarán a perseguirnos en la ciudad? Recuerda lo que hicieron en la casa. No creo que les importe si hacen daño a alguien más.

—Pero Will tiene razón. No hay nada aquí que nos ayude a perderlos —replica Mike.

Vuelves a mirar el bidón de gasolina y el encendedor.

—Un poco de pirotecnia podría ayudar —dices.

Los demás entienden lo que quieres decir.

—¿Y si nos vuelas en el proceso? —Will da un golpecito al bidón—. Además, ¿cómo sabemos que no atravesarán el fuego, como en las películas?

Es claro que dejan la elección en tus manos. Una ciudad ofrece más lugares para esconderse, pero eso es sólo si consiguen escapar.

—¿Seguro que puedes perderlos, Argyle?

—No te preocupes, puedo hacerlo. He tenido que escapar de la policía en Lenora un montón de veces. Y sólo me atraparon unas cuantas ocasiones.

Si eliges dejar que Argyle intente perderlos, continúa en el número 41.

Si eliges encender el bidón de gasolina, continúa en el número 44.

—¡Agárrense bien, hermanos! —Argyle pisa el pedal, y la velocidad te impulsa hacia atrás.

Giras y te pones de rodillas para mirar por la ventana trasera. Los otros autos aceleran. ¡Empieza la persecución!

Argyle desvía la camioneta y toma la siguiente salida, sin molestarse en obedecer las señales de alto de la carretera. Los autos del gobierno continúan la persecución.

—¡Siguen detrás de nosotros, Argyle!

Argyle no responde, está demasiado ocupado, concentrado en la carretera. Ahora están en la ciudad, y otros coches tocan el claxon y se salen del camino cuando Argyle acelera para abrirse paso; ignora los semáforos en rojo y da vueltas tan bruscas que a veces hacen que se ladee la camioneta. Se escucha una cacofonía de gritos mientras Argyle maniobra con la camioneta a través de las calles. Suena una sirena.

—¡Policías! —te enojas contigo mismo por haber olvidado que la ley existe.

La maniaca manera de manejar de Argyle los atrae, y comienzan a perseguirlos junto con los malos del gobierno.

—¡Argyle, policías!

—¡Lo sé! ¡Lo sé! —da vuelta a la derecha, salta a la acera y estrella la camioneta contra un farol. Tu cabeza golpea el asiento delantero y te desmayas.

Continúa en la siguiente página.

La silla a la que estás esposado es dura y fría. Te retuerces para intentar estar más cómodo, mientras estás sentado solo en la sala de interrogatorios. Eres el último en ser interrogado por el coronel Sullivan, un hombre intimidante que está empeñado en atrapar a Once. Se te revuelve el estómago cuando se abre la puerta y entra.

—Podría ponértelo fácil —se sienta—. Sé que estuviste en el lugar equivocado en el momento incorrecto. Acabas de conocer a esta gente, y estoy seguro de que te engañaron. Esa chica es peligrosa y una amenaza para la seguridad nacional.

—No le creo —te enderezas—. ¿Cómo puede ser una amenaza cuando ya ni siquiera tiene sus poderes?

—¿Quién te dijo eso? —el coronel parece escéptico, pero te das cuenta de que ya había escuchado antes esa información. Ni siquiera hay un atisbo de sorpresa en su rostro.

—La vi tratando de usar sus poderes en la escuela, y no funcionó. Si hubiera tenido sus poderes, no habría tenido que golpear a esa chica en la cara con un patín.

—No sabes de lo que es capaz, lo que ha hecho en el pasado —justo en ese momento la puerta se abre, y un hombre uniformado entra. Se inclina hacia el coronel y le susurra algo—. Parece que ya no tengo necesidad de hablar contigo. Ya encontramos el mapa que tenían ustedes.

—¿Qué mapa? —tratas de sonar convincente, pero la conmoción te supera.

El coronel sabe dónde está Once.

Continúa en la siguiente página.

43

Sentado en tu celda, frente a la de Jane, la ves intentando arañar el dispositivo eléctrico alrededor de su cuello, dado que cada vez que lo pulsa le causa dolor. Es inútil. No puede quitárselo. Mike está en la celda de al lado, rogándole que se detenga. Tú estiras el cuello para ver el pasillo. Argyle, Jonathan, Will, Mike, Jane, el doctor Owens y otro hombre... otro hombre que supiste que es el "padre" de Jane, el doctor Brenner, cada uno en una celda individual.

Owens había rogado al coronel que perdonara a Jane al menos por unos días más, para probar que es inocente de los asesinatos en Hawkins. No tienen comunicación con el mundo exterior, así que ninguno de ustedes sabe lo que está pasando allá. Jane había tratado de usar sus poderes para ver a sus viejos amigos, pero es imposible ahora. No lo entiendes, pero de alguna manera fueron capaces de implantarle algo para detener sus poderes.

Unos pasos resuenan cuando entra una fila de guardias. Uno a uno, abren las puertas de las celdas y los sacan. Tú eres el último en salir y ser llevado a otra habitación. Te preparas para el final. Cuando entras, ves que todos están sentados frente a un televisor que muestra imágenes que al parecer corresponden a las consecuencias de un terremoto. Las lágrimas corren por sus rostros. Sus esposas están desbloqueadas, y te das cuenta de que el dispositivo eléctrico ya no rodea el cuello de Jane.

—¿Qué pasó?

—Desapareció —la voz de Jane es apenas audible.

—¿Desapareció? ¿Qué quieres decir con eso?

—Hawkins... todos —la voz de Will se quiebra—. Perdieron.

Fin

—¡Sólo confíen en mí! —gritas—. ¡Toma la siguiente salida cuando te lo diga! —abres la puerta trasera de la camioneta de pizzas, arrastrando el bidón de gasolina. Desenroscas la tapa y viertes el contenido en la carretera, sacudiéndolo para que cubra más espacio—. ¿Listos? ¡Ahora! —cuando Argyle da vuelta para tomar la salida, enciendes la gasolina. La carretera explota en llamas, impidiendo a los coches que los sigan. ¡Todos gritan asombrados! ¡Funcionó! Están a salvo por ahora.

—Debería estar a la derecha —dice Mike, refiriéndose al mapa. Llevan horas en la carretera.

—Pero, no hay nada aquí —responde Jonathan—. ¿Estás seguro de tienes las coordenadas correctas?

—Suzie es una genio, Jonathan —le recuerda Will.

Jonathan pisa el freno y Argyle despierta sobresaltado. De un brinco sale de la camioneta y abre la portezuela trasera para tomar el mapa de Mike. Repasan las coordenadas mientras Argyle camina por el desierto, llamando a gritos a "Nina", convencido de que se trata de una mujer pequeña.

—¡Argyle! ¡Cállate! —caminas hacia él y tropiezas. Caes de cara contra el suelo.

—Santa Macarena —Argyle te ayuda a levantarte.

Ambos las ven… huellas de ruedas. Les dices a los otros, y todo el mundo salta de la camioneta y sigue las huellas. Se escucha un ruido sordo. ¡Es un helicóptero! ¡Los militares encontraron a Once! Jonathan acelera. Escuchan disparos, ¡le están disparando a Once! Puedes verla levantar sus manos, y luego el helicóptero se estrella y explota en una gran bola de fuego. Cuando se acercan, ves a Once arrodillada junto a un hombre que exhala su último aliento. Mike salta de la camioneta y se la lleva. ¡Encontraron a Once justo a tiempo!

Continúa en la siguiente página.

—¡Tenemos que llegar a Hawkins hoy! —grita Jane mientras la camioneta de pizzas escapa a toda velocidad.

—¿Qué? —responde Jonathan—. Nos tomaría días conducir hasta allá.

—¡No tenemos días! ¡Todos allí están en peligro!

Volteas para ver a Jane, quien observa fijamente un anuncio de una ruta panorámica.

—Ya sé qué hacer —ella te mira. Ves que en el cartel hay una niña pequeña montada en los hombros de su madre—. Sé cómo proteger a Max, desde aquí —Jane se gira hacia los demás—. Cuando Uno ataque, entrará en su mente. Pero yo también puedo. Ella puede llevarme hacia Vecna. Como huésped.

—Pelea mental... excelente —asiente Argyle.

—Una bañera ayudaría mucho —continúa Jane.

—Sí, debe estar limpia para entrar a la mente —añade Argyle.

—¿Qué? No, es un tanque de privación sensorial. La ayuda a calmarse y enfocar sus poderes—Mike lo corrige.

—Necesitaríamos mucha sal —responde Will—. ¿Cómo vamos a conseguir tanta sal?

—Bueno, ¿de cuánta sal estamos hablando? —Argyle sonríe—. Sé de un lugar mágico que tiene todo lo que necesitas, amiga superpoderosa.

Si alguien te dijera que el destino del mundo se decidirá en una pizzería, no lo creerías. Pero aquí estás, removiendo sal en un congelador de masa de pizza lleno de agua. Argyle tenía razón: en la cocina de Surfer Boy tenían más que suficiente sal. Mientras tú, Jonathan y Will preparan el tanque, Argyle hornea una pizza. Le da un trozo a cada uno.

—¡Asco! ¿Piña? —gimes.

—Prueba antes de decir que no —Argyle sonríe y se marcha. Detrás de ti, puedes oír a Will y Jonathan susurrando. Te giras para verlos abrazados y apartas la mirada antes de que te vean.

Continúa en la siguiente página.

—¿Ya casi terminamos? —preguntas. Jonathan ha sido meticuloso con la cantidad de sal que se necesita. Asiente con la cabeza. Llamas a Mike y Jane—: Llegó la hora.

Jane se pone los lentes que Mike hizo para ella con una caja de pizza y se mete en el tanque, lo suficientemente salado como para dejarla flotar en el pequeño espacio. La radio está sintonizada en estática. Al cabo de unos segundos, las luces de la pizzería empiezan a parpadear.

—Woow —jadea Argyle.

—Los encontré —dice Jane—. Max, tranquila, ya voy. Ya voy, sólo aguarda un poco más.

Las luces se mantienen erráticas.

—¿Qué está pasando? —pregunta Mike.

—Ahora me parece que estoy en un recuerdo —responde Once—. Un recuerdo de Max. No la veo, pero está aquí. Tiene que estar aquí —apenas puedes respirar mientras esperas—. La encontré, pero es una niña. No puede verme, ni escucharme. Hay algo que no encaja. Creo que es otro recuerdo… Max, ¿estás bien?

Las luces se vuelven locas; parece que todo lo que tiene electricidad zumba. Jane se convulsiona y jadea en busca de aire.

—¿Ce? ¿Once? ¿Me escuchas? —grita Mike—. ¡Vamos, despierta! ¡Ayúdenme!

Agarras a Jane y ayudas a sacarla del congelador y a subirla a una mesa.

—¿Ce? ¿Me escuchas?

—Mike, no pares —lo anima Will—. Eres el corazón, okey. No lo olvides: ¡el corazón!

—Ce —continúa Mike—, no sé si escuches esto, pero si me oyes quiero decirte que aquí estoy, ¿sí? Aquí estoy, ¡y te amo! ¡Eres mi superheroína! ¡Eres capaz de todo! ¡Pero ahora sólo tienes que luchar!

Las luces resplandecen aún más erráticamente. Después de lo que parecen años, las luces se estabilizan y Jane abre los ojos.

—Creo que perdimos —susurra, mirando a Mike con los ojos llorosos.

Nadie tiene palabras.

Fin

47

Agarras los patines y los empujas para que se crucen en su camino cuando sale de la cocina. El padre de Suzie tropieza, pero se agarra de la puerta para mantenerse en pie. No funcionó. Vuelve a subir las escaleras. Gritas:

—¡Se acabó el tiempo! —con la esperanza de que te oigan, pero el chillido de Suzie y los gritos de su padre señalan tu derrota.

—¿Y ahora qué? —Mike apoya la cabeza en las manos.

Fuera, te sientas con los demás en la banqueta. A Suzie probablemente le prohibirán el acceso a las computadoras hasta que se mude, y sin otro genio *hacker* disponible es imposible conseguir la dirección.

—¿Y si vamos directamente a Hawkins? —sugiere Will.

—¿Sin Ce? —Mike lo fulmina con la mirada—. ¿Cuando el gobierno está tratando de encontrarla?

—No lo sé. No podemos regresar a Lenora. Sólo intento dar alguna idea —los ojos de Will se ven un poco llorosos.

—¡No! ¡Tenemos que encontrar a Ce!

—Bueno, la única persona que sabe dónde está es Owens, y no podemos ponernos en contacto con él.

—Llévenme a un teléfono público. Tengo una idea —sacas la página amarilla rasgada de tu bolsillo.

—¿Y si rastrean nuestra ubicación? —pregunta Mike.

—No lo hicieron la última vez —insistes—. De cualquier forma, ¿tienes una idea mejor?

Eso pone fin al debate rápidamente. Argyle conduce hasta que encuentra un teléfono público, afuera de una gasolinera. Se estaciona y tú te bajas; los demás te siguen. Deslizas unas monedas y marcas el número. Después de algunos timbres, alguien responde.

Continúa en la siguiente página.

—Por favor, proporcione el número de identificación de la persona con la que desea hablar —la voz en la línea es diferente.

—Quiero hablar con la agente Stinson, por favor —contienes la respiración.

—Espere, por favor, mientras lo comunico.

Tu corazón golpetea dentro de tu pecho mientras el teléfono suena una vez, dos, tres…

—Aquí Stinson —escuchas esa voz conocida—. Me alegra que llames otra vez, esperábamos que lo hicieras.

—Pruébeme que es usted —dices. No quieres ser atrapado.

—Estaba por pedirte lo mismo —suena ligeramente divertida.

—Usted primero.

—Te conocí en una cafetería cuando el doctor Owens y yo interceptamos tu vehículo. Se te dio la opción de ir con Once o volver a Lenora. Elegiste lo segundo. Ahora es tu turno. Cuando estaba en casa de los Byers, le di a Mike Wheeler una nota de Once. La nota tenía una frase.

Volteas hacia Mike, para preguntarle:

—¿Qué había en la carta que te dio Once?

—¿Qué? ¿Por qué necesitas saber eso? Es privado.

—Necesita que demostremos que somos realmente nosotros —exclamas, intentando apurarlo.

—Decía: "Querido Mike: Fui a convertirme en superheroína de nuevo. Once".

Repites rápidamente el mensaje a Stinson.

—Necesitamos una camioneta ahora mismo. La casa de los Byers fue atacada.

—¿Dónde están?

Le das una ubicación y cuelgas. Ahora, esperan.

Continúa en la siguiente página.

49

Después de esperar, nerviosos, por dos horas en el estacionamiento de la plaza comercial, ves cómo una flota de coches se desvía hacia la gasolinera. Una puerta se abre y Stinson sale de uno de ellos. ¡Funcionó! Stinson te busca con la mirada, pero sólo ve la camioneta de pizzas de Argyle. Sales y la saludas. Te ve. Los demás salen y cruzan juntos la calle.

Stinson les informa que ha hecho arreglos para llevarlos a NINA, pero tendrán que dejar la camioneta. A Argyle no le hace mucha gracia.

—¿Y si… no sé… si colgamos la camioneta del helicóptero? —Argyle intenta negociar con Stinson para llevar la camioneta de Pizza Surfer Boy—. Podríamos llevarla con esta señora Nina.

—Una vez más… —Stinson está perdiendo la paciencia. Ninguno interviene; en su lugar, optan por disfrutar del espectáculo—. No podemos llevar la camioneta con nosotros. Podemos, sin embargo, asegurarnos de que vuelva a Lenora sana y salva.

Jonathan se acerca.

—Argyle, creo que necesitas relajarte, ¿de acuerdo?

Argyle asiente.

—¿Maravillosa hierba?

Jonathan también asiente.

—¡Sí, maravillosa hierba! ¡Vamos! ¡Vamos! ¡Vamos!

Argyle corre hacia la camioneta.

—Dele sólo diez minutos —le dice Jonathan a Stinson, que pone los ojos en blanco.

Una vez que eso queda solucionado, todos suben al auto y se dirigen a un aeródromo para trasladarse a un helicóptero. ¡Está sucediendo! Por fin, están llegando a NINA.

Continúa en la siguiente página.

Mike salta del helicóptero en cuanto aterriza y corre hacia la gente que está allí para saludarlos. Reconoces a Owens.

—¿Dónde está Ce? —oyes gritar a Mike por encima del estruendo del helicóptero.

En cuanto todos desembarcan, el helicóptero despega. Están en medio del desierto. La única señal de presencia humana es algo que parece un cobertizo de concreto. Owens abre la puerta.

—Responderé a todas sus preguntas, pero tenemos que entrar.

Siguen a Owens escaleras abajo y entran en un elevador. El elevador los lleva a algún lugar muy profundo en el subsuelo. Cuando las puertas del elevador se abren, se encuentran frente a una serie de túneles. Owens los guía.

—Bienvenidos al Proyecto NINA —dice. Miras asombrado el numeroso personal armado y científicos—. Todos están aquí para ayudar a Once —explica Owens.

La mayoría de las personas los saludan al pasar, pero observas que alguien retrocede. Al final del pasillo, ves una sala con una gran cápsula metálica.

—¿Es un tanque de privación sensorial? —pregunta Mike.

—Buen ojo, chico. Es un poco más que eso, pero sí, Once está flotando en su interior —sonríe.

Escuchas pasos a tu espalda y te das la vuelta.

—Mike, tal vez recuerdes al doctor Brenner.

—¿Qué está haciendo él aquí? —Mike se acerca al hombre—. ¡Se supone que está muerto!

La reacción de Mike es compartida por Jonathan y Will. Argyle y tú no tienen idea de qué está pasando.

—El doctor Brenner es el experto en este campo. Lo necesitamos para que ayude a Once.

—¡No! —grita Mike—. ¡Él lastimó a Once! La torturó, experimentó con ella, trató de mantenerla prisionera. ¡Él no debería estar aquí!

—Veo que no es buen momento para las presentaciones —el doctor Brenner inclina la cabeza y sale de la habitación.

Continúa en la siguiente página.

—¿Dónde está Once? Necesito verla ahora.

—¿Mike? —escuchas una voz tranquila detrás de ti. Mike se gira y abraza a Once. Ella lo estrecha con fuerza. Luego abraza a Will y a Jonathan, e incluso a Argyle. Se acerca a ti y te dice—: Gracias.

Asientes, sin saber qué hacer.

Mike la toma de la mano.

—Brenner está aquí.

—Lo sé —dice Once.

Das vuelta y ves que el doctor Brenner sigue avanzando por el pasillo. Te escabulles de la habitación mientras Ce, Mike y los demás intercambian historias sobre lo ocurrido desde que salieron de Lenora. Sigues a Brenner a la vuelta de una esquina y lo sorprendes hablando con un guardia.

—Tenemos que sacar a Once de aquí, ahora —susurra.

El guardia asiente y se marcha. Te escondes detrás de la esquina antes de que Brenner te vea y corres hacia los demás.

Cuando llegas a la habitación donde está el tanque, te abres paso entre el grupo y Owens.

—Tenemos que hablar. Todos. En algún lugar privado. Ahora.

Owens se sorprende, pero los lleva a una oficina en otra parte del búnker, y los demás lo siguen.

—Escuché a Brenner hablando con un guardia. Quiere trasladar a Ce a otro sitio.

—Pero aún no he recuperado mis poderes —Ce mira a Mike, que luce preocupado.

—No se puede confiar en él —reitera Mike.

—Esperen —dice Owens—. Él no va a trasladar a Once sin terminar este proyecto. Quiere que recupere sus poderes tanto como el resto de nosotros.

—Entonces, ¿qué propone que hagamos? ¿Esperar como presas fáciles hasta que él haga algún movimiento? —Mike cierra la mano en un puño.

Ése es exactamente el plan de Owens.

Continúa en la siguiente página.

A la mañana siguiente, Once está de pie y lista para otra ronda en el tanque. El resto de ustedes se sienta en la sala de control con Owens y Brenner. Observas a Brenner como un halcón; cada uno de sus movimientos te tensa aún más.

—¿Estás seguro de que esto es necesario? —le pregunta Owens.

—Querías resultados —dice Brenner con indiferencia.

Hay monitores por toda la habitación, grabando a Jane dentro del tanque. Brenner toma una cinta VHS y la pone en una videocasetera conectada a un pequeño televisor.

—Estos niños no deberían estar aquí.

—No vamos a dejar a Once —dice Mike con firmeza.

Owens sale de la sala, Brenner enciende la videocasetera.

Se observan imágenes de la cámara de vigilancia de un laboratorio. Un hombre alto vestido de blanco camina por el pasillo. Ataca a todo aquel que se cruza en su camino. Es un baño de sangre; los gritos alcanzan su punto más álgido hasta que se crea un silencio espeluznante. No perdona a nadie. La última habitación en la que entra está llena de niños de diferentes edades, todos con batas de hospital. Los mata rápidamente, les parte los huesos y la sangre sale a borbotones de sus ojos hundidos. Sientes náuseas. El hombre tiene a uno de los niños mayores extendido como si lo estuviera crucificando. Es entonces cuando ves que alguien entra por la puerta. Es una niña pequeña con la cabeza rapada.

—¿Ésa es Ce? —pregunta Will en un susurro.

Owens asiente. El niño es asesinado como los demás, y entonces el hombre se gira hacia Once.

—¿Qué es esto? —preguntas en voz baja.

—El pasado de Once —responde Brenner con frialdad.

No puedes apartar los ojos del televisor.

Continúa en la siguiente página.

53

Ce da media vuelta e intenta correr más allá de la puerta, pero ésta no se abre. El hombre se acerca a ella y le toca la barbilla. "¿Por qué lloras por ellos, Once? ¿Después de todo lo que te hicieron? Crees que los necesitas, pero no; no es así. Ah, pero sé que tienes miedo. Yo también tuve miedo. Yo sé cómo se siente ser diferente. Estar solo en este mundo". Limpia una lágrima de la cara de Once, y ella se estremece.

"Igual que tú, yo no encajaba con los demás. Había algo malo en mí. Todos los maestros y los médicos creían que estaba dañado". Once tiembla mientras él habla. "Mis padres pensaron que un cambio de aires, un nuevo comienzo en Hawkins podría curarme. Qué absurdo. Como si el mundo fuera diferente ahí". Camina hacia el espejo. "Pero luego, para mi sorpresa, nuestro nuevo hogar me dejó descubrir algo, una nueva razón de ser. Encontré un nido de viudas negras en un ducto. Mucha gente les teme a las arañas, las detestan. Aún así, a mí me parecían fascinantes. En ellas encontré consuelo, afinidad. Igual que yo, son criaturas solitarias. E incomprendidas por todos. Son los dioses de nuestro mundo. Los predadores más importantes".

Continúa en la siguiente página.

El video continúa: "*Donde otros ven orden, yo veo una camisa de fuerza. Un mundo cruel y opresivo, un mundo dictado por reglas inventadas. Segundos, minutos, horas, días, semanas, meses, años, décadas. Cada vida es una copia borrosa y desdibujada de la anterior. Despierta, come, trabaja, duerme, reprodúcete y muere. El mundo entero sólo espera, espera a que todo por fin termine... Yo no podía hacerlo. No podía bloquear mi mente y unirme a la locura. No podía fingir. Y me di cuenta de que no era necesario. Podía hacer mis propias reglas... Mostré a mis padres quiénes eran en verdad. Les mostré un espejo. De alguna manera, mi madre sabía que era yo quien sostenía ese espejo, y me despreció por ello. Llamó a un doctor, a un experto. Quería que me encerrara, que me arreglara, aunque yo no era el que estaba roto. Eran ellos. Así que no me dejó más opción que actuar. Para ser libre. La maté a ella primero. Con cada vida que tomaba, me hacía más fuerte. Más poderoso. Se volvían parte de mí. Pero aún era un niño, y no conocía bien mis límites. Eso casi me mata.*"

Continúa en la siguiente página.

"Desperté del coma sólo para encontrarme al cuidado de un doctor, el mismo doctor del que quería escapar, el doctor Martin Brenner... Inició un programa, y pronto nacieron otros. Tú naciste. Y me da mucho gusto que así fuera, Once". Jane se aparta de él y mira los cadáveres que la rodean. "No se han ido, Once. Siguen conmigo. Aquí: dentro de mí". Se refiere a su mente. "Si vienes conmigo, por primera vez en tu vida serás libre. Únete a mí".

"No". Once empuja al hombre hacia atrás. Él se golpea contra el espejo y cae al suelo. Y se incorpora. Ambos usan sus poderes y levantan las manos mientras las luces parpadean a su alrededor. Once comienza a deslizarse, retrocediendo, y encuentra su punto de apoyo. Sale despedida hacia atrás, golpea la puerta y cae al suelo. Él la arrastra por el suelo, luego la levanta en el aire; ella no deja de gritar. El hombre la gira hacia él. "*¡Esto no debía terminar así!*" Once grita. Él la tiene inmovilizada con sus poderes. Ella consigue girar la cabeza para mirarlo directo a los ojos y levanta los brazos. Con un grito, lo empuja a través del espejo hacia una habitación que está detrás de él. Dejas de ver el televisor para darte cuenta de cómo parpadean las luces a tu alrededor. ¡Está ocurriendo en el mundo real! Volteas otra vez hacia la pantalla y ves cómo Once mantiene al hombre inmovilizado contra la pared. Ella se acerca y grita, extendiendo un brazo. El hombre aúlla de dolor, una luz emana de su torso y ves cómo se desintegra lentamente. Un agujero carnoso y palpitante se abre en la pared detrás de ellos.

—Un portal —susurra Jonathan—. Ella lo envió al Mundo del Revés.

Continúa en la siguiente página.

Justo entonces un Brenner más joven entra en la habitación. "¿Qué has hecho?" Once se derrumba. El video termina. Una máquina zumba, hay pitidos por todos lados.

—¡Sáquenla de ahí! —grita Owens.

—¿Qué está pasando? —Mike corre hacia la ventana de observación.

Se abre el tanque, sacan a Once y la colocan sobre una mesa. Preparan el desfibrilador. Mike corre a su lado. Observa cómo la mujer hace una cuenta regresiva y luego libera la descarga en el pecho de Once. Ella abre los ojos.

—Once, ¿nos escuchas? —pregunta Owens.

Ella se incorpora y gira hacia Mike. Él la ayuda a bajar de la mesa y ella mira el tanque. Levanta un brazo y cierra los ojos; las luces empiezan a parpadear. Se oyen chirridos y metales rompiéndose. Ella eleva el tanque hasta el techo, lo mantiene ahí y luego lo devuelve suavemente a su sitio.

—Hombre, eso ha sido genial —la voz de Argyle retumba en el silencio.

Once sale corriendo de la habitación. Todos la siguen, pero ella entra en otra habitación y cierra la puerta. Se oye correr el agua.

—Está buscando a nuestros amigos de Hawkins —explica Will.

—¿Qué viste? —Jonathan la toma de las manos cuando Once sale de la habitación.

—Ellos… ellos van a luchar contra él. Van a ir al Mundo del Revés.

Jonathan maldice en voz alta.

—Estaban en casa de Max —añade Once.

Will toma un teléfono y marca.

—¿Hola? ¿Max?... Soy Will. Lo que sea que estén planeando, ¡deténganse! Vamos hacia allá. ¡No, escucha, no hagan nada hasta que lleguemos!

—No pueden llevársela. No está lista todavía —protesta Brenner.

Owens se vuelve hacia Brenner.

—¿Y adónde pensabas llevártela tú exactamente? ¿O creías que no lo sabíamos?

Brenner se sorprende cuando unos guardias leales a Owens se lo llevan.

Continúa en la siguiente página.

Durante el vuelo a Hawkins, Once les cuenta el plan que escuchó por casualidad. Stinson opina que es bueno, pero que necesitarán más ayuda. Dice que hará que se unan agentes. Mike se quedó dormido en su asiento. Once se levanta y se sienta a tu lado.

—Gracias —te dice ella en voz baja—. Mike me contó cómo les ayudaste. Asientes.

—Tengo una pregunta —dices—. Tal vez sea estúpida…

—¿Cuál es tu pregunta?

—¿Cómo quieres que te llame? Te conocí como Jane, pero aquí todo el mundo te dice Once.

—Somos amigos. Dime Ce.

Les toma cuatro horas llegar a Hawkins en el avión privado. Cuando descienden, los reciben en la pista rostros que no conoces. Hay lágrimas y abrazos. Argyle y tú se acomodan a un lado, y luego se hacen las presentaciones. Una morena llamada Nancy repasa el plan y divide los equipos. Stinson trae a algunos agentes armados con un gran arsenal. Nancy te asigna al equipo de ataque.

Ce te aparta a un lado, y luego Will. Cada uno tiene una petición. Ce quiere que cuides a Max como parte del equipo de carnada, ya que ella será el objetivo de Uno. Will quiere que cuides a Mike como parte del equipo de distracción, porque le preocupa que Mike pueda hacer algo imprudente. Vas con Nancy y le dices a ella cuál es tu decisión.

Si eliges seguir con el equipo de carnada a la casa de los Creel, continúa en la siguiente página.

Si eliges quedarte con el equipo de distracción en el Mundo del Revés, continúa en el número 59.

Si eliges ir con el equipo de ataque, continúa en el número 63.

58

Eliges ir con el equipo de carnada, permanecer en el mundo real. Tu trabajo es mantener a Max a salvo mientras atrae a Uno hacia ella, dejando su cuerpo vulnerable. No lo entiendes del todo, pero sabes que lo principal es que si Max no sale de su trance, tienes que poner una canción concreta de Kate Bush para despertarla. Estás en la casa de la infancia de Uno con Will, Lucas y su hermana pequeña, Erica, además de dos agentes armados. Aquí es donde Uno mató a su familia e inculpó a su padre. Erica te encuentra, sostiene un bloc de notas: *Encontrar a Vecna*. Asientes y la sigues. La batalla está a punto de comenzar.

Un mes después.

—¿Hola? ¿Hola? ¿Hay alguien ahí? Éste es el equipo de Lenora, cambio —te tomó mucho tiempo, pero invertiste en una gran torre de radio para comunicarte con tus amigos de Hawkins.

—Éste es el equipo de Hawkins. Te escuchamos alto y claro. Cambio —escuchas la voz de Dustin.

Esto se ha convertido en parte de tu vida desde que volviste a Lenora. Argyle se remueve en su asiento, una especie de nube se aferra a él. Uno —o Vecna, como lo llama el equipo de Hawkins— fue derrotado. Cada equipo tuvo éxito en su misión, pero Vecna sigue ahí fuera, tramando su próximo movimiento. Te reúnes con los demás por radio para averiguar cómo acabar con él. Estás planeando visitar Hawkins este verano.

—¿Quién está ahí contigo? Cambio.

—Todos —dice Dustin.

—Genial —respondes—. Me acompaña aquí Argyle. Estamos listos. Cambio.

Fin

Sujetas las sábanas que la pandilla de Hawkins ha estado utilizando como cuerda para entrar y salir del portal del Mundo del Revés en el remolque de Eddie. Los demás te están esperando. Saltas y te impulsas hacia arriba, pero entonces sientes cómo cambia la gravedad y caes en picada. Aterrizas sobre un colchón.

—Eso. Fue. Increíble.

Jonathan te ayuda a levantarte. La versión del Mundo del Revés del remolque de Eddie está helada y cubierta de enredaderas.

—Acuérdate de la mente colmena —te recuerda Jonathan.

Dustin cae detrás de ti. El equipo está completo.

—¿Todos recuerdan el plan? —Nancy mira al equipo de distracción: Mike, Dustin, Eddie, Argyle y tú, además de dos agentes del equipo de Stinson. Tú asientes.

Continúa en el número 61.

—Generar alguna distracción, y luego salir de aquí —responde Mike. No puede ocultar su enfado.

Once toma su mano. Ella es parte del equipo de ataque, junto con Stinson, Nancy, Jonathan, Steve, Robin y otro agente. Mike quería ir con ella, pero no se lo permitieron. Todos se despiden y el equipo de ataque se dirige a la casa de los Creel en el Mundo del Revés.

—Entonces —dices, dirigiéndote a Eddie—, ¿cómo quieres distraer a estos murciélagos?

—Son demobats —te corrige de nuevo Dustin.

Eddie esboza una amplia sonrisa.

—¿Están listos para el concierto de metal más pesado en la historia de la Tierra?

A través de su radio, Dustin escucha a Robin anunciar que es hora de iniciar la fase tres del plan. Eddie, parado sobre el techo del remolque, sostiene su guitarra. Enchufas el amplificador y él toca. Sonríes. Es una canción de Metallica. Cuando los demobats se acercan, te retiras al remolque.

Continúa en la siguiente página.

—¡Tenemos que seguir! —grita Mike.

Todos están parados espalda con espalda en el remolque, escuchando a los demobats arrastrarse por el tejado. El plan era mantenerlos ocupados durante un minuto o dos; pero, sin saber lo que estaba sucediendo en otros lugares, era difícil calcular si le estaban dando el tiempo suficiente al equipo de ataque.

—¿Qué quieren? ¿Una repetición? —espetas.

Los demobats empujan una rejilla de ventilación y se meten en el remolque. Los agentes que están con ustedes empiezan a disparar, pero no detienen su avance. Los agentes hacen una pausa para recargar sus armas. Eddie grita y corre hacia el conducto de ventilación; golpea el techo con el protector de la tapa del basurero cubierto de clavos y cierra el conducto.

—¡No dejaré que lastimen a Once! —Mike corre hacia la puerta, pero tú le bloqueas el paso.

El remolque empieza a tambalearse y caes al suelo. Es hora de que el equipo de distracción se vaya. Dustin sube primero, luego Argyle. Intentas que Mike sea el siguiente, pero él se niega, así que lo sujetas de la camisa.

—¡Mike, le prometí a Will que te mantendría a salvo! Tienes que irte ya —le gritas. No te escucha y se aleja de ti—. ¡Mike! ¡Detente!

Antes de que pueda escapar, un agente noquea a Mike y lo saca por el portal.

—¡Eddie, vamos!

—¡No hace falta que me lo digas dos veces! —se impulsa solo para salir.

Tú lo sigues, y el último agente sale después. Tu tarea ha terminado. Ahora sólo tienes que esperar a que el equipo de ataque regrese. Te reúnes con los demás en el punto de encuentro. Mike sigue inconsciente. Will corre hacia ti.

Te giras hacia Will y tomas su mano.

—Mike tiene suerte de tener un amigo que lo conoce tan bien. Menos mal que un agente estaba allí para sacarlo antes de que pudiera hacer alguna estupidez.

Fin

Te incorporas al equipo de ataque. El equipo de distracción en la versión Mundo del Revés del remolque de Eddie se queda, y tú sigues a Nancy, Jonathan, Steve, Robin, Once y Stinson hasta la casa de los Creel. Cuando llegas allí, ves una luz brillante en el parque. Son Erica y Will, del equipo de carnada.

—Bien, inicia la fase tres —escuchas la voz de Erica.

Luego, la voz de Will: —Lo siento. Tiene a Max.

Robin transmite el mensaje al equipo de distracción para iniciar la fase tres. Dustin recibió el mensaje. Minutos después, ven a los demobats elevarse en el cielo y dirigirse al parque de remolques. La distracción está funcionando.

—Vamos —Nancy dirige.

Es hora de la fase cuatro: el ataque.

Unos días después, ya estás de regreso en Lenora, pero tu mente sigue atrapada en Hawkins. Vecna escapó, y Hawkins quedó destrozado. Tendrás que esperar para averiguar qué depara el futuro para aquel pueblo de Indiana.

Fin

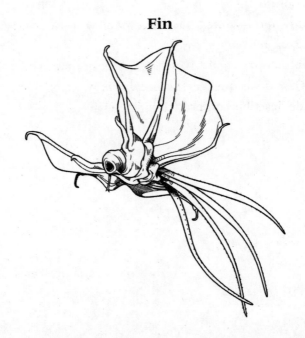

Con las noticias de los asesinatos en Hawkins, tal vez tu madre esté muy preocupada. Metes las monedas en el teléfono y marcas el número. Escuchas la contestadora automática.

—Hola, mamá, soy yo —intentas sonar natural—. Todo va genial. La familia que me recibió es... buena. Te quiero. Nos vemos pronto —cuelgas.

—¡Tenemos el número! —grita Mike, golpeando la cabina telefónica—. ¡Estuvo en el bolígrafo todo el tiempo!

Te apartas para que Mike pueda marcar, mientras Will le dicta el número.

—Escucha —Mike le pasa el teléfono a Will. Will se lo acerca a la oreja—. Juegos de guerra.

—¡Nina no es una persona, es una computadora!

—Genial, ¿y eso cómo nos ayuda? —esperas que haya una respuesta, porque tú no tienes ninguna.

—Necesitamos un *hacker*, y conozco a una muy buena que vive en Salt Lake City —dice Mike.

Will sonríe.

—Dios mío —voltea hacia Jonathan y le canta—: *"Turn around. Look at what you see!"*.

—No estás hablando en serio... —gime Jonathan.

—¿Qué tiene que ver *La historia interminable* con esto? Aparte de describir con precisión este viaje...

Continúa en la siguiente página.

Sólo ha pasado una hora desde que emprendieron el viaje para encontrarse con Suzie, la novia supergenio de su amigo Dustin, cuando escuchan un fuerte zumbido.

—Chicos —dice Will con cautela. Tira de la manga de Mike y señala hacia arriba. A lo lejos, un gran helicóptero se acerca—. ¡Jonathan, vámonos!

Jonathan pisa el acelerador y la camioneta se tambalea.

—¿Cómo nos encontraron? —grita.

—¡No lo sé! ¡No lo sé! ¡Sólo conduce! —grita Mike.

El helicóptero está justo encima de ustedes.

—Oh, no… Ves un bloqueo más adelante.

—Éste es el ejército de Estados Unidos. Detengan su vehículo, o abriremos fuego.

Detenerse parece la idea correcta.

El coronel Sullivan es un hombre implacable. Los interrogatorios empezaron con Argyle, siguieron con Jonathan, Will y Mike —que luce nuevos moretones—, y ahora te toca a ti. Sabes que nadie más ha dicho nada y tú tampoco piensas hacerlo. Te sientas frente a él, muerto de miedo, pero reconfortado por el hecho de que no sabes gran cosa. La presencia de guardias armados te impide relajarte.

—Como le dije al otro tipo —empiezas—, apenas conozco a esta gente. Los conocí hace sólo unos días. He tenido mala suerte...

—¿Lugar equivocado, momento equivocado? —pregunta Sullivan, enarcando una ceja.

—Exacto —contestas—. Si no me hubiera encontrado en casa de los Byers el día que ustedes atacaron, ni siquiera estaría aquí.

El coronel se limita a fruncir el ceño.

—Sé que me estás mintiendo —el coronel Sullivan se inclina hacia delante.

—¡No estoy mintiendo, lo juro! Puede preguntarle al editor del periódico de mi escuela. Acabo de estar con Jane y todos ellos en Rink-O-Mania para un artículo en el que estaba trabajando.

Continúa en la siguiente página.

66

—Interesante —Sullivan golpetea la mesa con los dedos—. ¿Y qué averiguaste sobre Jane mientras trabajabas en este artículo?

—Sólo que era de Hawkins y que tenía un novio a distancia. Ni siquiera llegamos a hacer la entrevista propiamente dicha antes de que se involucrara en esa pelea...

—¿Te refieres a antes de que ella agrediera a esa pobre chica?

—Sé que se vio mal, pero las circunstancias...

Te interrumpe.

—Entonces, ¿cómo llegaste a casa de los Byers después de que fuiste arrestado con Jane?

Te quedas helado. ¿Sabe lo de tu encuentro con Owens?

—Yo... me dejaron ir, y entonces yo...

—Mientes otra vez, ya veo.

—¿Qué? No, yo...

—Estabas en casa de los Byers, que era custodiada por dos agentes armados, ¿y esperas que crea que no tenías idea de lo que estaba pasando? ¿Por qué seguías allí? ¿Cómo llegaste, en primer lugar?

Sientes que el sudor se acumula en tu frente. Resistes el impulso de limpiarte delante del coronel. Él sabe lo de Owens.

—Piénsalo bien antes de volver a mentir —Sullivan se cruza de brazos—. No eres la única persona que puede decirnos lo que buscamos.

—Ya ves que tengo ojos y oídos en todas partes. En todas partes —la mirada del coronel Sullivan se intensifica.

Te cuesta respirar bajo su escrutinio. Suenan los altavoces y escuchas tu propia voz. "Hola, mamá, soy yo. Todo va genial. La familia que me recibió es... buena. Te quiero. Nos vemos pronto".

Continúa en la siguiente página.

—¿Cómo…?

—No te preocupes —su voz suena inquietantemente tranquila—. Tu madre está bien. Por ahora.

—Por favor, le digo que no sé…

—Si yo fuera tú, no volvería a mentir —es una amenaza apenas velada. Tu casa ha estado bajo vigilancia. Si quisieran hacerle daño a tu madre, podrían hacerlo en cualquier momento—. Es una lástima que sólo encontraran a tus padres. ¿Dónde está Joyce Byers?

—Yo no… —Joyce Byers debe ser la madre de Will y Jonathan, pero nunca la has visto.

—Esto no es un juego, niño. Miénteme de nuevo y haré que un equipo entre a tu casa en segundos —te tiene.

—No puedo decirle exactamente dónde está la señora Byers, pero… —piensas en tu madre, sola en casa, después de un largo día de trabajo—. Puedo decirle a dónde se dirigía. Pero tiene que prometerme que ella y mi madre estarán a salvo.

—Eso depende de lo valiosa que sea la información que me des —tiene ventaja y lo sabe. Te está haciendo entender que tus intentos de negociar son inútiles.

—Ella se fue a una conferencia de negocios en Alaska —respondes con prisa—. ¡Eso es todo lo que sé, lo juro!

El coronel Sullivan hace un gesto a uno de los guardias para que se acerque. Le susurra algo. El guardia asiente y sale de la habitación.

—Por favor, eso es todo lo que sé.

—Aún no me has dicho cómo llegaste a casa de los Byers. ¿Quién te ayudó?

Continúa en la siguiente página.

Ya ha demostrado que sabe más de lo que dice. Se te revuelve el estómago. Está claro lo que quiere: que reveles quién ha estado ayudando a Jane, así como dónde podría estar. Tienes que darle algo.

—Conocí a un hombre, con Jane. Era una especie de doctor. Me dijo que podía ir con ellos o volver a Lenora y quedarme con los Byers. La verdad es que no tenía idea de lo que estaba pasando. Por favor, tiene que creerme —tu voz se entrecorta y se llenan tus ojos de lágrimas al imaginar el peligro que corre tu madre.

—¿Éste es el hombre? —desliza una foto del doctor Owens por la mesa. Asientes con la cabeza. Él ya sabía todo esto—. Voy a proponerte un trato —el coronel Sullivan te mira directamente a los ojos—. Dime lo que sabes sobre el paradero de Jane y perdonaré a tu madre. ¿Tenemos un trato?

Si eliges decirle todo a Sullivan, continúa en la siguiente página.

Si eliges no cooperar, continúa en el número 72.

Una vez terminada la entrevista, te acompañan de regreso a tu celda.

Te giras y ves a Mike corriendo hacia los barrotes.

—¿Qué pasó? —grita.

Volteas para mirarlo de frente.

—Lo siento. Lo siento en verdad. Iban a lastimar a mi madre.

Los guardias abren su celda y entran. Te alejas, mientras escuchas a Mike gritar de dolor. Cuando se hace el silencio, oyes pasos que se alejan. Tienen el bolígrafo con el número. Encontrarán a Jane.

Continúa en la siguiente página.

70

—Pensé que la amenaza estaba contenida —dice Sullivan—. Me equivoqué.

Han pasado unos días desde que Jane y Owens fueron detenidos y llevados a la prisión militar. Con la ayuda de una tecnología que no acabas de entender, estos militares han sido capaces de anular los poderes que Once apenas había recuperado. Ahora se encuentran todos reunidos por alguna razón. Te sientas atrás, lejos de los demás, que se niegan a mirarte después de tu traición.

—No —sisea Mike. Su voz se hace más fuerte—. ¡No quiero sus estúpidas disculpas! Es demasiado tarde. Mis hermanas, mis padres, ¡todos desaparecieron! ¡Dustin, Lucas, Max, Steve, Robin, Erica, todos los que conocíamos y nos importaban desaparecieron! ¡Hawkins desapareció!

—Y lo siento por eso —continúa Sullivan—. Deberíamos haber…

—No nos diga lo que deberían haber hecho —Mike lo detiene—. Ya sabemos lo que deberían haber hecho. ¿Qué van a hacer *ahora*?

—Él está ahí afuera —Will toca su cuello—. Puedo sentirlo más fuerte que nunca. No se detendrá con lo que le hizo a Hawkins. Él…

—Por eso necesitamos su ayuda —continúa Sullivan—. Te necesitamos —mira directamente a Jane—. No podemos ganar esta batalla sin ti.

—Mis poderes… —empieza Jane.

—Te serán devueltos. El inhibidor que llevas dentro será eliminado y recuperarás tus habilidades.

—Como Uno.

Continúa en la siguiente página.

—¿Y cómo es que entraron en posesión de este inhibidor, exactamente? Por lo que sabemos, el único creado lo usó el doctor Brenner en Uno. Ahora que él está muerto, ¿cómo lograron obtener...? —Owens se levanta de su asiento.

—No puedo darles detalles, pero tenemos acceso al trabajo anterior del doctor Brenner —Sullivan nota el ceño fruncido en la cara de Owens—. Comprendo que, dados mis errores pasados, no se sientan inclinados a confiar en mí. Díganme lo que tengo que hacer para ganar esa confianza y así se hará. Debemos trabajar juntos para combatir esta amenaza —Sullivan continúa después de que la sala recupera cierta calma—. Preciso su ayuda para salvar el mundo.

—Tengo una condición —dice Mike, con la cara enrojecida—. Envíe a esta persona de regreso a Lenora y fuera de nuestra vista —te señala. Los demás asienten. Owens guarda silencio, pero se nota que tampoco te quiere aquí.

—Considéralo hecho —dice Sullivan.

De inmediato, eres escoltado fuera de la sala. El destino del mundo se decidirá sin ti.

Fin

—Lo siento. No sé nada —una lágrima corre por tu cara. Por dentro, sigues temiendo por tu madre, pero sabes que, si Sullivan atrapa a Jane, todos estarán condenados, no sólo Hawkins, sino tal vez el mundo entero.

—¿Ésa es tu última respuesta?

Permaneces en silencio. Cuando te llevan de regreso a tu celda, ves a Mike y le haces un gesto con la cabeza. Puedes ver que su cuerpo se relaja un poco. Sabe que no has dicho nada. Mike pronuncia un "Gracias" a tu paso. Te mantuviste firme. Ahora sólo esperas que Jane consiga recuperar sus poderes a tiempo para salvar a Hawkins y al mundo. Sólo hace falta un día para que Sullivan cumpla su amenaza.

Te llevan a una sala donde ves a tu madre, encarcelada. Ella te mira, pero antes de que ninguno de los dos pueda decir nada, te sacan de allí.

Continúa en la siguiente página.

—¿Dónde estamos? —miras desde el helicóptero, sentado junto a tu madre, frente a Mike y Will. Jonathan y Argyle están un poco más lejos. Sullivan los soltó a todos y los están transportando, pero no reconoces el área. La mayor parte parece destruida.

—Es... Hawkins —dice Jonathan.

¿Esto es Hawkins? La tierra está destrozada y algo parecido a ceniza llueve sobre la ciudad. Cuando aterrizan, son conducidos a otro lugar. Al salir del auto, el doctor Owens recibe a todos.

—No pudimos llegar a Hawkins a tiempo —Owens los conduce hasta su nueva oficina. La gente trabaja con urgencia—. El coronel Sullivan nos encontró.

Owens les cuenta los hechos que han podido reconstruir: sus amigos pudieron averiguar cómo llegar a la dimensión del Mundo del Revés y se enfrentaron a un enemigo de Jane llamado Uno. No sobrevivieron. No se encontraron los cuerpos de Nancy Wheeler, Steve Harrington, Robin Buckley, Dustin Henderson y Eddie Munson, por lo que se cree que perecieron en el Mundo del Revés. Hallaron los restos de Max Mayfield y Lucas Sinclair en una casa abandonada, junto con los de otro adolescente. La única superviviente entre sus amigos fue la hermana pequeña de Lucas, Erica Sinclair, a quien encontraron inconsciente en el parque situado frente a la casa abandonada. A pesar del informe de Erica sobre lo ocurrido, el coronel Sullivan sigue convencido de que Jane estuvo involucrada.

—¿Dónde está Once? —pregunta Mike entre lágrimas.

Owens toma una respiración profunda.

—No lo sabemos. Cuando Sullivan atacó, el doctor Brenner se llevó a Once.

—¿Brenner está vivo? ¿Y tiene a Once?

El pánico en la voz de Mike es abrumador. Puedes asegurar que, independientemente de dónde se encuentre Jane, ella no está a salvo.

Fin

74

De cualquier manera, tal vez no quiera hablar ahora, a juzgar por las lágrimas en sus ojos. Decides dejarla y regresar a casa. Dentro de dos días irás a Hawkins para la conferencia, llegarás antes porque es el vuelo más barato que pudiste conseguir.

Abres la puerta de tu casa y entras. La sala está justo como la dejaste esta mañana, después de que tu mamá salió temprano para ir a cubrir su turno; no regresará hasta dentro de un par de horas. Suena el teléfono de la cocina.

—¿Hola? —contestas, mientras haces girar el cordón entre los dedos.

—¡Te dije que necesitaba un nombre para el final del día! —chilla la voz nasal del editor desde el otro extremo. Pones los ojos en blanco; por supuesto, se veía venir.

—No he encontrado a nadie lo bastante interesante —respondes con indiferencia. No estás de humor para sus rabietas, pero intentas mantener la calma. Sabes que quiere sacarte de quicio.

—¡No me importa! Cuando te digo que hagas algo, lo haces o te vas del periódico.

—Bien, entonces estoy fuera. No lo necesito —tus mejillas empiezan a arder—. De cualquier forma es un periódico estúpido que informa sobre nada, y sólo tu mamá lo lee. Lo dejo —cuelgas el teléfono y respiras hondo.

Pronto saldrás de allí para hacer periodismo de verdad, lo sabes. Miras el reloj: es hora de llamar a la familia que te recibirá en Indiana. Marcas la clave de Hawkins y luego el número. Después de sonar algunas veces, alguien responde.

—¿Hola, Fred? —hablas por primera vez con el estudiante que te recibirá. Parece distraído, pero te asegura que todo está listo para tu llegada. ¡Estás impaciente!

Continúa en la siguiente página.

75

Te sientes mal; el vuelo es turbulento y el olor a cigarrillos y café rancio lo impregna todo. Con una fuerte sacudida, el avión aterriza en Hawkins. Te sujetas del reposacabezas del asiento delantero mientras el avión se detiene.

En la zona de llegada, buscas a tu familia de acogida. Fred dijo que llevaría un cartel con tu nombre.

Pasa una hora y nadie viene a recogerte. Te diriges a un teléfono público, metes unas monedas y marcas el número que ya sabes de memoria. La línea está ocupada. ¿Habrán olvidado que llegabas hoy? Fred dijo que todo estaba preparado. ¿Cómo pudieron olvidarlo? Por suerte, tienes anotada la dirección. Buscas dinero en tu bolsillo y te das cuenta de que no tienes el suficiente para tomar un taxi. Tendrás que ir en camión. Vas al mostrador de información y pides un mapa de las rutas de autobús.

—Tendrás que tomar la ruta trece hasta el centro de Hawkins y transbordar desde allí. Es el único camión que llega al aeropuerto —te dice la encargada del mostrador, te entrega el mapa y señala las puertas a su izquierda—. La parada de camión está por ahí.

—Gracias —te diriges a esperar el autobús.

Continúa en la siguiente página.

Es temprano y las calles están prácticamente vacías. El conductor te saluda con un movimiento de cabeza; tiene los ojos somnolientos y una taza de café en una mano. Eres el único que viaja a estas horas en la somnolienta ciudad.

Hawkins es mucho más pequeña de lo que imaginabas. Te preguntas cómo este lugar puede ser la sede de una conferencia nacional de estudiantes: es tan tranquila y, francamente, parece incluso más aburrida que Lenora.

Unas sirenas hacen saltar al chofer del camión y una patrulla pasa a una velocidad vertiginosa. Luego, observas cómo las patrullas dan vuelta hacia un lote, donde ves el cartel de un parque de remolques. Algo está pasando. Como cualquier reportero, sientes curiosidad; por supuesto, podría tratarse de un simple robo, una pelea o algo mundano. El camión se acerca al parque de remolques; podrías tirar de la cuerda y bajar para averiguar qué está sucediendo. Pero si no es nada, tendrás que esperar al próximo autobús, y estar solo en un lugar desconocido no suena agradable.

Si eliges seguir en el camión, continúa en la siguiente página.

Si decides bajarte del camión, continúa en el número 170.

Desciendes en la siguiente parada, que está a un par de man-
zanas de la casa de Fred. Te acercas a la puerta y dudas antes
de llamar.

Te abre una mujer.

—¿En qué puedo ayudarte?

—Siento molestarla, señora, pero soy el estudiante de California que debía quedarse aquí. Mi nom...

—¡Oh! ¿Fred no te recogió en el aeropuerto? —te hace
pasar—. Soy la señora Benson, su madre. Fred tenía que estar
en la escuela esta mañana para dejar listo el último número
del periódico, y luego iría a recogerte. Voy a llamar al colegio
para ver qué sucedió. Además, en la cochera tenemos la vieja bicicleta de Fred. Él ya casi no la usa, pero muchos de los
chicos se mueven por la ciudad en bici, así que pensé que te
gustaría utilizarla para explorar un poco.

Te conduce a la habitación de huéspedes y se retira para
que puedas desempacar. Dejas la maleta en el suelo. Puedes
oír su voz en el pasillo, está hablando por el teléfono.

—¿No está? Bueno, ¿sabes...? Oh, entonces, ¿salió con Nancy?... Gracias por avisarme —la señora Benson llama a tu puerta.

—Siento que mi hijo no fuera a recogerte. Estaba en el
colegio y al parecer se fue con una amiga del periódico escolar.
Seguro que tiene una razón para no haber estado allí. Yo salí
esta mañana y regresé poco antes de que tú llegaras.

—¡No hay problema!

—Bueno, mientras esperas, ¿quieres tomar algo? Estaba a
punto de sentarme con un chocolate caliente en la sala antes
de salir a una cita.

Aceptas la oferta. La señora Benson enciende el televisor
y sintoniza las noticias.

Continúa en la siguiente página.

—La persona fallecida ha sido identificada como un estudiante de la Escuela Secundaria Hawkins —dice el reportero por el micrófono. Al fondo, se ve una ambulancia y varios remolques. Los médicos están haciendo rodar una camilla con una bolsa para cadáveres—. La policía ha confirmado que se trata de un homicidio.

—¡Dios mío! —la señora Benson jadea mientras te entrega una taza con chocolate caliente.

Ésta debe ser la razón por la que viste las patrullas dirigirse hacia ese parque de remolques. La señora Benson sale de la habitación y te giras para verla parada en el pasillo, levantó el teléfono y marca frenéticamente.

—¡Acabo de ver las noticias! —escuchas la conversación sin perder de vista el televisor. Quizá deberías haberte bajado del camión. Tus oídos se agudizan cuando la conversación de la señora Benson continúa—. No, Fred estaba en casa anoche, ¡menos mal! Se fue esta mañana para reunirse con los otros chicos del periódico escolar, ya sabes que ha estado planeando esa conferencia. ¿Y Andrew?... Oh, ¿la celebración en Benny's? Supongo que muchos de los chicos habrán estado allí anoche... Sí, debería irme ahora. Te veré pronto.

Cuando la señora Benson regresa, te entrega la llave de la casa y se despide. Oyes su auto alejándose. Ahora estás solo en casa de los Benson. Las noticias no dan más detalles sobre el asesinato; en su lugar, se van directo a las entrevistas con vecinos que expresan su conmoción. Te preguntas si Fred conocía a la persona que fue asesinada. Hawkins parece un lugar bastante pequeño, después de todo. Tienes una bicicleta y los Benson cuentan con una guía telefónica. Buscas la dirección de Benny's y te diriges allí para hablar con los estudiantes.

Continúa en la siguiente página.

79

La hamburguesería Benny's parece haber sido un lugar agradable, pero ya no lo es. El exterior está lleno de basura, todo está tapiado y un hedor penetrante proviene del interior. Reconoces ese olor: deportistas sudados. Hay una patrulla estacionada afuera. Si están aquí, debe ser por el asesinato, ¿no? Encuentras una entrada lateral que no está tapiada y entras. Dentro, está todavía más sucio y el olor se vuelve sofocante. Los vasos desechables esparcidos por el suelo y los sonidos de vómitos a lo lejos te cuentan una historia clara: aquí hubo una fiesta anoche. Ves a un grupo de deportistas sentados cerca de un televisor, siguiendo las noticias.

—¿En verdad crees que fue Chrissy? —dice un chico.

—Ella no apareció anoche, y ahora la policía está hablando con Jason. Tiene que ser ella —responde otro chico.

—¿Por qué estaría Chrissy en el parque de remolques?

—Hey, ¿qué están viendo, chicos? —te giras para encontrarte con un chico detrás de ti balanceándose con un corte *flat top*. Los demás finalmente se percatan de que estás aquí. Te presentas rápidamente y dices que estás de visita en la ciudad. Suponen que anoche estuviste en la fiesta y no les aclaras nada. Los dos chicos que están sentados junto al televisor son Patrick y Andrew, y el chico del corte *flat top* se llama Lucas. Los otros dos ponen a Lucas al corriente de las noticias.

—Esperen, ¿vino aquí la policía? —pregunta Lucas.

—Sí, interrogan a Jason desde hace un rato.

Necesitas conocer a Jason. En ese momento, el chico en cuestión entra en la habitación. Te echa un vistazo y se detiene.

—¿Quién demonios eres?

Continúa en la siguiente página.

—¿Qué quería la policía? —interviene Patrick antes de que puedas responder.

—Era Chrissy... Chrissy está muerta.

Toda la sala estalla en preguntas. Jason consigue que se callen y su rabia regresa.

—Ella está muerta. Pero sabemos quién le hizo eso.

—¿Lo sabemos? —te sorprende esta noticia. ¿Cómo podría Jason saberlo?—. ¿La policía atrapó al asesino?

—No, la policía todavía no lo atrapa, pero está claro que saben que fue él. ¡Fue ese monstruo de Eddie Munson!

El nombre no significa nada para ti, pero la reacción en la sala te dice lo que necesitas saber: Eddie Munson es el enemigo público número uno.

—Eddie Munson es parte de esa secta diabólica Hellfire o, lo que es lo mismo, Fuego Infernal —Jason golpea la mesa.

Todo el equipo deportivo se reúne para obtener más información.

—Fuego Infernal no es un culto —dice Lucas.

—¿Dijiste algo, Sinclair? —Jason truena.

—Es sólo un club de Calabozos y Dragones —está claro que el resto de la sala no entiende lo que dice.

—Calabozos y Dragones. Es un juego de rol —aclaras tú.

Lucas asiente agradecido por tu apoyo.

—¿Y cómo sabes exactamente todo eso, Sinclair? —pregunta Andrew.

Continúa en la siguiente página.

—Bueno... es mi... por mi hermana. Sí, es una nerd —hay miedo en los ojos de Lucas. Te preguntas si sabe más de lo que dice—. Ella juega a veces...

—Estoy seguro de que tu hermana no está matando gente, ¿verdad? —Jason casi suena tierno—. Pero he leído que si la persona equivocada participa en él, el juego puede deformar su mente. Confunden la fantasía y la realidad, y muere gente inocente —la sala se vuelve más ruidosa; se puede ver que Jason está galvanizando al equipo.

—¡Entonces, vayamos a cazar algún friki! —grita Jason.

La sala estalla en frenesí. Miras a tu alrededor y ves que todo el mundo aplaude, excepto Lucas. Tal vez tenías razón; quizá sabe más de lo que dice.

Continúa en la siguiente página.

Es temprano a la mañana siguiente. Permaneciste en Benny's pero casi no dormiste. ¿La estudiante, Chrissy, fue posiblemente asesinada por un culto de Calabozos y Dragones?

Jason está afuera, empacando cosas en su auto. Patrick está con él, y también Andrew. Te acercas a Jason.

—Me gustaría ayudar.

—Claro. Cuantos más seamos, mejor —la mirada de Jason es gélida. Te pone nervioso. Lucas sale de Benny's.

—¿Qué están haciendo? —la mirada aterrorizada sigue en su cara.

—Nos estamos preparando —dice Patrick.

—Preparándonos para la caza —añade Andrew.

Lucas se une a ustedes y suben al auto.

Conducir sin un rumbo claro casi siempre lleva a callejones sin salida. Jason tiene un lugar más que revisar. Se puede escuchar la música que proviene de la cochera cuando se detiene. Salen del coche y se acercan a un grupo que está tocando. Uno de los miembros de la banda dice:

—Llegan un poco temprano, amigos. El concierto es hasta la próxima semana.

—Estamos buscando a Eddie Munson —dice Jason.

El compañero de banda mira a Jason y luego se dirige a Lucas, con cara de confusión.

—¿Lucas? ¿Qué estás haciendo con estos perdedores?

Antes de que Lucas pueda responder, Jason golpea al miembro de la banda.

—¿Dónde está Eddie?

El compañero de banda grita un nombre: Dustin Henderson. Lucas parece estar a punto de vomitar. Sabe algo.

—¿Dónde encontramos a este Dustin? —pregunta Jason.

Continúa en la siguiente página.

83

No tardamos mucho en llegar a casa de Dustin. Jason, Patrick y Andrew salen del coche y llaman a la puerta. Parece que no hay nadie en casa. Mientras Jason sigue intentando, ves a Lucas dirigirse a la parte trasera. Lo sigues; estás seguro de que a ese chico le pasa algo.

Te demuestra que tienes razón.

Entra en la casa por una pequeña ventana. Te acercas para ver qué hace. Está hablando por radio con alguien.

—¡Sólo escucha! ¿Ustedes están buscando a Eddie?

—Sí, y ya lo encontramos, pero no gracias a ti —responde una voz ceceante.

Esto es grande: ¡encontraron a Eddie! Aún no sabes qué relación tiene Lucas con todo esto.

—Está en un cobertizo para botes en Coal Mill Road. No te preocupes, está a salvo —dice la voz ceceante.

—Ustedes saben que él mató a Chrissy, ¿verdad? —pregunta Lucas. Otra voz responde: —Lucas, estás tan atrasado que es ridículo. Sólo encuéntranos en la escuela, ¿okey? Te lo explicaremos más tarde —escuchas pasos y te escondes. Es Jason. Mira por la ventana y le grita a Lucas.

—¿Qué demonios estás haciendo?

Mientras Lucas salta por la ventana, aprovechas para ponerte detrás de los chicos.

—Estaba buscando pistas. Encontré una. Está en una cabaña. Puedo mostrarles dónde.

La dirección que describe no es Coal Mill Road. Está mintiendo, pero ¿por qué?

Si eliges revelar la mentira de Lucas, continúa en la siguiente página.

Si eliges ocultar aquello que sabes que es un secreto, continúa en el número 129.

—¡Esperen! —gritas.

Se detienen y te miran. Observas a Lucas, el miedo irradia de él. No se puede confiar en ese chico.

—Les está mintiendo.

—¿Qué? —Jason da un paso más hacia ti.

Antes de que puedas responder, Lucas sale corriendo. Andrew lo persigue y lo tira al suelo. Patrick lo ayuda a sujetarlo. Te diriges a Jason.

—Lo escuché. Estaba en la radio, creo que estaba hablando con ese tal Dustin. Encontraron a Eddie.

Los ojos azules de Jason se agrandan, él se gira bruscamente y salta sobre Lucas para golpearlo. La nariz de Lucas empieza a sangrar, luego la boca. Andrew y Patrick sólo miran.

—¡Jason, Eddie no hizo esto! Tienes que creerme —intenta explicar Lucas. ¿Está tratando de salvarse o en verdad cree que Eddie, el tipo al que está buscando la policía, no tuvo nada que ver con esto?

—¡Alto! ¡Alto! —corres hacia ellos—. ¡Lo matarás! —sujetas el brazo de Jason—. ¡No sabemos dónde está Eddie! ¡Lo necesitamos! Jason se detiene, y te aparta.

—Chicos, agárrenlo —ordena Jason a los otros dos.

Lucas es arrastrado hasta el coche.

—¿Qué están haciendo? —te pones delante de Andrew y Patrick para bloquearlos.

—Vamos a obtener algunas respuestas —dice Jason con indiferencia. Se sube al auto—. Si no estás con nosotros, estás contra nosotros.

Su fría mirada te eriza la piel. Es una clara amenaza. Subes al coche.

Continúa en la siguiente página.

85

Te sientes mal. Cada miembro del equipo se turna para golpear a Lucas, que está atado a una silla, pero él se niega a dar respuestas. Sabes que puedes detener esto revelando todo lo que oíste en casa de Dustin, pero la negativa de Lucas a salvarse te hace cuestionarte si deberías decir algo. ¿Está realmente involucrado con una secta, o algo más ocurre?

Jason entra en la habitación.

—¿Algo?

Andrew niega con la cabeza.

—No ha dicho nada.

Jason se dirige a ti.

—¿Estás seguro de que no oíste algo más?

Miras a Lucas, sus ojos te suplican. Sabe que tú lo sabes. Niegas con la cabeza.

—No, lo siento. Sólo sé que encontraron a Eddie.

—Dustin Henderson, ¿verdad? —dice otro compañero—. Lo conozco. Solía juntarse con nuestro antiguo capitán, Steve Harrington.

—¿Harrington? ¿Este chico es amigo de Harrington? Así que supongo que tenemos que ir a hablar con él. Trabaja en el videoclub, ¿verdad?

Jason se vuelve hacia Lucas.

—Vigílalo. No podemos permitir que les advierta a los frikis.

Luego se dirige hacia ti para decir en un susurro:

—Tú vienes con nosotros. Necesito a alguien en quien pueda confiar.

Continúa en la siguiente página.

Andrew se acerca con las manos alrededor de sus ojos, intentando ver con más claridad el interior del videoclub.

—¿Cerrado? ¿Cómo puede estar cerrado?

—Atrás —Jason toma una piedra y rompe la puerta de cristal. Mete la mano, gira el pestillo y la puerta se abre—. Busquen por todas partes.

Pasas con cuidado por encima de los cristales rotos. Te das cuenta de que la computadora en la recepción está encendida. Saltas detrás del mostrador para verla más de cerca. En la pantalla aparece la cuenta de alguien llamado Rick y una dirección: Coal Mill Road. Bingo. Anotas la dirección en un papel, lo guardas y luego borras la búsqueda.

—¿Encontraste algo?

Das un salto. Ni siquiera sentiste a Jason acercarse. ¿Cuánto habrá visto?

—No estoy seguro. Sigo buscando.

Jason asiente y va a ver a los demás. Te tocas distraídamente el bolsillo. Podrías darle la dirección a Jason ahora; encubriría tu mentira de que no sabes dónde está Eddie después de haber espiado a Lucas. Algo te preocupa: Lucas estaba seguro de que Eddie no podía haber hecho esto. Ya ha demostrado que sabe más de lo que deja entrever.

—Muy bien —Jason se para en la puerta rota—. No hay nada aquí. Volvamos a Benny's.

Intentas mantener las manos lejos de tu bolsillo, mientras Jason conduce hacia el improvisado cuartel general.

Continúa en la siguiente página.

Lucas tiene la cara hinchada. El resto del equipo está con Jason, tratando de averiguar cuál es su próximo movimiento, por lo que tienes ahora un poco de privacidad.

—Lucas —susurras.

—No voy a decirles nada. Jason es un lunático.

—Estoy de acuerdo —haces una pausa y observas la mirada escéptica de Lucas—. Sé dónde está Eddie. ¿Ese cobertizo para botes en Coal Mill Road? Tengo la dirección.

—Entonces, ¿por qué no se la das a Jason?

—Porque… —haces una pausa, recuerdas la mirada de Jason cuando atacó a ese chico de la banda y a Lucas—. No estoy seguro de que Jason esté pensando con claridad.

—Así que me crees.

—Yo no he dicho eso —acercas una silla—. Pero estoy dispuesto a escucharte.

—Lo único que sé es que Eddie no es un mal tipo, y que esto de la secta no es real. Es sólo un club de Calabozos y Dragones.

—¿Cómo lo sabes? ¿Por tu hermana? ¿Y si ella también miente? ¿Y si ella es parte de la secta?

—Lo sé porque… porque yo soy el que está en el Club Fuego Infernal, no mi hermana —Lucas te mira a los ojos—. Si me sacas de aquí, puedo demostrarte que Jason está equivocado.

Miras a tu alrededor. Si hay algún momento para escapar, sería éste. ¿Confías en Lucas o en Jason? ¿No confías en ninguno de los dos y decides ir por tu cuenta?

Si eliges contarle a Jason, continúa en la siguiente página.

Si eliges ayudar a Lucas a escapar, continúa en el número 112.

Si eliges dirigirte a Coal Mill Road tú solo, continúa en el número 261.

—No puedo hacerlo —sacudes la cabeza—. Puedes pensar que Eddie es inocente, pero no tienes ninguna prueba. Si fuera inocente, ¿por qué no va a la policía? ¿Por qué huyó y se mantiene escondido?

—Sé que debe tener sus razones. Por favor, tienes que creerme.

—Lo siento —te levantas y te diriges a Jason—. Creo que me voy a acostar temprano —decides no decírselo de inmediato. Le darás la dirección mañana después del funeral de Chrissy. Por ahora, te quedarás en Benny's. Jason organiza una reunión en su casa para los amigos que conocían y querían a Chrissy, una pequeña despedida antes del funeral. Te pregunta si te gustaría ir.

Continúa en la siguiente página.

Cuando termina el funeral, retoman la búsqueda de Eddie.
Subes al auto. Jason conduce hasta la dirección en Coal Mill
Road. Se detiene frente a una cabaña. Más cerca del lago, ves
el cobertizo para botes.

—Debería estar allí —informas a Jason. Todos salen del
coche y corren hacia el cobertizo. Se oye un chapoteo y se ve
a alguien que intenta huir nadando; ¡debe ser Eddie Munson!
Jason y Patrick se lanzan al agua y lo someten rápidamente.
Los alcanzas justo cuando Jason lleva a Eddie de vuelta a la
orilla.

—Bien, lo tenemos. Debemos llamar a la policía —gritas.

Jason arrastra a Eddie por el pelo hasta la orilla y salta
sobre él. A horcajadas sobre Eddie, le propina puñetazo tras
puñetazo, salpicando sangre en todas direcciones.

—¡Jason, detente! Tenemos que llamar a la policía —te
vuelves hacia Patrick y lo empujas a la casa—. ¡Llama a la
policía!

Patrick da la media vuelta y corre hacia la casa, pero en
un abrir y cerrar de ojos desaparece de tu vista. Levantas la
mirada y lo ves flotando en el aire.

—¡Patrick! —gritas.

Jason deja de golpear a Eddie y mira en dirección a ti.
Vuelves a gritar a Patrick, pero no responde.

Entonces, oyes un chasquido espeluznante. Las extremidades de Patrick empiezan a retorcerse y romperse. Te quedas
helado al ver caer a Patrick. Jason corre hacia él y tú lo sigues.

—¡Patrick! ¡Patrick! Vamos, ¡despierta! —Jason sacude a
Patrick.

Cuando te acercas, encuentras un espectáculo espantoso.
La mandíbula de Patrick está rota y abierta, y sus ojos están
hundidos. Tiene la cara llena de sangre. Jason sigue intentan-

do despertar a Patrick, gritando con todas sus fuerzas, pero tú sabes que está muerto. Corres a la cabaña y llamas al 911. Cuando vuelves a salir, ves a Jason llorando sobre el cuerpo de Patrick. Eddie ha desaparecido.

Continúa en la siguiente página.

90

Está oscuro. Las luces de la policía se reflejan en el agua. La luz parpadea alrededor del cuerpo de Patrick, mientras los investigadores fotografían la escena del crimen. Te estremeces. La imagen de Patrick elevándose en el aire y luego quebrándose se repite una y otra vez en tu mente. Un grito te devuelve la cordura.

—¡Les estoy diciendo que fue Eddie Munson! Hizo un trato con el diablo y mató a Patrick —Jason corre hacia ti y te agarra del brazo, gritándote en la cara—. ¡Cuéntales! ¡Diles lo que viste! ¡Diles que Eddie hizo esto!

Los policías te lo quitan de encima. El jefe de policía te lleva aparte para interrogarte. Se te revuelve el estómago.

—Necesito que describas lo que viste con el mayor detalle posible —te dice con suavidad el jefe Powell.

Lo miras a los ojos, sin saber cómo empezar.

—Jason dice que esto fue obra de Eddie Munson. ¿Estás de acuerdo con él?

¿Qué dices? Sí, Eddie estaba allí, igual que estuvo presente en el asesinato de Chrissy. Pero si Eddie tuviera tal poder, ¿por qué habría permitido que Jason le diera una paliza? ¿Por qué no usaría sus poderes para salvarse? ¿Podría su compulsión por matar realmente ser tan fuerte, o sería tan selectivo con respecto a sus víctimas? Lo repasas todo mentalmente.

Continúa en el número 92.

—Tiene que ser él —le dices al jefe—. Estaba intentando escapar y, cuando no pudo, Patrick estaba... estaba... —no consigues terminar la frase.

—¿Sabes dónde está Eddie ahora?

Sacudes la cabeza.

—Cuando Patrick... Cuando eso pasó, yo no... Yo no estaba mirando a Eddie. Y cuando terminó, Eddie ya se había ido.

—Jason dice que fuiste tú quien descubrió dónde se escondía Eddie. ¿Cómo lo hiciste?

Le cuentas al jefe los movimientos de Lucas, cómo se comunicó con alguien llamado Dustin que está ayudando a Eddie y cómo conseguiste la dirección en el videoclub.

—¿Dónde está Dustin ahora?

—No lo sé. Pero Lucas está en Benny's. Jason lo tenía atado. Puede que él lo sepa.

Powell llama por radio para que recojan a Lucas. Te dice que te vayas a casa.

Jason te lleva a su casa y prepara un saco de dormir para ti.

—No puedo estar solo.

Asientes. Parece una buena persona con la que puedes quedarte por ahora.

Continúa en la siguiente página.

Por la mañana, te levantas adolorido. Los Carver están viendo las noticias. Ves al jefe Powell en el televisor, anuncia las muertes de Patrick McKinney y de Fred Benson, y nombra a Eddie Munson como sospechoso.

Te sorprende escuchar el nombre de Fred. Piensas en su madre, que fue tan amable contigo. Ahora mismo te parece que todo aquello ha sucedido hace semanas.

—No van a decir la verdad —la voz de Jason te hace saltar. Parece como si hubiera pasado toda la noche llorando—. Tenemos que contarle a Hawkins la verdad sobre Eddie, sobre Lucas, sobre Fuego Infernal —sube corriendo las escaleras, baja con un libro en la mano y sale de prisa por la puerta hacia su auto.

Lo sigues y subes.

—¿Adónde vamos?

—Tenemos que estar listos para la asamblea en el ayuntamiento.

Continúa en la siguiente página.

Son más de las dos y la asamblea en el ayuntamiento ya empezó. Jason reunió a todo el equipo y reparte montones de folletos.

—Asegúrate de que todo el mundo se vaya con un folleto —empuja las puertas para entrar en la reunión.

Tú y los demás lo siguen de cerca.

Powell está de pie en un podio respondiendo preguntas.

—Entiendo que estén molestos, pero les prometo que lo encontraremos.

—¡No! —grita Jason desde el fondo de la sala.

La multitud se vuelve hacia él.

—Jason —Powell mantiene su voz calmada, pero incluso desde el fondo de la sala, se puede ver el pánico en su rostro—. Hijo, ¿por qué no hablamos de esto en privado?

—¿Por qué? ¿Para que así pueda mantenerme callado? ¿Para que no se sepa la verdad? Mire, no sé qué opine el resto de ustedes, pero yo no puedo soportar escuchar más excusas y mentiras.

—Ya basta —Powell levanta la voz.

Continúa en la siguiente página.

Jason se abre paso hacia el escenario. La gente del público le grita su apoyo.

—Creo que ya tuvimos bastante —la sala estalla en aplausos cuando toma un micrófono—. Anoche vi cosas. Cosas que no puedo explicar. Cosas que la policía no quiere creer. Y cosas que ni yo mismo quiero creer. Pero sé lo que vi. Lo sé —la multitud guarda absoluto silencio—. Estos asesinatos son sacrificios rituales —la multitud jadea ante esta revelación. Te duele el estómago—. Todos hemos oído hablar de cómo los cultos satánicos se propagan por nuestro país como una enfermedad. Y Eddie Munson es el líder de uno de estos cultos. Una secta que opera aquí mismo en Hawkins.

Dejas de prestar atención a la voz de Jason para analizar a la multitud. Están embelesados con él, aferrándose a cada palabra que dice.

—Se hacen llamar Fuego Infernal...

Continúa en el número 97.

—¡Eso no es cierto! —una niña pequeña se levanta—. Fuego Infernal no es una secta. Es un club para nerds.

—¡Erica! —la mujer que está a su lado tira de ella para que se siente otra vez.

—¡Sólo digo la verdad: son los hechos! —responde ella.

Andrew te dice que es la hermana de Lucas, Erica.

—Un *club*. Un club inofensivo… Eso es lo que ellos quieren que pienses —continúa Jason—. Pero es mentira —el equipo empieza a repartir folletos—. Anoche recordé la Carta a los Romanos 12:21: "No te dejes vencer por el mal; por el contrario, vence al mal con el bien". Y Dios sabe que hay bien en esta ciudad. Hay mucho bien. Está presente en esta sala —los miembros de la multitud aplauden—. Así que he venido hoy aquí, humildemente, para pedirles que se unan a mí en esta lucha. Expulsemos este mal y salvemos juntos a Hawkins.

Un hombre con sombrero y chamarra vaquera se levanta y se gira para mirar a la multitud.

—¿Qué hacen ahí sentados? Ya escucharon —abandona la sala. Otros lo siguen.

Powell intenta llamar su atención:

—Quiero ser claro: cualquiera que interfiera con esta investigación será arrestado.

Nadie le presta atención mientras se marchan.

Continúa en la siguiente página.

98

Te quedas con el equipo en Benny's. Supones que ya pasó un largo rato desde que la policía detuvo a Lucas. El teléfono no para de sonar con información de las turbas de vigilantes que recorren las calles más allá del toque de queda impuesto por Powell. Registras todas las pistas que llegan. Recibes otra llamada y contestas el teléfono. Es información de alguien con una radio policial.

—Había tres de ellos en el Lago de los Enamorados, dos chicos y una chica. Uno de ellos es el que anotó la canasta ganadora en el partido del campeonato, Lucas Sinclair —después de dar las gracias a la persona que llama, cuelgas el teléfono.

Si Lucas no está detenido, ¿significa que la policía retiró los cargos? No puedes acudir a Jason con esa información, no después de cómo trató a Lucas. Aun así, ¿qué estaría haciendo en la escena del asesinato de Patrick? ¿Estaba allí cuando ocurrió? Abres el directorio telefónico y buscas a los Sinclair. Por suerte, sólo hay una familia con ese nombre.

Si eliges quedarte en Benny's, continúa en la siguiente página.

Si eliges ir a la casa de los Sinclair, continúa en el número 104.

Decides olvidarlo. Si Lucas fue liberado por la policía, no hay necesidad de que hagas nada más. Te quedas junto a los teléfonos y sigues registrando las pistas.

Al cabo de unas horas, te levantas para tomarte un descanso. Andrew se hace cargo de tu puesto. Hasta ahora, todas las pistas han sido inútiles y Jason está cada vez más frustrado. Oyes a Andrew colgar el teléfono y salir corriendo por la puerta. Lo sigues y ves cómo se acerca a Jason. Si está alterando a Jason con la información es porque debe ser algo importante. Jason y Andrew se dirigen de inmediato a su auto.

—¡Jason! —gritas—. ¿Qué pasa?

—Algo extraño está sucediendo en la casa de los Creel. La hermana de Sinclair está allí. ¡Vamos!

Corres al auto y entras. Jason acelera.

Mientras se desvían por las calles oscuras, se enteran de que van a un lugar espeluznante donde hace años ocurrieron algunos asesinatos. La gente cree que la casa está embrujada.

Cuando llegas, ves luces procedentes del interior y del parque. Reconoces a la chica que está en los juegos infantiles con forma de cohetes en el parque, la viste en la asamblea del ayuntamiento. Jason se desvía hasta detenerse. Andrew se baja y corre tras ella. Tú sigues a Jason hasta la casa. Subes corriendo las escaleras hasta llegar al ático. Cuando lo alcanzas, ves un espectáculo indescriptible. Jason está arrodillado junto a una chica pelirroja sentada en el suelo. Su cuerpo tiembla, pero ella no responde a sus llamados.

Lucas se vuelve hacia ti en busca de ayuda.

—No permitas que él haga esto. Si la despierto demasiado pronto, moriremos todos.

Continúa en la siguiente página.

Jason saca su pistola y apunta a Lucas.

—No. Si no la despiertas ahora mismo, morirás tú —intenta sacar a la chica de su trance.

—¡Sólo escucha! —Lucas suplica—. La cosa que mató a Chrissy, Fred y Patrick, nosotros la llamamos "Vecna". Vive en otra dimensión. Por eso no puedes verla.

—¿Esperas que crea eso?

—Es la verdad —Lucas se mantiene firme—. Chrissy, ella estaba viendo cosas, cosas terribles. Cosas que Vecna la obligaba a ver. Estaba asustada. Necesitaba ayuda.

—Así es como sé que mientes —Jason parece amenazador—. ¡Si Chrissy hubiera querido ayuda, habría acudido a mí! ¡No a Eddie! ¡No a ese monstruo!

Recuerdas tus llamadas telefónicas con Fred antes de volar a Hawkins. Parecía estar bien. Pero también Chrissy, según Jason, y ahora ambos están muertos.

—Tienes cinco segundos para despertarla —amenaza Jason.

Inicia una cuenta regresiva, pero Lucas lo derriba. El arma se dispara, y luego cae de las manos de Jason.

Si eliges ayudar a Jason, continúa en la siguiente página.

Si eliges ayudar a Lucas, continúa en el número 102.

Te lanzas sobre Lucas y ayudas a Jason a tomar la delantera. Lucas te empuja, pero Jason se le echa encima y empieza a darle de puñetazos hasta que la cara de Lucas, ya hinchada, comienza a sangrar. Toma el cuello de Lucas y lo aprieta. Oyes un ruido metálico y te giras para ver a la chica pelirroja levantándose del suelo.

Saltas y la sujetas de la pierna, pero no puedes tirar de ella. Ahora está en el techo. Se resbala tu mano y caes de espaldas, te das un fuerte golpe en la cabeza. No puedes moverte. Estás justo debajo de la chica y ves cómo sus miembros se rompen como los de Patrick la noche anterior. Su sangre gotea sobre tu cara.

—¡Max! —grita Lucas mientras te empuja fuera del camino.

La chica cae. Lucas la toma entre sus brazos.

—¿Lucas? Lucas, ¡no puedo sentir ni ver nada! —de alguna manera, Max está viva.

—Lo sé. Lo sé. No pasa nada. Vamos a conseguirte ayuda, ¿de acuerdo? Sólo… ¡sólo aguanta!

—Lucas, tengo miedo. Estoy muy asustada. Estoy muy asustada. ¡No quiero morir! ¡No estoy lista! No quiero morir. No estoy preparada —suplica.

Escuchas a Lucas tratando de consolarla.

—Max. Max. Quédate conmigo. ¡Quédate conmigo, Max! ¡No te vayas, Max! ¡Quédate conmigo!

Oyes a la chica exhalar su último aliento. Lucas, con gran dolor, grita su nombre. El suelo empieza a temblar. Te giras para ver un enorme agujero rojo que se abre y se extiende hacia ti. ¡Quema! ¡Quema!

Fin

Apartas el arma de una patada e intentas entrar a la pelea para ayudar a Lucas, pero él te grita que te detengas.

—¡Tienes que proteger a Max! —suena desesperado—. ¡Si el trance dura demasiado tienes que sacarla de ahí! —grita y embiste a Jason hasta estrellar su cabeza contra una ventana.

Te das la vuelta para ver cómo la chica, Max, empieza a levantarse del suelo tal y como hizo Patrick.

—¡Está flotando! ¡Está flotando! ¿Qué hago? —gritas.

—¡Un Walkman! ¡Ponle los audífonos y enciende la música! ¡Hazlo ahora!

Haces lo que te dice. Luego corres hacia donde pateaste el arma y la recoges, después volteas hacia Lucas y Jason.

—¡Jason, detente o disparo!

Él se queda paralizado.

—¿Cómo pudiste? ¿Cómo pudiste ponerte del lado de estos frikis? ¡Ellos mataron a Chrissy! ¡Mataron a tu amigo Fred! —Jason cae de rodillas, impotente.

—Ve con Max —le gritas a Lucas.

La niña de la estructura con forma de cohete sube las escaleras.

—¿Eres amiga de Lucas? —le gritas, sin dejar de mirar a Jason.

—Soy su hermana, no su amiga. Esos son los hechos —ella corre hacia Lucas.

Se escucha un ruido sordo; algo que ha caído.

—¿Lucas? —llama otra voz.

—¡Max! ¡Estás bien! Te tengo!

Continúa en la siguiente página.

Ya pasaron dos días desde que ayudaste a Lucas a defenderse de Jason. Max está a salvo, al menos físicamente. Lucas te cuenta la historia completa de lo que ha estado sucediendo en Hawkins. Eddie era inocente. Te enteras de que se sacrificó para ayudar a salvar el pueblo que sigue considerándolo un criminal. Jason fue enviado a un psiquiátrico por una grave crisis mental. Todavía sostiene que Eddie era el líder de una secta y que Lucas era uno de sus acólitos. Lucas no está implicado en ninguno de los asesinatos y tiene coartadas para todos ellos, gracias a que estuvo encerrado en Benny's.

Llegas al aeropuerto. Lucas está allí para despedirte.

—Gracias —dice.

—No me des las gracias —respondes—. Podría haberlo arruinado todo.

Estás listo para ir a casa y dejar Hawkins atrás.

Fin

104

Llegas a la casa de Lucas y ves que las luces están apagadas. Frente a la residencia contigua hay patrullas estacionadas. Te acercas al edificio y miras por la ventana. Lucas está allí, junto con su hermana, Erica, a la que viste en la asamblea del ayuntamiento, y un chico de cabello rizado. La luz sobre ellos empieza a parpadear. Sigue un patrón constante. La niña también se da cuenta e informa a los demás. El chico de cabello rizado aparta a los demás. Salen corriendo de su vista. La luz deja de parpadear. Das un paso atrás y observas toda la casa. En una ventana del piso superior miras las luces parpadear de nuevo. ¿Fue así como contactaron con el diablo? ¿Tuvo Jason razón todo el tiempo? Vuelves corriendo a la casa de Lucas, tomas tu bici y esperas.

Ves a Lucas abrir una ventana y salir. Su hermana va detrás de él y luego el chico de cabello rizado. Saltan desde el tejado a unos contenedores de basura y luego montan sus bicicletas. Otra cabeza asoma por la ventana: ¡es un oficial de policía!

—¡Eh! —grita el uniformado—. No, ¡vuelvan aquí!

—¡Hazlo! —grita el chico de cabello rizado.

Erica se baja de la bici junto a la patrulla.

—Supongo que es un delito menor —apuñala la llanta para sacarle todo el aire. Luego suben a sus bicis y se alejan.

Consigues seguirlos hasta el parque de remolques.

Continúa en la siguiente página.

Lo reconoces por las noticias, es el remolque de Eddie, donde él asesinó a Chrissy. Te asomas por una ventana. El chico de cabello rizado está atando sábanas. Lucas deja caer un colchón al suelo. Levantas la mirada y descubres una gran grieta en el techo. ¿Daños causados por el agua? ¿Sangre? El chico de cabello rizado lanza las sábanas hacia arriba y, de alguna manera, se quedan ahí; deben haberse enganchado en el techo. Entonces, se ve a una chica de cabello corto salir de la grieta y caer sobre el colchón. Los demás a su alrededor están aturdidos. Retrocedes unos pasos para mirar el techo, pero no ves a nadie allí. De vuelta a la ventana, observas cómo ayudan a Eddie a levantarse del colchón. Todos miran hacia arriba, expectantes, pero algo cambia. Empieza a entrar en pánico. Algunos corren más lejos dentro del remolque. Pasan unos minutos y entonces ves a otro chico que baja del techo, llevando el cuerpo inerte de una chica. ¿Acabas de presenciar otro sacrificio? El chico coloca a la chica sobre el colchón. Parece que no reacciona. Vuelves corriendo a tu bici y te alejas a toda velocidad. ¡Tienes que encontrar a Jason! Eddie ha vuelto a matar.

Continúa en la siguiente página.

106

—¡Jason! —cuando llegas a Benny's, estás sin aliento—. ¿Dónde está Jason? Necesito hablar con él ahora!

Andrew te ve primero y te lleva con Jason.

—¿Qué te pasó?

—¡Es Eddie! ¡Lo vi! ¡Volvió a matar! Otros lo estaban ayudando, Lucas y su hermana. ¡Tenemos que ir ahora!

—¿Dónde fue esto?

—En el remolque de Eddie. Seguí a Lucas hasta allí y entonces vi... a una chica, estaba tirada allí. ¡Parecía muerta!

—¡Muévanse, todos!

Saltas al interior del coche de Jason, y él acelera.

Cuando llegan al parque de remolques, Jason esquiva por poco uno que está saliendo en ese momento. Ven que los participantes del culto ya se fueron del remolque de Eddie.

—¡Yo estaba parado justo aquí! ¿Ves ese agujero en el techo? Eddie salió de ahí y cayó, en ese colchón. Ahí es donde vi a la chica. Había unos seis o siete de ellos —miras a Jason, sintiéndote enloquecer—. ¡Tienes que creerme! Juro que la vi.

—Te creo —dice Jason. Vuelve a mirar por la ventana—. No están aquí, y parece que se llevaron el cuerpo esta vez.

—¿Qué hacemos?

—Si no sólo Eddie está involucrado, tal como siempre creí, entonces debemos armarnos. ¿Quién sabe cuántos miembros del culto están allá fuera?

Vuelven al coche, y Jason conduce de regreso a la ciudad.

Continúa en la siguiente página.

Parece que toda la ciudad está comprando el inventario completo de War Zone, una tienda que presume de tener el mayor surtido de armas de fuego en Hawkins. Caminas por los pasillos mirando cuchillos, pistolas, trajes de camuflaje y otros equipos y ropa. Es un mundo nuevo. Ves a alguien en el mostrador y te detienes de golpe, buscando a Jason. Cuando lo encuentras, estás aturdido.

—Jason, la chica que vi, la que habían asesinado... está aquí.

—¿Qué?

—Es ella, justo en el mostrador. ¿Quizás escapó?

—¿Seguro que es ella?

—Estoy seguro.

Jason se dirige al mostrador.

—Nancy Wheeler —dice—. Qué sorpresa verte aquí.

Reconoces el nombre; Fred la mencionó en su correspondencia antes de que volaras a Hawkins.

—Bueno, ya sabes, tiempos escabrosos —dice ella. Está comprando un arma.

—Te vi en el remolque de Eddie —dices.

—Lo siento...

—Mira, sabemos lo de la secta. Vi lo que intentaron hacerte... Eddie Munson y sus amigos.

—No sé de qué me estás hablando. Y no he visto a Eddie Munson desde que terminaron las clases —dice ella, asustada.

—¿Hay algún problema aquí? —un chico se acerca para ponerse al lado de Nancy. Es el mismo que viste bajándola del techo en el remolque de Eddie.

—Tú también estabas allí —te diriges a Jason—: Él también estaba allí. Yo lo vi.

Continúa en la siguiente página.

108

—¿De qué estás hablando? —pregunta el chico—. ¿Que yo estaba dónde?

Jason se balancea y le da un puñetazo en la cara. Les grita a los demás, que vienen corriendo. Intenta apartar a Nancy y ponerla a salvo, pero ella se resiste y sale corriendo de la tienda con la escopeta que sostenía. Jason está golpeando al chico. El dependiente le grita que se detenga. El chico no tiene ninguna oportunidad, no con todo el equipo rodeándolo.

—¡Te lo voy a preguntar una vez más! —Jason le grita al chico—. ¿Dónde está Eddie?

El chico sonríe y escupe un poco de sangre.

—Está de niñero.

Jason lo golpea de nuevo.

—¡Voy a llamar a la policía! —grita el empleado.

La multitud que los rodea dificulta la huida. Jason y los demás corren. Intentas seguirlos, pero el dependiente salta por encima del mostrador y te sujeta. El chico, muy ensangrentado, está demasiado débil para mantenerse en pie.

La policía no tarda en venir a recogerlos a ti y al chico.

Continúa en la siguiente página.

Estás detenido en una celda con el chico que Jason golpeó en la armería. Ahora sabes que se llama Steve Harrington. Te sorprende que la policía los tenga en la misma celda, teniendo en cuenta lo que ha pasado.

—Sé que eres parte de la secta —intentas sonar amenazador.

—¿De qué estás hablando?

—Los vi a ti y a esa chica en el remolque con Eddie, Lucas y otros.

La policía no parece obtener información de él, así que depende de ti.

—No formo parte de ninguna secta —dice Steve, y lleva una bolsa de hielo a su rostro—. No deberías escuchar toda la basura que vomita Jason.

—Entonces, ¿qué hacías con Eddie en su remolque? Y no me digas que no estabas allí. Te vi con mis propios ojos llevando a esa chica…

Te lanzan al suelo las fuertes sacudidas a tu alrededor. ¿Un terremoto? Un policía abre la puerta de la celda y les dice que salgan. Está claro que nunca se han enfrentado a un terremoto, pero también es el más fuerte que hayas sentido nunca y estás muy lejos de California. Steve cruza la puerta y sale a la calle. Lo persigues.

Continúa en la siguiente página.

110

Te arden los pulmones, pero no dejas de correr, mientras Steve se aleja del centro del pueblo. Se dirige a una vieja casa y sube corriendo las escaleras, donde lo sigues hasta que llegan a un ático. Cuando entras en él, te quedas congelado.

Lucas está allí, sosteniendo a la chica pelirroja que viste escapar de la policía junto con él. Está sollozando sobre ella, rogándole que resista. Ves a Jason inconsciente en el suelo junto a una ventana rota. Steve está con Lucas y la chica. Lucas pide una ambulancia. El suelo empieza a temblar de nuevo. Lucas y Steve arrastran a la chica hacia la puerta cuando se abre un agujero. Parece lava. El agujero se extiende. Corren hacia Jason y lo toman de las piernas, intentan arrastrarlo fuera del camino, pero es demasiado tarde. Se quema vivo.

Sales deprisa mientras el edificio se derrumba. Desde fuera, ves a Steve, Lucas, Erica y la chica, con los ojos abiertos.

—¿Ella está...?

Steve comprueba su pulso.

—Está viva. Oh, Dios, está viva.

Continúa en la siguiente página.

Los habitantes del pueblo describen el terremoto como una puerta al infierno. No crees que se estén equivocando. Alcanzó una magnitud de 7.9 y partió el pueblo por la mitad. Las agencias federales llegan para ayudar en las tareas de auxilio, y una fila constante de coches abandona el pueblo, quizá para siempre. El recuento de muertos aumenta. Éste es tu último día en Hawkins, y tienes que hacer una parada más. Cuando llegas al hospital, preguntas por la chica pelirroja, que ahora sabes que se llama Max Mayfield. La recepcionista te dice dónde encontrarla. Llevas flores en una mano y bombones en la otra, un pequeño regalo para ayudarla a recuperarse de lo que sea que le haya hecho la secta. Cuando abres la puerta, te sorprende ver a Lucas y a su hermana.

—¿Qué haces aquí? —preguntan tú y él al mismo tiempo.

—Estoy aquí por mi amiga… —responde Lucas.

—¿Tu amiga? Te vi en ese ático. Te vi en ese remolque. Quizás hayas tenido suerte con este terremoto, ¡pero tú y yo sabemos que las heridas de esa chica ocurrieron antes del terremoto! —gritas, acalorado.

—¡Yo nunca le haría daño a Max! Si no fuera por ti y Jason y sus idiotas seguidores, Max estaría bien. No estaría así —hace un gesto hacia su cama de hospital. Ves que está enyesada de cuerpo entero, con los ojos cerrados—. ¡Yo podría haberla salvado, pero tú te interpusiste! ¡Destruiste su vida! ¡Destruiste mi vida!

Lucas te empuja hacia la puerta y, al sacarte, la cierra en tu cara. Cuando intentas volver a entrar, descubres que ya ha sido asegurada por dentro.

Fin

—Bien, voy a sacarte de aquí. No te muevas hasta que te lo diga —los demás están distraídos, escuchando otra charla motivacional de Jason. Desatas las ataduras de Lucas. Se queda quieto.

—¿Viniste aquí con Jason?

—Vine en bicicleta. Debería seguir ahí —miras por la ventana; el camino hacia las bicis está despejado.

—Bien. Cuando dé la señal, quiero que corras, te subas a tu bici y empieces a pedalear lo más rápido que puedas. Si perdemos el elemento sorpresa, no seremos capaces de dejar atrás un coche...

—No sin superpoderes, al menos... —murmura.

—¿Qué? —sacude la cabeza—. No importa. Prepárate.

Miras a tu alrededor y ves una estufa de gas.

—Por favor, que funcione —giras el dial y se enciende una llama azul. Tomas basura y serpentinas de los alrededores y las arrojas sobre ella. Se encienden y las llamas crecen. Entonces, suena la alarma de incendios—. ¡Corre!

Lucas y tú salen corriendo hacia sus bicicletas y se alejan pedaleando.

—Eso debería darnos algo de tiempo —gritas—. Ahora vamos a hablar con Eddie —das la dirección a Lucas y él te guía—.

¡Eddie! —Lucas golpea la puerta de la cabaña en Coal Mill Road. Por ahora Jason y los otros estarán buscándote a ti y a Lucas—. Eddie, soy yo, Lucas. Estoy aquí para ayudar.

Oyes cómo hurgan en el interior, y luego la puerta se abre. Un chico alto y de pelo largo la abre:

—Entra, rápido. Te encuentras cara a cara con un presunto asesino.

Continúa en la siguiente página.

—Ya les conté a Dustin y a los demás lo que pasó con Chrissy.

—Quiero oírlo de ti —repites.

Latas vacías de espagueti y envoltorios de comida chatarra te rodean. Es evidente que Eddie lleva tiempo escondido aquí.

—De acuerdo —Eddie estira la espalda y luego se agacha para estar más cerca de ti—. Yo no maté a Chrissy. Fue algo más, no sé qué, lo que la mató.

—¿Qué? —te muestras escéptico—. No puedes estar hablando en serio. Estabas allí, ¿acaso no lo sabes?

—Mira, Lucas, Dustin y tus otros amigos me creyeron. Me contaron lo del Azotamentes y todo eso. Sólo habla con ellos.

—Espera, ¿estás queriendo decir que el Azotamentes regresó? —Lucas sujeta a Eddie por los hombros—. ¿Estás seguro?

—No lo sé. Dustin iba a investigarlo —Eddie se libera de Lucas. Es como si ya no estuvieras en la habitación.

—¿Dónde está Dustin?

—No lo sé, pero podemos contactar con él —Eddie entrega a Lucas una radio.

Lucas la toma y empieza a hablar.

—¡Dustin! Dustin, ¿estás ahí? Soy Lucas. Estoy con Eddie.

—¿Lucas? ¡Necesitas reunirte con nosotros en la escuela ahora mismo! ¡Se trata de Max!

—¿Max? ¿Qué pasa con Max? —sin decir más, Lucas suelta la radio y sale corriendo por la puerta.

Vas detrás de él mientras se aleja en su bici. Saltas a tu bicicleta y lo sigues.

—¡Lucas! ¿Adónde vas?

—¡Tengo que ir con Max!

Continúa en la siguiente página.

114

Te bajas de la bici y sigues a Lucas al interior de la escuela.

—¿Lucas? ¿Qué pasa? —lo persigues por el pasillo vacío. Cuando da vuelta en la esquina, oyes gritos. ¡Mierda! ¡Mierda! ¡Mierda! Entonces oyes la voz de Lucas.

—¡Soy yo! Soy yo.

—Jesús, ¿qué te pasa? —alguien responde.

—Lo siento, chicos. Acabo de pedalear trece kilómetros. Denme un segundo.

Das vuelta a la esquina.

—¡Cuidado! —un chico con el cabello esmeradamente peinado arremete contra ti, pero Lucas se interpone.

—¡Espera! ¡Espera! Es un amigo.

—¡Estoy con Lucas! —gritas al mismo tiempo.

Lucas mira a los demás, llamando la atención de una pelirroja.

—Quiero decir, no conmigo, conmigo. O sea, conmigo, pero no en ese...

—¿En serio, Lucas? —responde la pelirroja—. No es momento para eso.

Lucas se acerca a la pelirroja.

—Max, ¿estás bien? ¿Qué ha pasado?

—Miren, no sé cómo funcionan las cosas por aquí —dices—, pero, de donde yo vengo, que unos chicos irrumpan en la escuela no es algo que agrade a las autoridades. ¿Quizá deberíamos ir a otro sitio?

—Claro —dice el chico del cabello lindo—. Probablemente deberíamos hacer eso.

—Vamos a mi casa —añade otra chica.

Los demás asienten y toman el rumbo establecido.

Continúa en la siguiente página.

—Bienvenido a casa de los Wheeler —anuncia Dustin al salir del coche.

Ya te presentaron a todos.

—Espera, ¿Wheeler, como Nancy Wheeler?

—Sí —Nancy se acerca por detrás—. ¿Nos conocemos?

—Sí. Es decir, no. Quiero decir que he oído tu nombre. Estoy en la ciudad para asistir a la conferencia de periodismo para estudiantes que Fred Benson estaba organizando. Espera, ¿tú has visto a Fred? Se suponía que debía recogerme ayer en el aeropuerto y nunca apareció.

El rostro de la joven se vuelve sombrío.

—Lamento tener que decirte esto, pero... —traga saliva—. Encontraron a Fred sin vida esta mañana.

Guardas silencio.

—Entremos —dice Nancy, y te guía con suavidad hacia una puerta lateral que conduce al sótano. Una vez que todos están instalados, Lucas y tú se ponen al corriente de lo sucedido. Cuando la historia termina, el silencio se apodera de la habitación. Todos están aterrorizados.

Continúa en la siguiente página.

—Así que esperan que crea… —empiezas despacio— que hay algún tipo de demonio en Hawkins…

—Lo llamamos Vecna —interviene Dustin. Todos lo miran—. Bien, no es el momento, ya veo.

—De acuerdo, entonces ¿me están diciendo que este tal Vecna está detrás de estos asesinatos? —todos ponen mala cara—. No pueden estar hablando en serio.

Una chica se levanta de un salto.

—Cree lo que quieras, pero te estamos diciendo que todos hemos visto cosas locas aquí.

—Robin tiene razón —dice Lucas—. Tendrás que confiar en nosotros.

—Y entonces, esta visión que tuviste… —te vuelves hacia Max—, ¿crees que eres la siguiente en la lista de asesinatos de Vecna?

—Chrissy y Fred estaban viendo a la consejera, la señorita Kelley, porque tenían dolores de cabeza, pesadillas y visiones. Ambos murieron a las veinticuatro horas de su primera visión. Yo acabo de tener la mía.

—¿Y están seguros de que Eddie no tiene nada que ver con esto?

—Ni siquiera estuvo cerca cuando ocurrió el segundo asesinato —exclama Dustin—. Nosotros estábamos con él en el cobertizo para botes.

—Yo fui la última persona que estuvo con Fred —dice Nancy en voz baja—. Robin y yo podríamos tener una pista.

Continúa en la siguiente página.

Al día siguiente, en la casa, esperas con los demás mientras Robin y Nancy siguen su pista: una visita a un hospital psiquiátrico para ver a un paciente llamado Victor Creel. Nancy les ordenó que se quedaran en el sótano y esperaran a que ellas regresaran.

En un rincón, Max se sienta a escribir furiosamente. Lucas la observa con atención, junto con Steve y Dustin. Se nota que están preocupados por ella, y parecen honestos, pero aún no puedes hacerte a la idea de todo este asunto de Vecna. ¿Es sólo una treta? ¿Es una distracción para evitar que entregues a Eddie? Estás devastado. Nadie te está prestando atención, así que ésta podría ser una oportunidad para escapar. No podrás averiguar la verdad si te quedas aquí sentado, esperando. Aún no estás seguro de poder confiar en ellos.

Sales silenciosamente por la puerta lateral a la luz del día. No has dormido nada; la adrenalina y la curiosidad son lo único que te mantiene en pie. Consideras tus opciones. Podrías regresar a la escuela y buscar en los expedientes de Chrissy y Fred, así como en los de Max. También podrías echar un vistazo al parque de remolques, adonde todavía no has ido. ¿O es la hora de volver con Jason?

—Podría hacerlo todo —murmuras mientras te subes a la bicicleta de Chrissy.

Continúa en la siguiente página.

118

Por suerte, la escuela sigue abierta, al igual que la oficina de la consejera. Abres el archivero y buscas los expedientes de Chrissy, Fred y Max. Los extiendes sobre el escritorio, uno al lado del otro, y los revisas en busca de similitudes. En efecto, lo que Max describió era exacto. Los tres manifestaron dolores de cabeza, pesadillas y visiones. Sin embargo, las razones por las que acudían a la consejera eran diferentes: Chrissy tenía problemas en casa; Fred sobrevivió a un horrible accidente de coche en el que alguien murió; Max acudía a la consejera por la muerte de su hermano mayor en un incendio en un centro comercial, al que ella sobrevivió. Sabes que Nancy y Fred eran amigos, y que Max forma parte del grupo de cazafantasmas, pero Chrissy no parece estar relacionada con ellos para nada, salvo por el equipo de basquetbol. Y es claro que Lucas no conocía realmente a Chrissy. Luego, siempre está Eddie: todos están vinculados a él, salvo Fred, hasta donde sabes.

—¿Cuál es la conexión? —murmuras para ti mismo mientras sigues hojeando los expedientes.

Lees las notas a mano: conflictos con sentimientos de culpa. La culpa aparece en las notas de los tres. Vuelves a los otros expedientes y los sacas uno a uno, en busca de otros alumnos que tuvieran los mismos síntomas, además de sentimientos de culpa. Anotas sus nombres por si acaso. Reconoces la foto de uno de los expedientes. Es Patrick, integrante del equipo de basquetbol. Recopilas la lista de nombres y vuelves a guardar los expedientes lo mejor que puedes, luego te diriges a tu siguiente parada: el remolque de Eddie.

Continúa en la siguiente página.

No tardas mucho en encontrar el remolque indicado, rodeado por toda esa cinta amarilla brillante de la policía. Por suerte, no hay nadie. Pasas por debajo de la cinta y te acercas a la puerta del remolque, echas otro vistazo para asegurarte de que nadie te observa, giras el picaporte y entras.

Una gran grieta carnosa palpita en el techo. Caminas hacia ella y miras hacia arriba. Parece que conduce a alguna parte, pero no alcanzas a ver bien. Encuentras una silla, la arrastras bajo la grieta y subes a ella. Te acercas lo suficiente. Cierras los ojos, inhalas profundo y aguantas la respiración, luego metes la cabeza en la grieta. La sensación húmeda y fibrosa te provoca arcadas, pero te controlas. Entonces, abres los ojos.

Es el remolque. De alguna manera, estás mirando hacia el remolque desde el techo. Sacas la cabeza y ves que sigues en la silla, sobre la mesa, debajo del agujero. Metes otra vez la cabeza y vuelves a ver el remolque, pero te das cuenta de que es diferente. El aire está lleno de partículas de polvo flotantes y todo se siente frío. Sacas la cabeza, saltas de tu improvisada escalera y sales corriendo del remolque. ¡¿Qué está pasando?!

Continúa en la siguiente página.

120

Subes a la bicicleta prestada y pedaleas para salvar la vida mientras el pánico empieza a apoderarse de ti. Tratas de calmarte, de pensar racionalmente, pero lo que acabas de ver desafía todo lo que creías saber sobre el mundo. Si llevaras la cuenta, ese agujero abonaría a la teoría de Vecna. Tus piernas empiezan a cansarse, así que dejas de pedalear.

—¡Mierda! ¡Mierda! ¡Mierda! —maldices. Por imposible que parezca, decían la verdad. Ibas a hablar con Jason para averiguar qué había encontrado, pero ahora sabes que él va por el camino equivocado, y la policía también. ¡Todo el mundo, excepto un puñado de chicos!—. ¡Mierda!

Tienes que moverte, así que vas a Benny's. Jason necesita saber la verdad.

Cuando llegas a la antigua hamburguesería, ves el auto de Jason estacionado enfrente. Tratas de tranquilizarte mientras entras en el edificio. Todo está en silencio, salvo por el televisor que suena en la parte trasera.

—¿Dónde has estado? —saltas al oír la voz de Jason.

—Estaba siguiendo unas pistas.

—Sinclair escapó. Por casualidad, tú no sabes nada al respecto, ¿verdad?

—¿Qué? —finges sorpresa, esperando ser lo suficientemente convincente—. Cuando me fui, todavía estaba atado. ¿Qué pasó?

—Se soltó de sus amarres y provocó un incendio en la cocina —Jason sacude la cabeza—. Olvídalo. De cualquier manera, me alegro de que hayas vuelto. En verdad necesito a alguien en quien pueda confiar. ¿Encontraste algo?

Te preparas para lo que viene.

Continúa en la siguiente página.

Lo observas con atención.

—¿Sabías que Chrissy estaba viendo a la consejera escolar?

—¿Qué? —la sorpresa de Jason parece genuina—. ¿Por qué iba a ver a la consejera?

—No lo sé. Esperaba que tú lo supieras.

—No, hay algún error. Si algo hubiera estado mal, ella habría venido conmigo.

—Entonces, ¿ella nunca te dijo nada sobre dolores de cabeza, pesadillas, nada de eso?

—No —Jason es contundente—. Ella estaba bien. Todo iba bien. ¿Por qué preguntas? ¿Por qué estabas en la oficina de la consejera?

—Yo... —echas un vistazo al televisor y ves que siguen dando las noticias—. Me enteré de lo que le pasó a Fred, y antes de que... antes de que eso pasara, me dijo que estaba asistiendo con la consejera.

—Sí, pero eso no tiene nada que ver con Chrissy —los ojos de Jason se abren de par en par—. Es Eddie. Eddie es la conexión. Le está haciendo algo a la gente. Es parte de su culto.

Tu corazón se hunde. Está claro que no hay manera de comunicarte con Jason en este momento.

—B-bien —balbuceas—. Supongo que esperaba encontrar algo que pudiera ayudar.

—Te lo agradezco —dice Jason amablemente—, pero sabemos quién hizo esto.

—¿Saben dónde está?

—Todavía no —responde. Intentas que no se note el alivio en tu cara—. Pero lo encontraremos. ¿Te quedarás aquí esta noche?

—Mmm, no, creo que iré a ver a los padres de Fred. Me estoy quedando con ellos, así que debería estar allí...

—Claro —dice—. Deberías estar allí con ellos. Reemprenderemos la búsqueda mañana.

Asientes y te subes a la bici para volver a casa de los Wheeler.

Continúa en la siguiente página.

—¿Dónde has estado? —Dustin abre la puerta lateral y prácticamente te arrastra al sótano—. ¡Te perdiste de un montón de cosas!

—¿Qué pasó? —todos están reunidos alrededor de Max, que está escuchando un Walkman. La música está lo suficientemente alta para que puedas oírla al otro lado de la habitación.

—Primero, ¿dónde estabas? —Nancy aparta a Dustin.

—Fui a seguir algunas pistas.

Nancy te mira con escepticismo.

—¿Y?

—Les creo —sacudes la cabeza—. Fui al remolque de Eddie y vi... ni siquiera sé cómo describirlo... vi un agujero en el techo. Cuando asomé la cabeza por él, miré el remolque del otro lado, pero era diferente.

—¿Había polvo flotando por todas partes?

—Sí...

—¡Oh, mierda, mierda! —Dustin empieza a hiperventilar.

—Un portal —responde Nancy.

—¿Ya habían visto esto antes? —sujetas a Nancy y le das la vuelta para que te mire.

—Es un portal. Conduce al Mundo del Revés. De ahí salieron el Azotamentes y el Demogorgon.

—Sí, pero creía que Hopper había cerrado el portal —Lucas mira a su alrededor en busca de confirmación—. El del centro comercial con los rusos.

Tu mente da vueltas. ¿Los rusos? ¿Qué?

—Y así fue —Nancy parece aturdida—. Pero supongo que ahora hay uno nuevo en el remolque de Eddie.

Continúa en la siguiente página.

Te levantas temprano a la mañana siguiente y ves que todos siguen dormidos. Observas alrededor de la habitación y no puedes evitar preguntarte cómo es que este extraño grupo llegó a conformarse; ésta es la pijamada más extraña de la historia. Ves a Max levantarse y subir las escaleras. La sigues. Arriba, la señora Wheeler prepara el desayuno mientras Max se sienta a la mesa con la hermana pequeña de Nancy. Le das los buenos días a la señora Wheeler y te sientas junto a Max, que está dibujando con trazos llenos de furia.

—¿No puedes dormir?

—Resulta un poco difícil, con todo lo que está pasando —Max sigue dibujando. No sabes qué decir. Después de que la pandilla te contó la última visión de Max y cómo necesita escuchar música para mantener a Vecna fuera de su cabeza o será asesinada, todo parece más real, más urgente—. Sólo pensé en dibujar cosas que recuerdo de mi última visión. Llegué a un lugar que no creo que Vecna quisiera que viera. Aunque, claro, no soy una artista como Will.

—¿Will? —recoges algunos de los dibujos dispersos, pero nada tiene sentido para ti.

—Sí, Will era un amigo nuestro que se perdió en el Mundo del Revés. Su hermano mayor, Jonathan, es novio de Nancy y nuestra amiga Once vive con ellos. Después de que el padre de Once murió, cuando luchábamos contra el Azotamentes el año pasado, se mudaron a un lugar en California llamado Lenora.

—Espera, ¿en serio? —dejas las fotos—. Yo soy de Lenora.

—Santo... —se le cae un crayón—. Espera, ¿conoces a los Byers? ¿Jonathan y Will?

Te encoges de hombros.

—Bueno, Once le dijo a Mike en una carta que ella llega a la escuela en una camioneta de pizza desde que el coche de

Jonathan se averió. Si alguna ocasión ves a alguien que va en una camioneta de pizzas, sabrás que son ellos.

Sonríes, porque sabes exactamente quién lleva una camioneta de pizzas al colegio. Es extraño pensar en casa.

Continúa en la siguiente página.

—¿Una camioneta de pizzas?

—Sí, uno de los amigos de Jonathan trabaja en una pizzería y él los lleva desde que el auto de Jonathan se descompuso. En realidad —dices, pensando en tu escuela por primera vez en mucho, mucho tiempo—, conozco a alguien que va a la escuela en una camioneta de pizza. No somos amigos, pero ha entregado pizzas en mi casa un montón de veces.

—Bueno, a menos que haya más de una camioneta de pizzas en tu escuela, probablemente sea él.

—El mundo es un pañuelo.

—Sí —la conversación se enfría. Miras a Max seguir dibujando, todavía incapaz de dar sentido a los dibujos—. Ojalá Once estuviera aquí.

—¿Esa amiga tuya con superpoderes?

—En Lenora, se hace llamar Jane Hopper.

Te encoges de hombros ante el nombre.

—Ahí están —Nancy se para detrás de ti—. ¿Qué están haciendo?

—No podía dormir, así que estaba dibujando lo que recordaba de mi visión.

—Espera —Nancy se detiene en un dibujo—. ¿Esto es una puerta?

—Sí, ¿cómo lo supiste?

—Bueno, ayuda que la haya visto antes —Nancy recoge los dibujos y empieza a ordenarlos. Cuando retrocede, ves que ha formado un dibujo más grande de una casa con varias habitaciones—. Es la casa de los Creel.

Nancy reúne a los demás para ir a la casa abandonada.

Continúa en la siguiente página.

Suponías que la casa estaría vacía, pero todos los muebles, los accesorios, las obras de arte, todo está allí. El reloj de pie que se detuvo a las 9:50 es el mismo que aparece en las visiones de Max. Todos registran la casa. Tú estás de nuevo en el vestíbulo, después de no encontrar nada. Ni siquiera estás seguro de lo que estás buscando.

De pronto, una voz crepita en la radio, dentro de la mochila de Dustin.

—Hey, ¿Dustin? ¿Estás ahí? Soy Eddie. Te acuerdas de mí, ¿verdad?

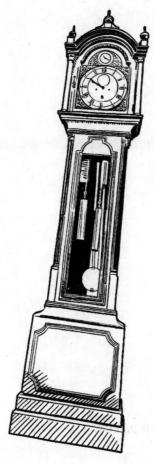

Corres hacia la mochila.

—¿Eddie? ¿Qué pasa?

—Se trata de Jason y sus matones. Me encontraron. Tienen que venir rápido.

Maldices y corres escaleras arriba, gritando.

—¿Qué pasa? —Dustin mira hacia abajo desde el barandal.

—¡Es Eddie! ¡Debemos irnos ahora!

Continúa en la siguiente página.

Nancy se detiene cerca de la cabaña. Ves un coche estacionado y oyes ruidos procedentes del interior.

—Todavía no han encontrado a Eddie —señalas hacia el cobertizo para botes, donde se mueve una cortina—. Tenemos que sacarlo de ahí.

—De acuerdo, ¿y qué hay de esos tipos? —pregunta Dustin, señalando la cabaña.

Te agachas mientras algunos deportistas salen por la puerta principal.

—A Dustin, Lucas y Eddie no los pueden ver —Steve empuja a Dustin hacia abajo—. Déjenmelo a mí. Yo los distraeré. Ustedes llévense a Eddie y salgan de aquí.

—No, Steve —protesta Dustin, pero Steve ya está en marcha.

—Yo me quedaré con Steve —dice Nancy, siguiéndolo de cerca.

Robin te lanza hacia el cobertizo.

—¿Qué vamos a hacer? ¿Caminar hasta allí y luego caminar con él de regreso? —pregunta Max.

—¿Tienes una mejor idea? —dice Robin, devolviéndole a Max algo de su insolencia.

Justo entonces se escucha un grito. Ven a Steve peleando con Jason.

—Oh, Steve, oh…

—¡Se acabó! ¡Entren al auto! —grita Max, saltando al asiento del conductor. Las llaves siguen en el contacto. Arranca el motor.

—¿Qué estás haciendo?—grita Robin. Es la última en subir al coche.

—Soy la *Zoomer* —dice Max, y pisa el acelerador. Conduce directo hacia el cobertizo para botes.

Dustin grita a Eddie que suba al coche. Él lo hace y Max se desvía hacia la cabaña, apuntando al grupo reunido alrededor de Steve y Jason.

—¡Max! ¡Max! ¡Max! ¿Qué estás haciendo? —grita Robin. El grupo se dispersa para ponerse a cubierto.

Continúa en la siguiente página.

Nancy arrastra al coche a un Steve cubierto de sangre y Max arranca. Miras atrás y descubres que los deportistas los siguen en su auto. Es una persecución.

—Espera —Max cambia de marcha y desvía el coche hacia otro camino.

—¡No! ¡No! ¡No! ¡Otra vez no! —Steve grita atrás.

Te aferras a la vida mientras Max trata de eludir a los deportistas, pero ellos le están pisando los talones y conducen tan temerariamente como ella. Oyes el sonido de una sirena.

—¡Genial! ¡Policías! —Steve está exasperado—. ¡Max! Baja la velocidad.

—¡Silencio, mamá! —responde ella. Da otra vuelta—. Recuerdan el camino a esa base secreta rusa, ¿cierto?

—¡No puedes estar hablando en serio! —exclama Dustin.

Max se desvía hasta detenerse frente a las ruinas de un centro comercial. Todos bajamos y Robin nos guía hacia el interior. Corres por las escaleras eléctricas hasta el segundo piso y entras en una heladería. Robin abre una puerta trasera que da a una serie de pasillos que conducen a un muelle de carga.

—Oh, por favor, por favor, por favor… —murmura Robin mientras tira de la puerta. Se abre, conduce a un almacén.

—¡Alto ahí!

Te giras y ves a la policía apuntándoles con sus armas.

Los atraparon.

Continúa en la siguiente página.

128

Hay una multitud enfurecida frente a la comisaría. Desde que se supo de la captura de Eddie, la ciudad ha estallado en un frenesí de justicieros, como las turbas de linchamiento que estudiaste en la clase de Historia. Respiras tranquilamente. La multitud está ahí fuera, y la policía ha establecido un perímetro para asegurarse de que nadie pase. Están todos en una celda de detención, esperando noticias sobre sus destinos.

El jefe Powell entra y abre la celda.

—Eddie Munson, ven conmigo.

Eddie se levanta y sigue a Powell fuera.

—¿Qué está pasando? —preguntas a los otros, que también se muestran alarmados—. ¿Ya nos interrogaron a todos?

Al cabo de veinte minutos, Powell regresa con Eddie. Vuelve a abrir la celda, pero en lugar de guiar a Eddie al interior, libera al resto de ustedes.

—¿Qué pasó? —pregunta Dustin a Eddie.

—Me creyeron —dice Eddie, conmocionado.

—¿Qué? ¿Cómo?

—Hubo otro asesinato mientras estábamos detenidos. Algunos atestiguaron lo mismo que yo, cuando vi lo que le pasó a Chrissy.

—Y entonces, ¿saben que eres inocente? —Dustin sonríe—. ¡Esto es genial!

—¿Ya olvidaste la multitud que está ahí fuera? —dices, señalando la puerta—. Aunque la policía crea que Eddie es inocente, no se sabe lo que puede hacer esa turba.

—¿Y por eso, nos quedamos aquí mientras Vecna sigue matando a más gente?

—Creo que sólo le queda una muerte en mente —dice Max en voz baja, sus auriculares siguen reproduciendo música.

—Y ahora estamos aquí atrapados… —entierras la cabeza entre las manos.

Se acabó el juego.

Fin

Lucas se adentra en el bosque. No sabe dónde está Coal Mill Road, pero recuerda que alguna vez escuchó sobre un cobertizo para botes. Te acercas a Jason para obtener más información.

—¿Hay algún lago o río cerca?

Jason te mira extrañado.

—¿Un lago o un río? No. ¿Por qué?

—Por nada en particular... Sólo quería saber si tendríamos que nadar tras Eddie cuando lo encontremos.

Ahora sabes que Lucas no los está guiando a un cobertizo para botes, lo que significa que los está llevando por el camino equivocado. Lucas se detiene en un pequeño claro frente a una cabaña que parece abandonada y dice que éste es el lugar. Hay algo que te resulta familiar, pero aún no puedes ubicarlo. Lucas no participa en la búsqueda, lo que evidencia todavía más que está mintiendo. Finges buscar mientras lo vigilas. Alguien vivía aquí, pero eso debió de ser hace mucho tiempo. Recuerdas el último día de clase, a la chica del grito raro y su diorama roto. Qué raro que se parezca a este lugar. Notas que Lucas se aleja lentamente de la cabaña. No puedes dejar que se vaya, no sin obtener algunas respuestas.

Continúa en la siguiente página.

Cuidas que los demás no puedan escucharlos.

—¿Vivía aquí una chica de tu edad?

Lucas parece sorprendido.

—¿Cómo lo supiste?

—La conocí en Lenora —mientes.

—¿Eres de Lenora? Mira, no tengo tiempo para explicártelo, pero no puedo quedarme con Jason.

—¿Adónde vas?

—A la escuela —lanza una mirada a la cabina para asegurarse de que nadie lo está viendo—. Mis amigos dijeron que nos encontraríamos allí.

—Así que le mentiste a Jason.

—Ven conmigo —te implora—. Jason está… Algo no está bien con él. Viste lo que le hizo a la banda de Eddie. No puedo dejar que encuentre a Dustin o a Eddie. Si conoces a mis amigos en Lenora entonces sabes que no somos los malos aquí.

De nuevo, sólo puedes fingir comprensión. Está claro que Lucas huirá. Vuelves a mirar hacia la cabaña; lo único que tendrías que hacer es gritar y podrías detener a Lucas. También podrías dejarlo ir y contarle a Jason lo del cobertizo para botes en Coal Mill Road. Miras otra vez a Lucas; si lo sigues ahora, todavía tienes la posibilidad de contarle todo a Jason más tarde.

—De acuerdo, dime por dónde —Accedes, Lucas da la vuelta y corre, y tú lo sigues, esperando que no tengas que arrepentirte después.

Continúa en la siguiente página.

131

Ya es de noche cuando Lucas y tú pueden tomar las bicis para ir a la escuela. Hay dos autos estacionados en la puerta de la escuela, y tres chicas y dos chicos están esperando. ¿Será una trampa? ¿Te está esperando una secta sedienta de sangre? Lucas se vuelve hacia ti.

—Éstos son mis amigos. Nos vamos ahora.

Genial, un segundo lugar, ¿o ya éste sería el tercero?

—Tardaste demasiado —dice la chica pelirroja. Tiene los brazos cruzados y mira por la ventana. Lucas parece dolido, pero no responde nada.

El coche se detiene delante de una casa y todos bajan. Los sigues hasta una puerta lateral que da a un sótano. Entonces, se hacen las presentaciones.

—Si todos están tan seguros de que Eddie no la mató, ¿por qué no se lo dicen a la policía? —preguntas.

—Podríamos hacerlo si Hopper estuviera todavía por aquí —contesta Nancy—. Sabemos que Eddie es inocente.

—¿Y qué saben exactamente?

—Suerte la tuya —dice Max—. Yo tuve que pasar por muchas cosas con Lucas para conocer la historia completa...

Continúa en la siguiente página.

Mientras Nancy y Robin están en Pennhurst, evalúas tu situación. En resumen: ¿de pronto formas parte de un grupo que lucha contra demonios? La "prueba" fueron unos recortes de periódico en los que no se mencionaba para nada a los demonios, pero sí se detallaban experimentos sospechosos en laboratorios, alcaldes corruptos y encubrimientos. Intentas reconstruir todo lo que has averiguado, pero estás atascado. Miras a los chicos, los evalúas. Te decides por Dustin: le gusta hablar.

—Hey, Dustin, tengo algunas preguntas sobre Vecman.

—Vecna —te corrige, y se levanta para sentarse a tu lado—. ¿Qué quieres saber?

—Empecemos por el principio. ¿Cómo te enteraste de la existencia de Vecna?

—Bueno, cuando Eddie nos contó cómo murió Chrissy, *yo*... —hace hincapié en la palabra *yo*— deduje que sólo podía tratarse de alguien como el Azotamentes.

—¿El quién? Quizá deberíamos empezar un poco antes —vuelves a pensar en los recortes—. ¿Qué pasó en 1983?

—Oh, ¿quieres ir tan atrás? —Dustin se da cuenta. Tienes ganas de estrangularlo y, sin embargo, hay algo entrañable en él—. El día que nuestro amigo Will desapareció, conocimos a esta chica: se llama Once y le decimos Ce. Pero bueno, conocimos a Ce y tenía unos poderes geniales. Resulta que abrió un portal a otra dimensión. Lo llamamos el Mundo del Revés. Y un monstruo del Mundo del Revés, al que yo nombré Demogorgon, se llevó a Will. Y también asesinó a Barb, la amiga de Nancy. Pero con la ayuda de Ce, lo matamos. Pero ése no fue el final. Oh, no.

Continúa en la siguiente página.

Antes de que puedas obtener más información, Max interrumpe. Entrega unas cartas a Dustin, Lucas y Steve.

—Y denles éstas a Mike, Will y Ce, si es que algún día consiguen volver a verlos. No las lean ahora. Es… por si acaso. Ya saben. Por si las cosas no salen bien.

—Espera… Oye, Max, todo saldrá bien —Lucas insiste.

—¡No! —Max levanta la voz—. No, no necesito que me tranquilices justo ahora, ni que me digas que todo va a salir bien, porque la gente lleva diciéndome eso toda mi vida y casi nunca es verdad. Nunca es verdad. Quiero decir, por supuesto que este idiota me ha lanzado una maldición. Debería haberlo visto venir.

La habitación se queda en silencio. Max se gira y toma la radio.

—Si vamos al este de Hawkins, ¿esto tendrá señal hasta Pennhurst?

—Por supuesto, sí —confirma Dustin.

Lo siguiente que sabes es que están en el coche de Steve, a pesar de sus protestas, y que se dirigen al parque de remolques. El remolque de Max está justo al lado del de Eddie. Ella les dice que la esperen y luego entra para entregar su carta.

Echas un vistazo al remolque de Eddie. No hay nadie alrededor… sería muy fácil entrar, investigar un poco en la escena del crimen y conseguir pistas reales sobre este misterio. Los demás no te están prestando atención. Podrías escabullirte si quisieras y volver sin que nadie se diera cuenta.

Si eliges entrar al remolque de Eddie,
continúa en la siguiente página.

Si eliges esperar a Max, continúa en el número 150.

Aprovechas para ir a ver el remolque. Si este demonio existe, quizá puedas encontrar una prueba definitiva. Miras a tu alrededor para asegurarte de que nadie te ve y te acercas con cautela al remolque. Te deslizas por la puerta y la cierras en silencio. Los otros te dijeron que Chrissy murió en el acceso; miras el lugar con atención, pero no ves nada. Al entrar en la habitación, algo pegajoso gotea sobre tu cabeza. Levantas la mirada y…

Sales corriendo del remolque y casi caes cuando regresas con los demás. Te aferras a la camiseta de Lucas.

—Espera, no puedo entenderte —reclama ante tu balbuceo.

—Sólo ven conmigo —empiezas a tirar de él y gritas a los demás—: ¡Dustin! ¡Steve! Vayan por Max y reúnanse conmigo en el remolque de Eddie ahora mismo.

Cuando empujas a Lucas a través de la puerta, él lo ve de inmediato. Los otros los siguen.

—Oh, Dios mío —Dustin camina por la habitación.

—¿Qué es eso? —señalas la membrana del techo.

—Es un portal —dice Lucas—. Pero ¿cómo puede haber un portal? Ce se encargó de cerrar el portal del Laboratorio Hawkins hace dos años.

—¿Crees que parte del Azotamentes todavía siga vivo? ¿No dijeron Nancy y Jonathan que el Demogorgon era capaz de abrir pequeños portales? —pregunta Max, dando otro paso más cerca del portal.

—Si hubiera un Demogorgon suelto, Eddie lo habría visto atacar a Chrissy. Pero él dijo que ella tan sólo había flotado en el aire, y sus huesos se rompieron y sus ojos se hundieron.

—¿Tal vez huyó antes de que se abriera? —dice Lucas.

—¿No debería haberlo notado la policía? —preguntas—. O sea, está justo ahí.

Continúa en el número 136.

—¿Podemos hablar de esto en otro sitio? —dice Steve, tratando de llevar a todos de regreso a la puerta—. Vamos, Max —le toca el hombro, pero ella no se mueve—. ¿Max? —camina alrededor de ella, la sujeta por los hombros y la sacude con fuerza—. ¡Chicos, no se despierta!

—¡Está en otro trance! —Lucas empuja a Steve a un lado e intenta despertar a Max—. ¿Max? ¡Max! ¡Despierta! ¡Despierta ahora! —ella empieza a levitar mientras Lucas intenta desesperadamente bajarla.

—¡Voy a llamar a Nancy! —Dustin sale corriendo del remolque. Max se eleva más y Lucas ya no puede asirla.

—¡Háganse a un lado! —mueves una mesa para que quede debajo de ella; tú y Lucas saltan encima y entre los dos intentan tirar de Max hacia abajo. Su cabeza atraviesa la membrana; la están llevando hacia el portal.

Dustin regresa corriendo y a través de la radio anuncia un código rojo. Steve sube también a la mesa e intenta ayudarlos a ti y a Lucas a bajarla. Entonces, Max cae. Lucas la toma entre sus brazos.

—¿Max? ¿Max? ¿Estás bien?

Ella abre los ojos.

—¿Lucas? —lo mira. Respira con dificultad y está llorando—. Estoy aquí. Estoy aquí.

Lucas la abraza con fuerza.

Continúa en la siguiente página.

137

Subes al coche con los demás. Max está en estado de choque, con lágrimas en los ojos, mientras describe lo sucedido.

—Volví a ver el reloj, cuatro campanadas, luego oí una voz… Me dijo que pronto llegaría mi hora. Las manecillas del reloj giraban en sentido contrario, y vi a Billy, lo vi morir otra vez —rompe en llanto.

—Inténtalo de nuevo —le dice Steve a Dustin.

Dustin saca su radio y trata de comunicarse con Nancy y Robin.

—¿Dustin? ¿Qué pasó? —responde Robin.

—¡Tienen que regresar ahora mismo!

De vuelta en el sótano de los Wheeler, todos se sientan alrededor de Max mientras ella describe su visión a Nancy y Robin.

—¿Y dicen que ella se elevó? —Nancy voltea hacia ti.

—Sí, tal y como Eddie describió que sucedió con Chrissy —responde Dustin.

—Pero Vecna levantó a Chrissy cuando quería matarla —dice Robin—. Y cuando la esposa de Victor, Virginia, murió, también la elevaron.

—¿Cómo escapaste? —Nancy pregunta a Max.

—No lo hice —responde ella en un susurro—. Fue como si él hubiera cambiado de idea. Me mostró el cementerio como si supiera… —titubea.

—¿Como si supiera qué? —Lucas toma su mano.

—Como si supiera que quería ir a ver a Billy. Como si yo debiera estar allí y no en el remolque.

Continúa en la siguiente página.

—¿Dónde está tu Walkman? —le pregunta Robin a Max.

—¿Mi Walkman? —Max la mira con incredulidad—. Creo que lo dejé en el auto.

Robin se dirige a Steve:

—Las llaves. Ahora.

Steve le lanza las llaves del coche y ella sale corriendo, aunque curiosamente, por la puerta lateral.

—¿Por qué cambiaría de opinión? —preguntas—. ¿Por qué importaría dónde fue asesinada?

—El portal se abrió en algún momento después de que Chrissy fue asesinada, ¿cierto? —pregunta Nancy—. Tal vez así es como se abre.

—¿Significa eso que Vecna cambió de idea porque ya tenía un portal allí? —pregunta Dustin.

—Si ése es el caso, entonces también debería haber un portal donde mataron a Fred —dice Nancy—. Cuando estuve hablando con Powell y Callahan, no había un portal cerca de Fred. Estoy segura. Tenemos que volver allí.

Robin irrumpe de nuevo en el sótano con el Walkman en la mano y un montón de casetes.

—Música. Así es como Victor escapó de Vecna.

—*La voz de un ángel…* —recita Nancy.

—Exacto. Rápido —Robin lanza el Walkman y los casetes a Max—. Elige una canción, algo que tenga significado para ti, algo especial. Si escuchas la música, tal vez puedas bloquear a Vecna.

—Es sólo una solución temporal —dice Nancy—. Tenemos que encontrar una forma de detener a Vecna si queremos mantener a salvo a Max.

Se levanta y toma un mapa de Hawkins de un librero.

Continúa en la siguiente página.

—Aquí es donde Chrissy fue asesinada —Nancy dibuja una marca en el mapa—. Y aquí es donde Fred fue asesinado. Max tuvo su primera visión en la escuela. ¿Dijiste que te seguía mostrando el cementerio? —Max asiente, está escuchando una canción. Apenas se puede distinguir: "Running Up That Hill" de Kate Bush—. Entonces, el cementerio está aquí en el mapa. Sabemos que había un portal en el Laboratorio Hawkins, pero debería estar cerrado. Y el portal que estaba debajo del centro comercial Starcourt también fue destruido.

—¿Qué hay de los túneles? —pregunta Dustin—. Serpenteaban bajo tierra.

—Sí, de hecho, ¿qué pasó con ellos? —Steve mira a Dustin.

—Hopper dijo que todas las granjas alrededor del laboratorio fueron afectadas por los túneles, pero, hasta donde sabemos, éstos nunca llegaron al pueblo, y deberían haberse detenido cuando Ce acabó con el portal del laboratorio —Nancy marca las distintas granjas en el mapa—. Sin embargo, el parque de remolques está más cerca de esas granjas. Y cuando atravesé el portal que hizo el Demogorgon, estaba en la misma zona entre la casa de Steve y donde desapareció Will. Pero ese portal se cerró muy rápido; no se quedó abierto como éste.

—¿Qué significa exactamente todo esto? —miras las diferentes marcas del mapa. Aparte de las granjas que rodean el laboratorio, no parece haber un patrón.

—No lo sé, pero si Vecna necesita portales abiertos en diferentes lugares, tiene que haber una razón. Creo que deberíamos ir al lugar donde Fred murió, al menos para confirmar esta teoría.

Continúa en la siguiente página.

El lugar donde Fred murió parece una carretera común y corriente. No ves ningún portal.

—¿Estás segura de que es aquí donde murió? —preguntas a Nancy.

—Estoy segura. Fue justo aquí, en medio de la carretera.

—Entonces, ¿supongo que aquí acaba esa teoría? —buscas una orientación de los demás. Nancy parece poco convencida—. ¿Puedes camuflar un portal?

—Jonathan dijo que la señora Byers vio a Will a través de la pared, pero cuando la rompió con su hacha, la pared simplemente se abrió al exterior, y así fue como supimos que los portales más pequeños eran temporales —Nancy mira fijamente el lugar donde murió Fred. Se pone de rodillas, con la cabeza a unos centímetros del suelo—. ¡Hay una grieta, justo aquí!

—No sé en Hawkins, pero las grietas en las carreteras son comunes en donde vivo.

A Nancy no le hace gracia tu sarcasmo.

—Si pudiera agrandar la grieta, entonces tal vez podríamos verla mejor —dice ella, tratando de abrirla con los dedos.

—¿Supongo que no tendrás un taladro hidráulico en la cajuela?

—Tengo un martillo —dice Steve. Va a su coche y regresa con el martillo. Nancy se lo quita e introduce los bordes delgados en la grieta. Se desprenden pequeños trozos de asfalto de mala calidad. Ella se levanta de nuevo y apunta hacia abajo con el martillo. Tú también lo ves, el resplandor rojo de un portal brillando a través de la grieta, que ahora es más grande.

Continúa en la siguiente página.

—Entonces, Vecna está tratando de abrir pequeños portales alrededor del pueblo, pero ¿por qué? —pregunta Robin mientras se tiende en el suelo para ver más de cerca el portal—. Y si puede abrir portales, ¿por qué no ha pasado él u otra cosa todavía a través de ellos?

—Sabemos que hay dos portales, ¿cierto? —dice Max, rebobinando su casete—. Si yo hubiera estado en el cementerio o en cualquier otro lugar, entonces habría un tercero... —enmudece y sus ojos se abren enormes—. Cuatro campanadas. En las dos visiones que tuve, el reloj dio exactamente cuatro campanadas. Era el mismo reloj.

—¿Crees que Vecna está tratando de crear cuatro portales? —preguntas a Max, mientras ayudas a Robin a levantarse.

—No lo sé, pero podría ser. No estoy segura de querer tener otra visión para comprobarlo.

—Si es así —dices—, ¿por qué nos da pistas, como si fuera una especie de juego?

—¿Y por qué este hechicero está obsesionado con los relojes? ¿Tal vez es un relojero o algo así? —pregunta Steve.

—Creo que has resuelto el caso, Steve —Dustin recibe una mirada asesina de Steve en respuesta a su sarcasmo.

—Bueno, sea cual sea su juego, no vamos a conseguir más pistas mirando este portal —dices, ansioso por alejarte de él—. Además, quizá deberíamos compartir todos nuestra canción especial, por si acaso...

Mientras Steve conduce de regreso, Nancy mira intensamente el mapa. Aparte del leve ruido del Walkman de Max, el coche está en silencio.

—Entonces —añades—, si todos nos vamos a quedar en el sótano de los Wheeler, me preguntaba si me podrían llevar a casa de los Benson a recoger mis cosas...

Continúa en la siguiente página.

Después de que Steve deja a los otros, te subes al asiento delantero y te lleva a casa de Fred. El viaje transcurre en un silencio incómodo. Te das cuenta de que no has tenido una verdadera conversación con Steve... él tan sólo siempre está por ahí.

—Entonces, ¿tú formabas parte del club de Calabozos y Dragones cuando estabas en la escuela? —intentas comenzar una conversación trivial.

—Nah, yo era demasiado *cool* para esas cosas de nerds —su sonrisa parece un poco triste.

—Oh, entonces ¿cómo... quiero decir, cómo terminaste metido en...?

—¿Todo esto? —termina por ti—. Ya sabes cómo son las cosas... a un chico le gusta una chica, la chica conoce al Demogorgon, el chico se encuentra en el lugar correcto en el momento indicado para ayudar a la chica a luchar contra el Demogorgon, el chico es un idiota y pierde a la chica. En realidad, no sabía nada de esto hasta que lo vi en casa de los Byers. Nancy tenía un bat con algunos clavos. Todavía lo llevo en la cajuela. Es muy útil.

—¿Te enfrentaste a un demonio con un bat? No estoy seguro de si eso fue valiente o realmente estúpido.

—Era un Demogorgon, no un demonio. Pero, sí, así son los genes Harrington: valientes, pero no demasiado brillantes —hay tristeza en su voz—. Como sea, después de eso, conocí a Dustin, y ahora soy una especie de niñera designada para estos chicos. Y aquí estamos.

Es tarde, pero las luces dentro de la casa de los Benson están encendidas. Llamas a la puerta, y la señora Benson te abre. Le explicas rápidamente que hiciste algunos arreglos para irte a otro lugar y que ellos puedan tener privacidad en su duelo. La señora Benson se muestra amable. Arrastras tu maleta escaleras abajo y la subes al coche de Steve.

—Bueno, bueno, bueno, mira a quién tenemos aquí —¡es Jason!—. Y a Steve Harrington, también.

Continúa en la siguiente página.

—¿Qué estás haciendo aquí, Jason? —quitas la mano de la cajuela.

—Buscándote, a ti... y a Sinclair —dice—. Pregunté por ahí y me enteré que te estabas hospedando aquí.

—Bueno, como puedes ver, Lucas no está aquí —Steve se adelanta. Jason lo ignora.

—Y entonces, ¿dónde has estado? No te he visto desde que fuimos a la cabaña —sus pupilas están dilatadas. Te acecha como si fueras una presa.

—Yo... me perdí. Después de eso, estuve explorando Hawkins, tratando de encontrar un lugar donde quedarme para no ser una molestia para los Benson.

—¿Te perdiste? ¿En serio? Porque un par de mis chicos están bastante seguros de que te vieron huyendo con Sinclair —aprieta el puño—. ¿Dónde está él?

—Bueno, amigo, tal vez debas rendirte. Él no está aquí.

—En realidad, me alegro de que tú estés aquí, Harrington. ¿No eres amigo de ese chico, Dustin Henderson?

—¿Qué hay con él?

—Nada, sólo que escuché que ha estado buscando a Eddie Munson —Jason se apoya en el coche de Steve, bloqueando la puerta del conductor—. ¿Lo has visto? Pasé por su casa, pero parece que no ha estado ahí desde hace tiempo.

—No, lo siento —Steve intenta parecer indiferente—. He estado ocupado.

—Mira, no te creo. En realidad pienso que me estás mintiendo —Jason entrecierra los ojos—. Y ahora tengo que preguntarme por qué me mentirías. ¿Tal vez porque tú también eres parte de la pequeña secta de Eddie?

—No sé de qué estás hablando. No conocí a Eddie cuando estuve en la escuela. ¿Por qué sería amigo de él ahora?

Continúa en la siguiente página.

144

—Mira, sé mucho más de lo que crees, Harrington —Jason golpea el techo del auto con el puño—. Así que no me mientas. ¿Dónde está Eddie? ¿Está con ese friki de Henderson?

—Aléjate de mi coche, Carver.

—¿O qué? ¿Vas a pelear conmigo como lo hiciste con Byers?

Esto está poniéndose feo rápidamente. Jason te vio con Steve. Si estuvo esperando aquí hasta que regresaste, podría tener su auto estacionado en algún lugar cercano. Podría fácilmente seguirlos a ti y a Steve a casa de los Wheeler. Tienes que mantenerlo alejado de los demás. A juzgar por la provocación de Jason, no estás seguro de qué tan bueno pueda ser Steve en una pelea, pero ¿tal vez con tu ayuda los dos podrían contra Jason? Sin embargo, una pelea sería sólo una solución temporal. Necesitas tomar una decisión y terminar con esto lo más rápido posible. Jason no sabe dónde está Lucas. Podrías decirle cualquier cosa.

Si eliges pelear con Jason, continúa en la siguiente página.

Si eliges mentirle a Jason, continúa en el número 148.

—Fuera. De. Mi. Coche. Carver —Steve tensa la mandíbula.

Jason ni siquiera se molesta en mirarlo. Te mira a ti.

—No hasta que averigüe algunas cosas…

Steve lanza un golpe que conecta directo en la boca de Jason. Pero su adversario se recupera rápidamente y contraataca. Intercambian más golpes, y Jason va empujando poco a poco a Steve hacia atrás. Corres a la cajuela. Lo ves detrás de tu maleta: ¡el bat de combate Demogorgon! Lo levantas y gritas:

—¡Atrás, Jason! —está encima de Steve, cuya cara ya sangra—. ¡Te dije que retrocedieras!

Jason levanta las manos.

—¡Lo sabía! ¡Sabía que estabas aliado con ese friki!

—Suéltalo, o te juro que apuntaré a tu cabeza —te pones en posición de bateo y te mantienes firme. Jason suelta a Steve. Cuando se aleja de él, tú te acercas—. ¿Estás bien?

—Mejor que nunca —responde Steve, y se levanta.

Te giras hacia Jason.

—Las llaves. Ahora.

—¿Qué?

—¡Dame las llaves de tu coche ahora! —gritas, apretando con fuerza el bat. Jason busca en sus bolsillos y te lanza lo que pides. Steve las levanta del piso—. Nos vamos. Tiraré tus llaves por la ventana cuando estemos lo suficientemente lejos. Si te mueves, despídete de ellas. ¿Entendido?

Jason asiente con una furia apenas velada.

Cierras la cajuela y subes al auto. Steve arranca y se marchan. Cuando están a punto de dar vuelta en la esquina para salir del callejón, arrojas las llaves por la ventana. Ahora Jason no podrá seguirlos.

—Sólo para que conste, el año pasado le di una paliza a un espía ruso —dice Steve, limpiándose la sangre de la frente.

Continúa en la siguiente página.

146

Llegan a la casa de los Wheeler al mismo tiempo que el coche de Nancy. Desciendes y corres hacia ellos.

—¿Qué pasó?

—Tardaron demasiado. Fuimos a casa de los Creel —Nancy mira por encima de tu hombro—. Dios mío, Steve, ¿qué te pasó?

Dustin sale del coche:

—¿Perdiste otra pelea?

—Cállate, Henderson —murmura Steve.

Cuando todos están dentro, les cuentas a los demás lo que sucedió con Jason. Tras la reacción de Dustin, omites la parte del bat, por el bien de Steve.

—¿Encontraron algo en la casa de los Creel? —preguntas cuando terminas de contar tu historia.

—Encontramos a Vecna —responde Dustin—. Está en la casa de los Creel, pero…

—Pero en el Mundo del Revés —termina Lucas.

—¿Y eso qué significa para nosotros?

—Significa que estamos un paso más cerca de derrotar a Vecna —responde Nancy—. Al menos eso es lo que tendremos que decirle a Eddie mañana, cuando lo veamos.

La puerta lateral abre súbitamente y una multitud de chicos, todos con las mismas chamarras deportivas, irrumpen en casa de Nancy blandiendo barras de metal, bats y otras armas. ¡Los siguieron! Nancy intenta escapar con ustedes por las escaleras, pero se encuentran rodeados.

Jason entra, respirando pesadamente.

—Te lo dije, sé más de lo que crees.

Continúa en la siguiente página.

Jason y sus matones los tienen acorralados y los llevan a la cárcel. Él y sus "testigos" afirman que los vieron con Eddie Munson y que fueron cómplices de sus crímenes. Con tanta gente testificando la misma historia, el jefe Powell no tiene más remedio que retenerlos, y se pone en contacto con sus familias, menos con la tuya. Dustin tiene la cabeza enterrada entre las manos, mientras Lucas sostiene a Max y le canta desesperadamente al oído "Running Up That Hill". Les confiscaron el Walkman, a pesar de las protestas de todos. Hay lágrimas en los ojos de cada uno de ustedes. Ves a Nancy observándolos; luego, ella apoya la cabeza en el hombro de Robin. Steve la rodea, a su vez, con el brazo, y con la otra mano se lleva una bolsa de hielo a la cara. Eddie está en algún lugar allá afuera, y toda la ciudad lo está buscando. Vecna sigue en libertad. Y Max ha perdido toda protección.

—*"It's you and me... it's you and me, you won't be unhappy..."*
—le canta Lucas al oído.

Fin

148

—Espera —te interpones entre Jason y Steve—. No sé dónde está Lucas ahora, pero te diré dónde lo vi por última vez.

—Bien. Mi coche está cerca —Jason se aleja de Steve.

—Dije que te lo diría. Me tengo que ir…

—¡No! —truena Jason—. No pienso perderte de vista otra vez… amigo.

Steve parece a punto de arremeter, así que aceptas rápidamente que Jason te lleve.

—De acuerdo, claro. Yo te llevaré —miras a Steve—. Nos veremos luego. Gracias por traerme.

Él intenta oponerse, pero gesticulas con los labios *Cállate*. Steve te mira, luego a Jason y otra vez a ti. Suspira y asiente.

—Seguro, no hay problema —se retira. Esperas a que Steve suba a su coche y se vaya antes de hablar con Jason. Esperas que tu plan rinda fruto—. La última vez que lo vi, estaba entrando en la escuela.

—¿La escuela? Enséñame —subes al auto de Jason, y él conduce a la Secundaria Hawkins. Te das vuelta y descubres que hay otros autos siguiéndolos. No estaba solo.

Cuando llegan a la escuela, la puerta sigue abierta. Guías a Jason por los pasillos. Entonces, recuerdas lo que Max dijo que encontró justo antes de su primera visión.

—¿Dónde está la oficina de la consejera?

—¿Por qué quieres…?

—Tal vez podamos encontrar más información sobre Eddie —te tragas el disgusto—. Quiero decir, se trata de un friki, ¿cierto? ¿No es para eso para lo que sirven los loqueros?

Jason parece desesperado. Esto podría ser una ventaja.

Continúa en la siguiente página.

Jason te lleva a la oficina de la consejera. Sigue abierta también. Entras y abres los archiveros. Buscas los expedientes de Chrissy y Fred. Le lanzas el expediente de Chrissy a Jason. Él lo toma y mira la cubierta:

—¿Qué es esto?

—El expediente de Chrissy. Ella estaba viendo a la consejera por algunos problemas.

—¿Chrissy? Chrissy no necesitaba una loquera. Ella estaba bien —Jason arroja el expediente al piso.

—En verdad creo que deberías leerlo, Jason.

—No. No sé a qué estás jugando aquí...

—¡Jason, ella estaba asustada! —gritas, tratando de convencerlo—. Tenía pesadillas, problemas para dormir, dolores de cabeza y alucinaciones. Fue al remolque de Eddie esa noche porque estaba comprando...

—¡Deja de mentir! ¡Tú ni siquiera la conociste! —te grita Jason—. Ella no fue con Eddie. Ella nunca iría con ese friki a ningún lado, no cuando me tenía a mí —te agarra del cuello y te empuja contra la pared—. ¿Dónde está él? ¿Dónde está Eddie? —grita y golpea tu cabeza contra la pared.

—¡No lo sé! Nunca lo he visto.

—¡Estás mintiendo! —te da un puñetazo y todo se vuelve negro.

Cuando despiertas, estás de vuelta en Benny's, atado a un gabinete. Te zumba la cabeza y te duele el cuello.

—¿Hola? —gritas. No hay respuesta—. ¡Hola!

Tú pánico comienza a incrementarse. ¿Tan sólo te dejaron aquí? Intentas liberarte de las cuerdas, pero es inútil. Te capturaron. Sólo esperas que los demás puedan resolver este misterio antes de que Jason atrape a Eddie.

Fin

150

—Hey, ésos fueron más de veinte segundos —dice Steve cuando Max vuelve al auto. Max está nerviosa—. Hey, vaya, vaya, vaya, ¿estás bien?

—Estoy bien. Sólo conduce —cierra la puerta de golpe.

—¿Pasó algo? —pregunta Dustin.

—¿Podemos simplemente irnos, por favor? —ella mira por la ventanilla y le dice a Steve adónde ir después: el cementerio de Roane Hill.

Todos guardan silencio durante el trayecto. Steve se estaciona al pie de una colina. Max se baja y Lucas intenta seguirla.

—Lucas, por favor, espera en el coche.

—Max, espera. Max, por favor —él le impide ir más lejos. Los observas desde el coche—. Sólo escúchame. Sólo, por favor… sé que algo pasó allí, en la casa de tu madre. ¿Fue Vecna?

—Ya te lo dije, estoy bien. ¿De acuerdo? —ella aparta la mirada lejos de él—. Digo, tan bien como puede estar alguien que se precipita hacia una muerte espantosa.

—Max, sabes que puedes hablar conmigo, ¿cierto?

Ella duda.

—Sí, lo sé.

—De acuerdo, entonces, ¿por qué sigues apartándome de ti? —Lucas saca de su bolsillo la carta que Max le dio—. Yo no necesito una carta. ¡No quiero una carta! Sólo habla conmigo. Con tus amigos. Estamos justo aquí. Yo estoy justo aquí. ¿Está bien?

—Sólo espérame en el auto. Esto no tomará mucho tiempo.

Max corre colina arriba. Lucas se queda un momento mirándola y luego vuelve al coche.

Continúa en la siguiente página.

—¿Quién está aquí? —preguntas a los demás, mientras Lucas sube al coche—. O sea, ¿a quién está visitando Max?

—A su hermano, Billy —responde Lucas, mirando por la ventanilla hacia la colina, donde ves a Max sentada frente a una lápida—. Fue asesinado el año pasado por el Azotamentes.

—Dustin ya había mencionado antes al Azotamentes, pero no entiendo. ¿Era otro demonio invisible como Vecna?

—No, él se apoderaba de la mente de la gente. Se apoderó de la de Billy, lo obligó a hacer cosas horribles. Pero… en el último minuto, de algún modo, Billy se liberó y ayudó a salvarnos a todos.

—El gobierno encubrió todo esto, dijeron que hubo un incendio en el centro comercial y que eso mató a toda la gente que el Azotamentes asesinó —añade Dustin.

—¿Billy y Max eran muy unidos?

—No —responden todos al mismo tiempo.

Enseguida, Steve aclara:

—Billy no era la persona más agradable, sobre todo con ella. Pero al final hizo lo correcto, puede decirse que es un asunto complicado.

El auto se sume en el silencio después de aquella charla. Los minutos pasan; Max se queda increíblemente quieta.

—Muy bien —Steve mira su reloj—. Ya pasó suficiente tiempo. Sale del auto.

—Steve, dale algo de espacio —protesta Lucas.

—Eso hice, ¿de acuerdo, Lucas? Iré por ella. Si quiere conseguir un abogado, puede hacerlo.

Lo ves subir la colina hacia Max. Ella ni siquiera lo mira. Él se arrodilla y le toca el hombro. Ella sigue sin reaccionar.

—¡Algo está mal! —empujas la puerta del coche y corres colina arriba.

Lucas y Dustin te siguen.

Continúa en la siguiente página.

Steve sacude a Max y la llama por su nombre, pero ella no responde. ¡Vecna ha tomado posesión de ella! Todos intentan despertarla del trance, pero nada parece funcionar. No crees que pueda escucharlos. Steve agarra a Dustin por la camisa.

—¡Llama a Nancy y a Robin! ¡Vamos! —empuja a Dustin hacia atrás.

Dustin tropieza un poco, pero se repone y corre colina abajo. Tú sigues sacudiendo a Max.

—¿Alguno de ustedes tiene agua? ¿Quizá si la mojamos? —dices, intentando pensar en algo que pueda ayudar.

—¡No, no, no trajimos nada! —Steve sigue gritándole a Max que despierte.

—¡Ya lo tengo! —Dustin regresa corriendo colina arriba sujetando algo contra su pecho—. ¡Lo tengo! —deja caer un Walkman y unos casetes sobre la hierba—. ¿Cuál es su canción favorita?

—¿Por qué? —grita Lucas.

—Robin dijo que si ella escucha… no hay tiempo para explicarlo ahora. ¿Cuál es su canción favorita?

Lucas busca entre los casetes. Todos están gritando a estas alturas, presionando a Lucas para que busque más rápido, le preguntan repetidamente cuál es la canción favorita de Max. Te giras para mirar a la chica.

—¡No creo que esté respirando bien! ¡Apresúrate!

—¡Aquí está! ¡Aquí está! —Lucas le pasa a Steve una cinta de Kate Bush.

Steve pone el casete en el Walkman mientras Dustin coloca los audífonos a Max. Steve lo enciende. Contienes la respiración. La música retumba con fuerza en los oídos de Max, pero no parece surtir efecto. Ella se eleva, todavía en trance.

Todos se levantan y la observan. Sube tan alto. Lucas grita. Ella cae al suelo, jadeando, con los ojos abiertos, ¡fuera del trance!

—Todavía… todavía estoy aquí —dice Max, sofocada.

Continúa en el número 154.

Estás de regreso en casa de los Wheeler, recopilando información con los demás. Max te cuenta su visión y empieza a dibujar algunas imágenes. Nancy toma uno de sus dibujos.

—¿Ésta es una puerta que viste?

—Sí —responde Max—. ¿Cómo lo sabías?

—Me ayuda haberla visto antes —dice Nancy—. Tenemos que ir a la casa de los Creel, ahora.

Continúa en la siguiente página.

La puerta de la casa de los Creel está tapiada. Steve utiliza su martillo para arrancar los clavos; cuando la tabla cae, se levanta polvo. Un hermoso vitral indica la puerta. Steve intenta abrirla, pero está cerrada.

—Mira, encontré una llave —Robin levanta un ladrillo y lo lanza hacia el vitral.

Steve mete la mano con cuidado para abrir la puerta. Ésta cruje. Pasas el umbral con cautela y se te eriza la piel al pensar que una familia completa murió en esta casa.

—Está bien, prometo que voy a dejar de hacer preguntas, pero ustedes también están viendo esto, ¿verdad? —Max se queda congelada delante de un reloj de pie.

—¿Es ése el que apareció en tus visiones? —le preguntas.

Ella asiente. Robin limpia la carátula del reloj. Se detuvo a las 9:50. Abre la caja de cristal y mueve el péndulo. Las campanadas inician.

—¿Suena igual? —vuelves a preguntar.

—No, sonaba más… distorsionado.

—Las respuestas tienen que estar aquí. No puede ser una coincidencia que éste sea el reloj que Max vio —dice Nancy—. Deberíamos separarnos, buscar pistas.

—De acuerdo, Nancy Drew —bromeas.

—¡No me digas así! —replica ella. Sacude la cabeza—. Lo siento, es que… alguien que no me caía muy bien solía decirme así —sube las escaleras con Robin. Tú las sigues.

—¡Hey, esperen! —saltas los escalones de dos en dos—. En realidad, nunca nos dijeron nada sobre lo que averiguaron de los Creel.

Continúa en la siguiente página.

Mientras recorres las distintas habitaciones con Nancy y Robin, ellas te cuentan lo que investigaron.

—Empezó poco a poco. Primero, ellos encontraban animales muertos. Luego, empezaron a tener visiones. Durante la cena del día en que su familia fue asesinada, todo lo eléctrico de la casa se encendió. Su esposa murió igual que Chrissy; luego, él estaba en una visión. Siguió la música fuera de la visión y vio que su hija estaba muerta y su hijo en coma. Su hijo falleció una semana después.

—¿Volvió Creel a ver o saber algo de Vecna?

—No. Por lo que sabemos, el de Chrissy fue el primer asesinato desde entonces —las habitaciones están cubiertas de polvo y telarañas—. Simplemente dejaron todo…

—Supongo que un triple homicidio no facilita una venta —Robin examina los viejos muebles con su linterna.

—¿Por qué creen que Vecna esperó tanto para matarlos? —miras a tu alrededor algo que pueda parecer un portal.

—¿Qué quieres decir?

—Que es una especie de hechicero que puede matar sin ser visto, ¿cierto? ¿Por qué jugar con sus víctimas? Parece… casi demasiado humano.

—¿Llamas a eso humano? —Robin bromea.

—Yo… ¿han leído sobre los asesinos en serie? —preguntas. Ambas te miran con extrañeza—. Tomaré eso como un no. Como sea, he leído algunos libros, y muchos expertos dicen que de niños pueden torturar animales y cosas así. Y muchas veces tienen un patrón para matar. Como cuando Jack el Destripador dejaba los cuerpos de sus víctimas en cierta pose…

—¿Adónde quieres llegar con esto? —pregunta Robin.

¡Escuchas cómo se rompe un vidrio!

Continúa en la siguiente página.

Sales corriendo al pasillo y te encuentras a Steve que corre deprisa tras salir de una habitación.

—Hey, hey —Nancy lo detiene—. ¿Qué pasa?

—Había una araña. Es una viuda negra —Steve cierra la puerta de la habitación—. No entres ahí —cuando se gira, se ven telarañas en su cabello. Nancy le ayuda a quitárselas.

—Si hay una araña anidando ahí, nunca vas a encontrarla hasta que ponga huevos y salgan todas las crías —se burla Robin mientras avanza por el pasillo. Tú la sigues.

—¿Qué te pasa? —pregunta Steve. Robin tan sólo se ríe de él—. Robin, ¿en serio?

Lo oyes hablar con Nancy, pero no le prestas atención.

—Platónico con P mayúscula —dice Robin, llevándote de regreso a su conversación. Robin te da un codazo mientras suben juntos las escaleras del ático—. Entonces, cuéntame más sobre tu obsesión por los asesinos en serie.

Pones los ojos en blanco.

—No es una obsesiónn —replicas—. Leí una historia sobre el Asesino del Zodiaco hace unos meses y me picó la curiosidad. Es raro que este hechicero siga el mismo patrón. Si Creel tenía razón y el demonio era el que atormentaba a los animales muertos, y luego mató a personas, me resulta extraño. Además, mostrar visiones a las víctimas antes de asesinarlas, es como un juego. El Asesino del Zodiaco dejaba mensajes para la policía y códigos y esas cosas.

—¿Así que Vecna se comporta como un asesino en serie?

—Supongo. Pero si es un asesino en serie, ¿por qué se contuvo después del asesinato de los Creel? ¿Por qué esperar veintisiete años? Quiero decir, el Asesino del Zodiaco tan sólo se detuvo, pero por lo que sabemos podría estar muerto. Está claro que este Vecna sigue rondando por ahí... ¿Robin?

Te giras para ver que estás solo en la habitación. Entonces, escuchas las campanadas. Luego, oyes música... ¡es Kate Bush! ¡Estás en el trance de Vecna!

Continúa en la siguiente página.

Corres hacia la música tan rápido como te es posible, bajas las escaleras y llegas a la puerta principal de la casa, pasando por delante del reloj de pie, cuyas manecillas giran en sentido contrario mientras da cuatro campanadas.

—¿Humano? Soy un dios —resuena una voz profunda.

¿Vecna? Cruzas la puerta y ves tu cuerpo a lo lejos. Robin te está sacudiendo. Max pone los audífonos alrededor de tu cabeza. Saltas y te encuentras de nuevo en tu cuerpo. Te desplomas. Robin te ayuda a levantarte y te saca de la casa. El resto los sigue.

—¿Qué pasó? —pregunta Nancy cuando todos suben al coche.

—Creo que ofendí al demonio —te apoyas en el hombro de Max, mientras pone la música lo suficientemente alta como para que los dos puedan oírla—. Ésta es definitivamente mi nueva canción favorita.

—Concéntrate —dice Nancy cuando se aleja de la casa de los Creel.

—Vecna sólo dijo que es un dios. Le molestó que le dijera a Robin que parecía humano. Cuando escuché la música, salí corriendo. También oí las cuatro campanadas y vi el mismo reloj.

—Genial, un demonio delicado —gime Lucas.

—¿Qué estabas haciendo antes de que tuvieras la visión? —pregunta Nancy.

Robin les informa de la conversación entre ustedes.

—¿Vieron lo que pasó con las linternas?

—¿Qué pasó? —te incorporas.

—Empezaron a parpadear igual que cuando Will estaba en el Mundo del Revés.

—Así que Vecna está en algún lugar del otro lado —Lucas toma la mano de Max.

Dustin se rasca la barbilla:

—De alguna manera puede establecer un vínculo psíquico con sus víctimas desde allí. Pero ¿por qué matar a adolescentes al azar?

Continúa en la siguiente página.

—Creo que si podemos averiguar por qué dejó de matar entre 1959 y ahora, podríamos ser capaces de entenderlo —dices—. Pasó mucho tiempo desde que se detuvo, para, de pronto, empezar otra vez. Además, ¿por qué los Creel? Y luego ¿Chrissy, Fred y Max? Por lo que sabemos, ninguno de ellos está relacionado con los Creel, ¿cierto?

—¿Qué le diremos a Eddie? —pregunta Robin.

—Simplemente le diremos que estamos un paso más cerca de encontrar a Vecna —contesta Nancy, intentando convencerse a sí misma tanto como a los demás.

—¿Ves? Un giro positivo —dice Steve a Robin.

—¿Dustin? ¿Wheeler? ¿Alguien? —la voz de Eddie llega por la radio.

—Eddie, soy Dustin.

—¡Jason está aquí! Está en la cabaña de Rick. No me ha encontrado todavía, pero necesito que vengan por mí tan pronto como sea posible.

Nancy se dirige hacia el cobertizo para botes. Se estaciona más lejos. Puede ver el auto de Jason al frente.

—¿Cómo vamos a sacar a Eddie sin que lo vean?

—Tengo una idea —dice Max.

Corre al bosque y empieza a gritar pidiendo ayuda. Los deportistas muerden el anzuelo y salen deprisa de la cabaña en su dirección. Steve se levanta y corre al auto, seguido por Dustin.

—¿Y qué hay de Max? —pregunta Dustin.

—Yo me encargo. Ustedes saquen a Eddie de aquí. Nos veremos en la casa de los Wheeler —Steve sale corriendo.

Nancy conduce tan rápido como puede.

Continúa en la siguiente página.

160

—Qué buena mamá gallina eres —Robin ríe cuando aparecen Steve y Max.

—Cállate —exclama Steve, todavía sin aliento.

Max lo sigue al sótano y ambos se dejan caer en el sofá.

—¿Y ahora qué? —preguntas a los demás—. Tenemos en el sótano a un sospechoso buscado por la policía, a un hechicero impulsado por su ego, a su próxima víctima y… nada. Eso es todo. No estamos ni cerca de averiguar cuál es su plan o siquiera por qué está haciendo esto.

—Dijo que era un dios en tu visión, ¿cierto? —pregunta Nancy.

—Sí, pero… ¿no me digas que en verdad pensamos que lo es?

—No, pero ciertamente tiene poderes increíbles. ¿A quién más conocemos con un poder así?

—¡Once! —responde Steve. Está bastante contento consigo mismo por haber acertado.

—Entonces, ¿dices que este hechicero podría tener superpoderes como su amiga? —aclaras el punto—. En ese caso, ¿por qué convirtió a los Creel en su blanco y luego se detuvo, para volver a la carga justo ahora? ¿Y por qué está en el Mundo del Revés? ¿Lleva allí desde los años cincuenta, o atravesó el portal que abrió su amiga?

—No lo sé. Pero si buscamos información sobre gente con superpoderes, sé a dónde podemos ir…

Los otros parecen entender lo que quiere decir.

—Hola. Hay un elemento nuevo aquí, ¿lo recuerdan? ¿Adónde vamos?

Continúa en la siguiente página.

Entrar en el cascarón vacío del Laboratorio Hawkins fue fácil, pero registrar todo el edificio no. Alumbras con una linterna el directorio en la pared mientras Nancy y Dustin leen los letreros de las distintas oficinas.

—Ahí —señala Nancy—. La oficina del Dr. Owens.

—Creía que habías dicho que el doctor a cargo se llamaba Brenner —mencionas mientras Nancy te guía por el laboratorio.

—Brenner era el doctor a cargo y el tipo que experimentaba con Ce, pero murió cuando el Demogorgon atacó. Owens se hizo cargo después —dice Dustin—. Él era mejor, supongo. Al menos, Will venía aquí para recibir tratamiento, pero Ce tuvo que seguir escondiéndose hasta que lo salvó de los demodogos.

—¿Los demo-qué-ahora? —cada vez que crees que comienzas a entender lo que está pasando, surge algo nuevo.

Lucas abre la puerta de la oficina de Owens. Todos los muebles siguen allí.

—¿Estamos seguros de que queda algo aquí? Quiero decir, ¿no se llevaría el gobierno todos sus archivos?

—Hopper luchó aquí contra un espía soviético que buscaba información cuando estaban construyendo la Llave. Si ellos pensaron que podían encontrar algo, tal vez nosotros también podamos.

—Perdona, ¿dijiste espía soviético? —haces a Dustin a un lado—. De acuerdo, cuando salgamos de aquí, necesito que me cuentes todo desde el principio, porque… ¿qué demonios?

—Claro, claro, no hay problema —ambos siguen buscando.

Parece que cada centímetro de la habitación está cubierto por alguien. Te sientas en el escritorio y abres los cajones. Están vacíos.

—Quizá pueda contarte la historia ahora —salta Dustin para sentarse en el escritorio. Sientes que algo golpea tu regazo.

Continúa en la siguiente página.

—Pero ¿qué...? —bajas la mirada y descubres que cayó en tu regazo una parte del escritorio. Empujas la silla hacia atrás y te metes bajo el escritorio. Hay un compartimento oculto—. Creo que encontré algo —abres el compartimento y sacas un montón de documentos. Te levantas, apartas a Dustin y colocas los papeles sobre el escritorio.

—¡Estos papeles deben haber sido de Brenner! —dices—. Seguramente, Owens no los habría dejado aquí si hubiera sabido de ellos.

Los demás se reúnen a tu alrededor mientras lees los distintos documentos. Sacas una carpeta con una foto.

—¡Ése es Henry Creel! —dice Nancy—. Vimos una foto de su familia en el periódico. ¿Por qué tendría Brenner una foto de él? —ella te quita el archivo.

—¿Quizá también intentaba encontrar a Vecna? —aventura Dustin—. Si estaba en Hawkins cuando ocurrieron los asesinatos, tal vez...

—No —Nancy deja la carpeta abierta—. Miren —revisas la página—. Henry Creel no murió en 1959. Fue capturado por Brenner después de haber matado a toda su familia con sus poderes. Aparece en la lista como Uno.

—¿Así que él estuvo aquí incluso antes que Once? —pregunta Max.

—Bueno, ¿y dónde está ahora? —tomas el expediente y hojeas hasta el final—. La última fecha registrada es de 1979 —pasas las carpetas a los otros—. No entiendo nada.

—Dios mío —exclaman Nancy y Dustin al mismo tiempo.

Continúa en la siguiente página.

—Henry Creel era Uno —dices—. De alguna manera, Brenner fue capaz de bloquear sus poderes.

—Eso explica por qué no hubo más asesinatos después de los Creel —Robin gira la carpeta hacia ella para leer el expediente.

—Eso no es lo único que dice —añade Dustin—. Parece que Ce conocía a Uno.

—¿Qué?

—Por lo que Brenner pudo averiguar, Uno engañó a Once para que lo liberara. Luego, se dedicó a asesinar, hasta que Ce lo detuvo...

—Enviándolo al Mundo del Revés —termina Nancy la frase.

—¿Alguna vez les habló Ce de ese tal Uno? —preguntas.

Los demás niegan con la cabeza. Nancy toma la carpeta y vuelve a hojearla.

—Esto lo explica. Ce perdió la memoria después de que lo envió allá.

—Así que Vecna no es un hechicero. ¿Él proviene de nuestro mundo? —pregunta Steve—. ¿Eso significa que ha estado en el Mundo del Revés todo este tiempo? Quiero decir, ¿incluso cuando Will estuvo allí?

—Supongo que sí, pero eso no explica por qué está asesinando de nuevo. Ce lo envió allá en 1979. Han pasado siete años desde entonces y ¿apenas está volviendo a hacerlo? —sigues mirando los archivos para ver si encuentras algo más.

—¿Y si no podía abrirse paso? ¿Y si no sabía cómo Ce lo envió allá y no podía dañar nuestro mundo hasta que ella abriera el primer portal?

—Entonces, ¿estás diciendo que el Demogorgon, los demodogos, el Azotamentes, todo, fue él? —pregunta Dustin—. Espera, eso significa que sabemos cómo funcionan sus poderes.

Continúa en la siguiente página.

164

—¿Qué quieres decir?

—Cuando Ce intenta entrar en la mente de alguien, medita. Vecna debe hacer lo mismo para llegar a sus víctimas.

—Las luces parpadearon en el ático de la casa de los Creel cuando tuviste tu visión —dice Nancy—. Ahí debe ser donde está, pero del otro lado, un lugar donde se siente seguro y puede evitar una situación vulnerable. Así que lo único que tenemos que hacer es encontrar una manera de entrar en el Mundo del Revés para llegar a él mientras está en trance…

—De acuerdo, olvidando que ustedes dijeron que los portales están cerrados ahora, aún no tenemos ni idea de cuál es su plan. ¿Simplemente va a asesinar a gente al azar de uno en uno hasta que todo Hawkins esté muerto? —recoges los papeles y cierras la carpeta.

—El año pasado Billy dijo a Ce que el Azotamentes estaba creando un monstruo para ella —dice Max—. ¿Y si Vecna no estaba trabajando para el Azotamentes? ¿Y si el Azotamentes estaba trabajando para Vecna?

—Así que cuando Ce cerró el portal en el laboratorio, Vecna supo que ella seguiría entrometiéndose en su camino —añade Dustin—. Cuando creó el monstruo y atacó a Ce, fue para deshacerse de ella y que él pudiera cruzar el portal.

—Estamos completamente seguros de que no hay ningún portal abierto ahora, ¿verdad? —miras a los demás—. ¿Correcto?

Dustin saca una brújula.

—Incorrecto.

Continúa en la siguiente página.

Steve conduce siguiendo las indicaciones de Dustin. Cuando el coche ya no puede avanzar, se bajan y caminan detrás del chico de gorra. Él los dirige hacia lo profundo del oscuro bosque. No puedes evitar preguntarte si éste era el mismo bosque en el que el Demogorgon salía a cazar por las noches.

—Espera —exclama Steve—. Max y yo estuvimos justo aquí cuando huimos de Jason.

—Sí —confirma Max—. Definitivamente, estuvimos aquí.

Al avanzar, empiezan a oír ruidos.

—¿Por qué está aquí la policía? —te acercas y ves fotógrafos haciendo su trabajo, destellos iluminan todo a su alrededor. Ves una sábana blanca cubriendo algo—. Oh, no.

—El portal está en esa dirección —señala Dustin.

—Justo donde alguien más ha muerto —dices—. Tenemos que salir de aquí.

Se dan la media vuelta para regresar por donde llegaron. Todos suben al coche y salen de ahí.

Continúa en la siguiente página.

166

Por la mañana, ves la conferencia de prensa en el televisor. Otro estudiante de la Secundaria Hawkins, Patrick McKinney, fue encontrado muerto anoche en el bosque. Están relacionando el asesinato con el de Chrissy y el de Fred. Dustin los lleva a todos abajo, donde Eddie espera escondido.

—Creo que sé cuál es el plan de Vecna —Eddie saca un mapa—. Aquí es donde murió Chrissy, aquí es donde murió Fred y aquí es donde murió Patrick. La brújula de Dustin detectó un portal donde Patrick fue asesinado. Eso debe significar que hay otros portales. Tres portales.

—¡Cuatro campanadas! —Max se levanta—. En mis visiones, el reloj de piso da exactamente cuatro campanadas. Cuatro campanadas, cuatro portales.

—Pero ¿por qué necesita cuatro portales? ¿No puede entrar por cualquiera de los que ya hizo? —preguntas.

—No lo sé, pero no quiero esperar a averiguarlo —dice Nancy—. Sabemos cómo funciona Vecna y dónde está su cuerpo. También sabemos cómo llegar hasta él —señala el lugar donde Chrissy murió—. Tenemos una oportunidad.

Pasas el resto del día preparándote para la batalla de tu vida.

Dustin y Eddie Munson suben al techo del remolque de Eddie, sólo que en realidad no es su remolque. Atravesar el portal puso todo tu mundo de cabeza. Todo lo que creías imposible ha sido desafiado. Vuelves a comprobar las lanzas y escudos improvisados. Dustin recibe la señal de los demás por radio. Es hora de derrotar a un demonio y a su ejército de retorcidas criaturas.

Continúa en la siguiente página.

—¡Chrissy, ésta va por ti! —grita Eddie, y empieza a tocar una canción de Metallica.

Observas desde el suelo cómo Eddie toca su guitarra en lo que él llama el "concierto de metal más pesado en la historia de la Tierra". Dustin vigila a unas criaturas espeluznantes a las que llama demobats, mientras marca una cuenta regresiva para Eddie. Las ven acercarse. Eddie termina su solo de guitarra y baja del techo. Todos corren al remolque y atrancan la puerta.

—¡Eso fue una locura!

—¡Amigo, el metal más pesado de la historia! —grita Dustin, y los dos saltan juntos.

Tú estás demasiado ocupado escuchando cómo se aproxima el peligro. El remolque tiembla ligeramente cuando algo golpea el techo con un ruido sordo. Son los demobats. Te pones espalda con espalda con Dustin y Eddie, empuñando cuchillos de caza atados a palos y escudos hechos de tapas de basureros de las que sobresalen clavos.

—Están en el techo —dice Dustin, siguiendo el sonido—. No pueden entrar por ahí, ¿cierto?

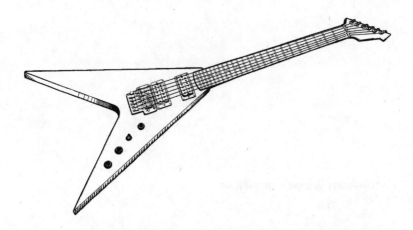

Un demobat irrumpe por el conducto de ventilación, chillando. Corres hacia él y lo apuñalas con tu lanza. Su sangre te salpica la cara con cada golpe. Eddie te aparta y golpea el techo con su escudo. El escudo se queda ahí, cerrando el conducto de ventilación.

Continúa en la siguiente página.

—¿Hay otros respiraderos? —pregunta Dustin.

Eddie toma su lanza y corre a la parte trasera del remolque, a su recámara. Los demobats están inundando el conducto de ventilación y entrando en la habitación. Eddie cierra la puerta.

—¡Tenemos que irnos! —grita Eddie.

La puerta se agrieta y se rompe. Dustin trepa primero al portal y cae. Eddie te pasa la cuerda a continuación; escalas y luego caes sobre el colchón que está debajo.

—¡Eddie, vamos! ¡Apúrate! —grita Dustin.

Te levantas y ves a Eddie escalando. Se detiene a mitad de camino.

—¡Eddie, estás tan cerca! ¡Eddie! ¡Vamos! —grita Dustin. Eddie suelta la cuerda y vuelve a caer en la otra dimensión—. ¿Eddie? Eddie, ¿qué estás haciendo? ¡Eddie, no! —Eddie corta la cuerda y aparta el colchón. Dustin se lleva las manos a la cabeza y grita—: ¡Eddie, detente! ¡Eddie, detente! Eddie, ¿qué estás haciendo?

—Ganando más tiempo —Eddie se pierde de vista mientras Dustin grita, rogándole que regrese.

Empujas a Dustin y buscas una silla. La colocas debajo del portal, subes y lo atraviesas. Aterrizas de nuevo en el maldito remolque con un ruido sordo y tu pierna queda torcida bajo tu peso. Cruzas la habitación cojeando y vuelves a colocar el colchón bajo el portal.

—¡Vamos! ¡Tenemos que ayudarlo!

Dustin salta sobre la silla y cae a través del portal. Aterriza sobre el colchón. Dustin empuja la puerta con su lanza y tú lo sigues, a pesar del dolor punzante en tu pierna.

—¡Eddie! —grita Dustin mientras corre.

Puedes ver a Eddie alejándose en bicicleta de la horda de demobats que lo persiguen. Se detiene y se baja de la bici, luego se gira para enfrentarse a ellos.

—¿Qué está haciendo?

Continúa en la siguiente página.

Lo alcanzas justo cuando los demobats lo tienen en el suelo, mordiéndole los costados y exprimiéndole la vida. Dustin corre delante de ti, blandiendo su lanza. Cojeas tan rápido como puedes y te unes a él. Cortas la cola de un demobat que está sobre el cuello de Eddie. Eres capaz de repelerlos, pero te sientes cada vez más débil. Ves que Dustin y Eddie siguen luchando. Los demobats empiezan a chillar y a caer al suelo. ¡Ésta es su oportunidad! Dustin y tú toman a Eddie y le ayudan a volver al remolque y al mundo real.

Cuando Nancy, Steve y Robin regresan a través del portal, todos suben al coche y se dirigen a la casa de los Creel. Todo es un caos. La casa de los Creel está destruida, y en su lugar hay un enorme portal. Ves a Erica y a Lucas afuera. Lucas está en el suelo, sosteniendo algo.

—¿Dónde está Max? —grita Dustin.

Cuando te acercas, la ves devastada en brazos de Lucas, con los ojos abiertos, mirando a la nada. Dustin salta del coche antes de que éste se detenga y corre hacia ellos. Tú lo sigues.

—¿Está…?

—No —grita Lucas—. Ella se fue por un minuto entero, pero luego su corazón… acaba de empezar a latir de nuevo.

—Cuatro muertes, cuatro puertas —Dustin mira a su alrededor—. Fin del mundo.

Fin

170

La curiosidad saca lo mejor de ti. Tiras del cordón y bajas del autobús. Esperas a que se aleje para colocar tu maleta detrás de un arbusto a la entrada del parque de remolques, y entras. Las patrullas y una ambulancia ya ingresaron en el parque. Se ha congregado una pequeña multitud y tú te unes a ellos, tratando de pasar inadvertido.

—Abran paso —grita un paramédico mientras empuja una camilla con una bolsa negra cerrada encima. Alguien murió. Se oyen gritos entre la multitud, murmullos sobre los "nada buenos de los Munson". Los equipos de noticias empiezan a llegar. Esto es tremendo. Un reportero camina hacia un oficial de policía; tú te acercas para escuchar.

—¿Ya identificaron a la víctima? —el reportero parece conocer al oficial.

—Sabes que no puedo decirte nada oficialmente —responde.

—Entonces, ¿extraoficialmente? ¿Entre nosotros?

—Una chica de la escuela secundaria —el hombre enciende un cigarrillo—. Fue asesinada.

—¿Cómo estás tan seguro?

—Eso no puedo decírtelo.

—¿Tienes un nombre?

—Sí —el agente suspira—. Chrissy Cunningham.

Tomas nota para investigar los antecedentes de la víctima. Justo entonces un coche llega.

Continúa en la siguiente página.

—Lo siento, tengo que ocuparme de esto —el oficial se aparta del reportero y se acerca al auto. Puedes ver a dos adolescentes en la parte delantera; piden que los dejen entrar para ver a su amiga, que vive en ese parque de remolques. Mientras el oficial está distraído, se dirigen rápidamente al remolque rodeado de cinta colocada por la policía.

En este momento, ningún policía entra o sale del remolque. Encuentras un lugar apartado, te quedas ahí y esperas. Aparecen los dos adolescentes del coche; parece que, después de todo, lograron entrar en el parque. Los ves acercarse a un remolque, quizás el de la amiga que mencionaron. La chica, con vestimenta formal, llama a la puerta y es atendida por una mujer.

—Hola, soy Nancy Wheeler, y éste es Fred Benson del *Hawkins Tiger*...

—Ya hablé con suficientes periodistas —la mujer cierra la puerta de golpe.

Miras al chico que está allí de pie. ¿Así que aquí es donde estaba Fred en vez de recogerte en el aeropuerto? Como colega periodista, respetas su compromiso, aunque sigues un poco molesto. Reconoces el nombre de Nancy Wheeler por la correspondencia que mantuviste con Fred; es la jefa de tu colega, la editora del periódico.

Continúa en la siguiente página.

Observas cómo se pasan a otro remolque. Lo de visitar a una amiga era mentira... Están aquí por la historia. Te preguntas si deberías acercarte. El ruido del motor de un vehículo desvía tu atención. Un hombre con traje sale de un auto negro; es evidente que no es policía. ¿Es del FBI? ¿Por qué vendría aquí por un simple asesinato, a menos que... el pueblo se esté enfrentando a un asesino serial? Ves al agente pasar por debajo de la cinta policial. Muestra su placa a un oficial de policía y se dirige al remolque. Esperas a que aparezcan más agentes del FBI, pero nadie más llega. El agente vuelve a salir del remolque y se marcha rápidamente.

Ha sido sospechosamente rápido. ¿En verdad era agente del FBI?

—¿Y qué hay de ése? ¿El de la bandera? —te giras para ver a Nancy de nuevo.

—La verdad es que fueron bastante groseros. No volveré a acercarme ahí —responde Fred, golpeando su bloc de notas—. Te digo que ya hablamos con todos.

—No. No con todos —se levanta y corre hacia una valla.

Buscas a alguien allí, pero no ves a nadie. Entonces, Nancy se arrodilla junto a... un perro. ¿En serio?

—Hola, hola. ¿Tú viste algo anoche? Oh, quieres contarnos todo...

Ésta es tu oportunidad para acercarte a ellos. Caminas en línea recta hacia Fred.

Continúa en la siguiente página.

—Mmmm… hola —te acercas rápidamente.

—¡Ah! —Fred chilla, sobresaltado.

—Oh, lo siento, no quería…

—¿Qué haces aquí? —Nancy se acerca a ti. Su permanente parece reciente, y lleva una camisa de cuello blanco y un chaleco gris. Muy, muy formal.

—Vine a la conferencia —le sueltas.

—¿Qué? —Nancy te mira con curiosidad.

Fred interviene.

—Nancy, ¿la conferencia? ¿La que llevo meses planeando?

—Ah, claro —Nancy se vuelve hacia ti—. Te adelantaste por un par de días.

—Cierto… —te diriges al chico—. Fred Benson, ¿verdad? Se suponía que serías mi anfitrión, pero nadie fue a recogerme al aeropuerto. Tomé el autobús y luego vi esas patrullas. Dicen que asesinaron a una estudiante aquí.

—Sí, salió en las noticias. Por eso vinimos —responde Fred—. Lo siento, me olvidé por completo de recogerte cuando escuchamos las noticias… creo que tendremos que cancelar…

—Olvídate de la conferencia —dices, exasperado—. Quiero ayudar con la investigación.

—¿Quién dijo que estamos investigando? —replica ella.

—Me lo dijo el perro —bromeas.

Nancy te responde con un empujón. Te preguntas si ya arruinaste todo con ella.

—Miren, sólo me acerqué a ustedes porque me di cuenta de que eran compañeros periodistas y me vendría bien su ayuda, ya que ahora mismo estoy varado aquí.

Continúa en la siguiente página.

—Puedo ayudar. Como sea, estoy atrapado aquí hasta mi vuelo de regreso, no puedo pagar por un cambio —sabes que no deberías suplicar, pero estás desesperado.

—Mira, estoy segura de que eres muy bueno en lo que haces, pero... —algo llama la atención de Nancy detrás de ti—. Fred, quédate aquí y vigila a nuestro invitado.

Nancy se aleja en dirección a un hombre sentado solo en una mesa de pícnic. Estás demasiado lejos para oírlos. No puedes evitar sentir cómo aumenta tu frustración: otro editor en jefe que te descarta sin motivo.

—No te lo tomes personal. Ella es así —intenta tranquilizarte Fred.

Asientes con la cabeza, pero no apartas la mirada de Nancy, que está hablando con el hombre. Comienza a hervirte la sangre.

Continúa en la siguiente página.

Pasan los minutos y empiezas a impacientarte.

—¿Cuál es su problema? —exclamas. La única respuesta que obtienes son los ladridos del perro—. Hey, Fred, estoy hablando con…

Te giras y te das cuenta de que estás solo. Buscas a Fred y lo observas caminar aturdido junto a unos árboles y enseguida se pierde de vista. ¿Habrá advertido algo? ¿Una pista? Corres hacia donde lo viste por última vez. El follaje de los árboles es denso; sabes que si vas más lejos, te perderás.

Nancy se acerca al perro cuando regresas, pálida como un fantasma.

—Acabo de hablar con Wayne… ¿has oído el nombre de Victor Creel? Wayne tiene una teoría… —hace una pausa y sacude la cabeza, como si te viera por primera vez—. Espera, ¿dónde está Fred?

—Lo vi caminar hacia esos árboles, luego lo perdí.

—¿Qué? Fred no haría eso…

—¿Quizás encontró algo y fue a comprobarlo?

Ella sacude la cabeza.

—Eso no suena al estilo de Fred. Muéstrame dónde lo viste por última vez.

Le señalas el lugar y ella empieza a gritarle a Fred.

—Ya intenté eso y no respondió —le dices. Puedes ver cómo el miedo crece en sus ojos—. ¿Pasa algo?

Te ignora y sigue llamando a Fred. Tú la sigues.

Continúa en la siguiente página.

Llevan tanto tiempo buscando a Fred que ya está oscuro. Apenas puedes distinguir los árboles que están frente a ti.

—Mira, estamos perdiendo el tiempo buscando solos —dices—. Deberíamos avisar a la policía.

Ella te lleva de regreso al parque de remolques y se acerca al policía que vigila la entrada.

—Hola, oficial. ¡Oficial!

—¿Qué estás haciendo todavía aquí? —responde él.

—Mi... mi amigo del coche de antes... yo... no consigo encontrarlo.

—¿Qué quieres decir con que no consigues encontrarlo?

—Él estaba aquí, y luego desapareció y... ¿tal vez lo vieron irse con alguien o...?

—Les dije que se fueran a casa. Jesucristo —se aleja de Nancy y habla por su radio—. Aquí Glenn. Podríamos tener una situación aquí.

—¡Tienen que buscar en el bosque! —gritas tras él.

El policía maldice en voz baja.

Continúa en la siguiente página.

Ya es de día. Permaneces a la orilla de la carretera donde encontraron a Fred. Nancy habla con la policía, la están interrogando; ya terminaron de hacerlo contigo. Detrás de ella, ves la sábana que cubre el cuerpo de tu anfitrión.

—Y después de hablar con Wayne, ¿qué pasó?

—Oí ladridos del perro y luego… desapareció. Mi amigo me dijo que se fue caminando hacia el bosque, así que fuimos tras él, pero no pudimos encontrarlo.

—¿Viste a alguien merodeando por aquí? ¿Alguien con aspecto de que no debería estar aquí? —le pregunta el oficial.

Ella te lanza una mirada rápida, pero luego niega con la cabeza.

—No. No había nadie —voltea hacia Glenn Daniels, el oficial con el que hablaron anoche—. Y ya le dije esto al agente Daniels. ¿Investigó a Victor Creel?

—Perdón, ¿qué fue eso? —pregunta el jefe de policía.

—Victor Creel —responde el oficial Daniels—. A Wayne se le metió en la cabeza que el viejo chiflado hizo esto.

El jefe mira a Nancy intentando tranquilizarla.

—Victor está bien encerrado, cariño. No tienes que preocuparte por él, ¿de acuerdo? —continúa con su interrogatorio mientras un coche , que llama la atención de Nancy, se detiene.

Te giras para ver a un grupo de adolescentes salir del coche. Ella les dirige un tímido gesto con la mano, y un chico alto con el cabello ondulado y bien arreglado le devuelve el saludo. ¿Son amigos? Eso crees por la cara de alivio que pone Nancy. Te acercas a ellos y los saludas.

—Hey —dice el chico.

—Vengo con Nancy.

Continúa en la siguiente página.

Te encuentras sentado con Nancy y sus amigos, que ya te presentaron, en una mesa de pícnic. No puedes creer lo que oyes.

—Entonces, ¿lo que me dicen es que esta cosa que mató a Fred y a Chrissy proviene del Mundo del Revés? —pregunta Nancy.

—Nuestra teoría es que ataca con un hechizo o una maldición. Ahora, si cumple o no las órdenes del Azotamentes o tan sólo le encanta matar adolescentes, no lo sabemos —explica el chico más joven, Dustin.

Max, una chica pelirroja, añade:

—Lo único que sabemos es que esto es algo diferente.

—No lo entiendo —interrumpes—. ¿Una maldición? ¿El Azotamentes? ¡Ya murieron dos personas!

Nancy voltea hacia ti.

—Mira, aún no tienes idea de lo que está pasando…

—Ya hemos pasado por esto —responde Robin, la chica de cabello corto.

—¿Ya han pasado por qué? —preguntas.

Nancy toma tus manos y te mira directamente a los ojos.

—Hawkins no es como cualquier otro pueblo. Aquí hay… una maldición.

—Sí —añade Steve, el chico del cabello muy bien cuidado—. Aunque por lo general confiamos en esta chica con superpoderes, pero, eh, éstos desaparecieron, así que…

—Así que cuando Eddie les dijo que Chrissy sólo estaba en trance y luego fue levantada por los aires y asesinada, ¿ustedes le creyeron? —mientras tú y Nancy buscaban a Fred, ellos encontraron a Eddie, la última persona con la que Chrissy fue vista con vida, y escucharon su versión de la historia.

Continúa en la siguiente página.

No puedes creer lo que estás oyendo, pero todos parecen tan serios.

—¿Por qué debería creerles?

—¿Estás bromeando…? —exclama Dustin.

Nancy lo interrumpe:

—Mira, entiendo que es mucho lo que tienes que asimilar, pero dijiste que eres periodista, ¿cierto? Tan sólo mantén la mente abierta y sigue la historia.

Asientes. Ésta es, justamente, una gran historia. Incluso si lo que dicen no es verdad, lo averiguarás.

—Entonces, ¿por qué este Azotamentes…?

—Vecna —te corrige Dustin—, no el Azotamentes.

—De acuerdo —tratas de ocultar tu fastidio—. ¿Por qué este *Vecna* eligió a Fred y a Chrissy como sus objetivos?

—Deberíamos hablar con la señorita Kelley —responde Max—. Vi a Chrissy salir de su oficina. ¿Quizás ella sepa algo?

Los demás están de acuerdo con el plan.

Nancy asiente.

—Ustedes vayan con Steve. Yo voy a investigar otra pista. No quiero hacerles perder el tiempo. Es un verdadero tiro a ciegas.

—Voy contigo —intervienes.

Es claro que Nancy ya tenía algo en mente desde antes del incidente de Fred, y quieres saber de qué se trata.

—Yo también —dice Robin.

Acompañas a Robin y a Nancy. Antes de salir recoges tu maleta.

—¿Adónde vamos? —preguntas.

—A la biblioteca —Nancy enciende el coche y se ponen en marcha.

Continúa en la siguiente página.

Has estado en el sótano de la biblioteca revisando microfilmes de periódicos en busca de algo relacionado con Victor Creel. Éste era el tiro a ciegas de Nancy. Hasta ahora, sólo has encontrado lo básico del caso y sus secuelas: Victor Creel se mudó a Hawkins con su familia en los años cincuenta, para después asesinar a su esposa, su hija y su hijo. Fue declarado loco. Según Nancy, la policía afirma que Victor sigue encerrado.

—Llevamos tiempo buscando y todavía no nos ha dicho por qué —dices rompiendo el silencio.

—Wayne Munson me dijo que Victor Creel les sacó los ojos —dice Nancy—. Cuando encontró a Chrissy, sus ojos habían sido…

—Como cuando encontraron a Fred… —terminas.

Ella asiente.

—Entonces, ¿tú crees que lo que le pasó a los Creel podría ser lo mismo que les sucedió a Chrissy y a Fred? —continúa Robin—. ¿Cómo se relaciona esto con el Mundo del Revés?

—Es sólo una corazonada —añade Nancy—. Pero ¿y si Creel no lo hizo? ¿Y si Vecna estuvo detrás de eso?

—¿O ese tipo tan sólo asesinó a su familia y alguien lo está imitando? —murmuras.

—Mira, si no te lo vas a tomar en serio, ¿por qué no te vas? —te dice Robin.

—¿Adónde exactamente? Estoy varado, ¿recuerdas?

Nancy garabatea una dirección en un papel y te lo entrega.

—Ésa es mi dirección. Puedes ir ahí.

Sientes que empieza a subir tu ira por haber sido rechazado. Pero ¿quizás ésta sea una oportunidad para aprender más sobre Nancy y sus amigos mientras ella no está?

Si eliges quedarte con Nancy y Robin, continúa en la siguiente página.

Si eliges ir a casa de Nancy, continúa en el número 233.

—Está bien, está bien, me callo —no quieres ceder, pero tampoco quieres abandonar esta historia.

Ellas parecen aceptar tu respuesta y la búsqueda continúa.

—Entonces, ¿qué estamos buscando exactamente? —pregunta Robin al cabo de un rato. Nancy no responde—. ¿Nancy? ¿Alguna mención a magos oscuros o dimensiones alternas? ¿Cosas por el estilo?

Contienes una sonrisita.

—No lo sé, ¿de acuerdo? —responde Nancy, exasperada—. Empieza a parecer que esto ha sido una gran pérdida de tiempo, y es obvio que están aburridos. Así que, ¿por qué no llamas a Steve? Seguro que vendrá a recogerlos. No estoy realmente en peligro aquí, así que... —se aleja.

Robin te mira y luego corre tras ella. No debería importarte, pero saber que Nancy está a punto de admitir que se equivocó es demasiado tentador, así que la sigues.

—Sabes que Steve y yo no somos nada, ¿verdad? —alcanzas a escuchar que Robin le dice a Nancy—. Es como algo platónico con P mayúscula. Digo, por si eso añade tensión entre nosotras —abre un cajón con más microfilmes.

—En serio... —empiezas a decir, pero Robin te mira fijamente para que cierres la boca.

Nancy se endereza; te parece ver un ligero rubor en sus mejillas.

—No es así.

—Genial —dices sarcásticamente—. Me alegro de que todo se haya aclarado.

—¿No se suponía que te ibas a callar? —pregunta Robin.

Pones los ojos en blanco. Los tres empiezan a buscar más microfilmes en los cajones para revisarlos.

Continúa en la siguiente página.

Robin busca en el cajón y saca una caja.

—¿*The Weekly Watcher*? No puedo creer que hayan conservado esto.

—¿No escriben ahí sobre cosas como Pie Grande y ovnis? —pregunta Nancy.

—¿Puedo recordarte que estamos buscando información sobre magos oscuros? Si alguien va a escribir sobre eso, serán estos frikis.

—¿Lo dices en serio…? —empiezas.

—Cállate, ¿recuerdas? —te dice Robin.

Suspiras y pones los ojos en blanco. Robin vuelve a la máquina, pone el microfilme y empieza a revisar.

—"Victor Creel afirma que un demonio vengativo mató a su familia. El asesinato que conmocionó a una pequeña comunidad".

Robin sigue leyendo:

—"Según varios informantes, Victor creía que su casa estaba embrujada por un antiguo demonio. Victor supuestamente contrató a un sacerdote para exorcizar al demonio de su casa". Bastante novedoso para los años cincuenta. *El exorcista* todavía no se había estrenado.

—Una parte del acuerdo con la fiscalía era sellar los registros, así que… —añade Nancy.

—Entonces, ¿estás diciendo —puedes oír cómo late tu corazón en la cabeza— que este tal Vecna es el demonio que mató a su familia? —no quieres creerlo, pero después de todo, hay una conexión.

—Dustin, ¿me copias? —Robin llama por radio cuando salen de la biblioteca—. Nancy es una genio. Las primeras víctimas de Vecna se remontan a 1959. Su tiro a ciegas dio en el blanco.

—De acuerdo, es una absoluta locura, pero no puedo hablar en este momento —responde Dustin—. Tienen que ir a la escuela.

Continúa en la siguiente página.

—Estaba aquí. ¡Justo aquí! —Max les enseña a todos un pasillo sin salida en la escuela.

Mientras tú, Nancy y Robin estaban investigando la conexión de Creel con Vecna —algo sobre lo que aún no sabes qué pensar—, Max, Dustin y Steve irrumpieron en la escuela para echar un vistazo a los archivos de la consejera, después de que intentaron hablar con ella, pero no obtuvieron nada útil.

—¿Viste un reloj de pie aquí en la pared? —le preguntas.

Ella asiente.

—Era muy real. Y luego, cuando me acerqué, de repente... desperté.

—Era como si estuviera en trance o algo así —explica Dustin—. Exactamente lo que Eddie dijo que le pasó a Chrissy.

—Eso ni siquiera es lo malo —Max los lleva a todos a la oficina de la consejera—. Fred y Chrissy, ambos venían con la señorita Kelley por ayuda. Ambos tenían dolores de cabeza, pesadillas, problemas para dormir. Y luego empezaron a ver cosas de su pasado. Y estas visiones fueron empeorando hasta que finalmente... todo terminó. Las de Chrissy comenzaron hace una semana, las de Fred hace seis días. Yo las he tenido durante cinco días. No sé cuánto tiempo tengo. Sólo sé que Fred y Chrissy murieron menos de veinticuatro horas después de su primera visión. Y acabo de ver ese maldito reloj, así que... parece que voy a morir mañana.

Se escucha un fuerte estruendo en el pasillo. Steve toma una lámpara y sale:

—Quédense aquí.

No tienes intención de hacerlo, y parece que nadie más la tiene. Cuando llegas al pasillo, oyes pasos que se acercan.

Steve se prepara y balancea la lámpara. Una figura dobla la esquina y todos gritan.

—¡Soy yo! ¡Soy yo! —grita un chico sudoroso y sin aliento.

Continúa en la siguiente página.

Después del susto que te llevaste en la escuela con la aparición de Lucas anoche, esta mañana te encuentras con Nancy y Robin para ir a ver a Victor Creel al Hospital Psiquiátrico Pennhurst, donde está encerrado desde el asesinato de su familia.

Pennhurst no es en absoluto como imaginabas que sería un hospital psiquiátrico. Te sientas en la oficina del director, el doctor Hatch, con Nancy y Robin, mientras él revisa los *currículums* falsos de estudiantes que Nancy preparó.

—Un promedio de calificaciones impresionante, todos ustedes.

—No podemos aprenderlo todo en un salón de clases —Nancy intenta suavizar las cosas.

—Comprendo su determinación, en verdad. Pero hay un protocolo para las visitas a un paciente como Victor.

Sientes que se te hunde el estómago.

*Hospital Psiquiátrico Pennhurst

Continúa en la siguiente página.

—El hecho es que presentamos una solicitud hace meses y nos la negaron —miente Robin. Miras a Nancy, que mantiene un rostro impasible—. Luego, volvimos a presentarla y nos la denegaron otra vez. Venir aquí fue un último intento para salvar nuestra tesis. Y estoy empezando a pensar que es un error colosal, porque nadie toma en serio a las chicas en este campo. ¡Simplemente, no lo hacen! Otros chicos querían ser astronautas, jugadores de basquetbol, estrellas de rock, ¡pero yo quería ser como usted! Diez minutos con Victor, es lo único que pido.

Se hace el silencio. El doctor Hatch se limita a asentir. ¡Santo cielo, funcionó! Los guía por la puerta y les da un pequeño recorrido. Ves a gente vestida de blanco que se arremolina escuchando música tranquilizadora.

—Éste es uno de nuestros pabellones más populares: la sala de escucha. Hemos descubierto que la música tiene un efecto especialmente relajante en las mentes perturbadas. La canción adecuada, sobre todo una que tenga algún significado personal, puede resultar un estímulo importante —los guía fuera de la sala y bajan unas escaleras.

—Doctor Hatch, ¿cree que sería posible que habláramos con Victor a solas? —pregunta Nancy.

Robin interviene.

—Nos encantaría enfrentar el reto de hablar con Victor sin la red de seguridad de un experto como usted.

Sorprendentemente, les permite hablar con Victor a solas. Nancy y Robin se dirigen a la celda donde está Creel, te das la vuelta y adviertes una mirada burlona en el rostro del doctor.

Si eliges hablar con Creel, continúa en la siguiente página.

Si eliges espiar al doctor, continúa en el número 218.

Si el doctor Hatch tuviera alguna reserva, seguramente no les habría permitido hablar con Victor a solas, ¿cierto? Un guardia los guía y sigues a Nancy y Robin hacia la celda de Victor. Esto se parece más a la imagen que tenías de un hospital psiquiátrico: celdas y barrotes. Una prisión.

—No lo asusten. No lo toquen —el guardia enumera las instrucciones a medida que se acercan a la celda—. Manténgase a metro y medio de los barrotes en todo momento. ¿Está claro? —ustedes asienten. Saca su macana y la pasa por los barrotes de la celda—. ¡Victor, hoy es tu día de suerte! Tienes visitas. Y ellas son muy bonitas —el guardia se marcha.

Victor está sentado de espaldas a ustedes. Puedes oír el rechinido de sus uñas clavándose en una mesa.

—¿Victor? Me llamo Nancy Wheeler, y ellos son mis amigos —se acerca a los barrotes—. Tenemos algunas preguntas…

—No hablo con periodistas —responde él con brusquedad—. Hatch lo sabe.

—No somos periodistas. Estamos aquí porque le creemos —Nancy se acerca a los barrotes—. Y porque necesitamos su ayuda.

—Sea lo que sea lo que mató a su familia —Robin se coloca junto a Nancy—, creemos que ha regresado.

Victor se vuelve hacia ustedes. Tiene los ojos cosidos. Todos se miran. Nancy continúa: le explica lo que está sucediendo en Hawkins.

—¿Algo de esto, de lo que le hemos dicho, le suena parecido a lo que le pasó a su familia?

Él no responde.

—Necesitamos saber cómo sobrevivió aquella noche —Robin pone una mano en un barrote.

—¿Sobrevivir? —él ríe—. ¿Así es como le llamas a esto? ¿Sobrevivir?

Si antes no estabas seguro de que el hombre estaba loco, ahora estás convencido de ello. Nancy y Robin parecen asimilar todo lo que dice. *Simplemente mantente abierto a las posibilidades*, te recuerdas a ti mismo.

Continúa en el número 188.

—No, se los aseguro —continúa él—, todavía estoy en el infierno. Tuvimos un mes de paz en aquella casa, y entonces empezó todo. Cerca de nuestra casa empezaron a aparecer animales muertos, mutilados, torturados. Conejos, ardillas, gallinas, incluso perros. El jefe de policía culpó de los ataques a un felino salvaje. No era un gato salvaje. Era un engendro de Satanás. Y estaba más cerca de lo que yo creí. Mi familia comenzó a tener encuentros conjurados por este demonio. Pesadillas vívidas, mientras estaban despiertos.

—Max —susurras.

—Este demonio parecía sentir placer al atormentarnos —continuó—. Mi esposa veía cosas como cientos de arañas que no estaban allí. Incluso la pobre e inocente Alice se despertaba gritando por la noche. No pasó mucho tiempo antes de que yo mismo empezara a experimentar mis propios encuentros. Cosas de la guerra, cosas que sólo yo podía saber. Supongo que todo mal debe tener un hogar. Y aunque no tenía una explicación racional para ello, podía sentir a este demonio siempre cerca. Me convencí de que se escondía, que anidaba en algún lugar entre las sombras de nuestro hogar. Había maldecido nuestro pueblo. Había maldecido nuestro hogar. Nos había maldecido a nosotros.

—¿Qué pasó en la noche que murió su familia? —preguntas con la voz ronca, aunque estás seguro de que ya sabes la respuesta.

Continúa en la siguiente página.

—Estábamos cenando y la radio comenzó a sonar. Ella Fitzgerald, "Dream a Little Dream of Me". Me levanté para ver qué
pasaba. Todas las luces de la casa empezaron a parpadear. Entonces… entonces, Virginia se elevó en el aire, con los huesos
rotos en distintas direcciones, los ojos hundidos y luego cayó
sobre la mesa. Intenté sacar a los niños. Intenté salvarlos.
Pero… —te estremeces ante la angustia de su voz—. Volví a
Francia, a la guerra. Era un recuerdo. Pensé que había soldados alemanes dentro de la casa. Ordené su bombardeo. Me
equivoqué. Este demonio se burlaba de mí con mis peores
recuerdos. Y estaba seguro de que me llevaría, como se había
llevado a mi Virginia. Pero entonces oí otra voz. Al principio,
creí que era un ángel y seguí la voz, sólo para encontrarme
con una pesadilla mucho peor.

—Estaba de regreso en su casa —continúa Robin.

—Mientras estuve lejos, el demonio se llevó a mis hijos.
Mi hija Alice —su voz se entrecorta— ya estaba muerta. Henry
entró en coma poco después. Una semana después, murió.
Intenté reunirme con ellos. Lo intenté. Hatch detuvo la he-
morragia; no me dejó unirme a ellos.

—El ángel que siguió… ¿quién era? —pregunta Nancy.

Victor no contesta. En cambio, empieza a tararear "Dream
a Little Dream of Me" y se aferra a la almohada.

—¿Victor?

—Algo no está bien —dices a Robin y Nancy.

—¿Tú crees? No me digas —se burla Robin.

—No, me refiero a la historia —continúas—. No tiene
sentido. —En ese momento, Hatch irrumpe en el lugar.

—¿Era lo que esperaban? Acabo de llamar al profesor
Brantley. Quizá deberíamos hablar de esto en mi oficina,
mientras esperamos a la policía.

Continúa en la siguiente página.

—No está escuchando. Nuestra amiga está en peligro —Nancy intenta razonar con el doctor Hatch, mientras él y algunos miembros de seguridad los escoltan de regreso a su oficina.

—¿En serio esperan que les crea algo de lo que digan a estas alturas? —replica él.

Los bloqueas: tu mente no dejar de darle vueltas a la historia de Victor. Repasas otra vez los detalles en tu cabeza, sin importarte en qué están los demás.

—Música —oyes decir a Robin—. La noche del asesinato, Victor dijo que la radio se encendió. Luego, cuando le preguntamos por el ángel, empezó a tararear.

—"Dream a Little Dream of Me" de Ella Fitzgerald —corres para acercarte a ellas.

—La voz de un ángel... —confirma Nancy.

—Hatch dijo que la música puede llegar a partes del cerebro que las palabras no alcanzan —Robin cierra las manos en puños—. Así que tal vez ésa es la clave, una vía de salida.

—Una vía de salida para regresar a la realidad —explica Nancy. Hace una pausa—. Creo que podemos vencerlos —sin previo aviso, se va.

Tomas la mano de Robin y tiras de ella para que empiece a correr. Los tres llegan al coche, saltan dentro de él y se alejan a toda velocidad.

Continúa en la siguiente página.

—Robin, ¿dónde diablos estás? Éste es un código rojo. Repito, ¡un código rojo! —la voz de Dustin grita desde la radio.

—Dustin, soy Robin. Te copio —responde Robin.

—¡Por fin! ¡Por favor, por favor, díganme que ya lo solucionaron! No podemos despertar a Max. Vecna la tiene. Estamos en el cementerio.

—¡Tienen que poner música! ¡Pongan su canción favorita a todo volumen! —grita Robin en la radio.

Nancy acelera.

Vuelves a casa de los Wheeler con Nancy y Robin. Max está conectada a un Walkman que tiene a Kate Bush a todo volumen. Los demás duermen, empieza a amanecer. Por mucho que lo intentas, no puedes conciliar el sueño. La historia de Victor no deja de dar vueltas en tu cabeza. Hay algo que te preocupa, pero no consigues entenderlo. Te giras y ves que Max se levanta y sube las escaleras. Se supone que Dustin debería estarla vigilando; cada uno de ustedes se ha ido turnando. Cuando lo miras, te das cuenta de que está profundamente dormido. Pones los ojos en blanco.

—Será mejor que me levante —susurras mientras sigues a Max.

Continúa en la siguiente página.

La encuentras sentada a la mesa de la cocina. Los Wheeler ya se levantaron y la señora Wheeler está preparando el desayuno. Te sientas junto a Max.

—¿No puedes dormir? —le preguntas.

—No, ¿y tú?

—Tampoco —miras hacia la mesa y ves un montón de papeles y lápices de colores extendidos—. ¿Qué estás haciendo?

—Estoy dibujando lo que recuerdo de mi visión.

—¿Esto es un recuerdo? —preguntas, tratando de encontrar sentido a las rayas rojas que cruzan la página. Victor dijo que su visión era de un recuerdo.

—No —sigue dibujando—. Esto es otra cosa. Es como si no debiera haberlo visto, como si de alguna manera hubiera estado en su mente.

—¿En su mente? —vuelves a mirar los dibujos, pero es inútil—. Siento que Victor nos dio una pista sobre este demonio.

—¿Te refieres a la música? —pregunta.

—No —sacudes la cabeza—. Quiero decir, sí, él nos dio eso. Pero creo que había algo más. Si el demonio que mató a su familia en 1959 es el mismo de hoy, ¿por qué ese largo intervalo? Estamos en 1986, son veintisiete años sin asesinatos, hasta donde sabemos. Parece que mata siempre de la misma manera, así que si hubiera habido otros asesinatos nos habríamos enterado, ¿cierto?

—Supongo que sí —Max deja de dibujar—. ¿Adónde quieres llegar?

—Aún no estoy seguro —haces una pausa.

En ese momento, Nancy y Dustin suben las escaleras.

Continúa en la siguiente página.

193

—¿Qué están haciendo ustedes dos? —pregunta Nancy mientras Dustin toma una pila de hot cakes de la señora Wheeler.

—Hablando... Bueno, ella está dibujando —señalas a Max.

Nancy toma un dibujo y se queda paralizada.

—Conozco esta puerta. Es la antigua casa de los Creel.

Todos suben al coche de Nancy y ella los lleva a la casa de los Creel. Está tapiada y llena de mugre. Sigues a los demás por las escaleras del porche hasta la puerta. Steve y Nancy quitan los clavos de la tabla que cubre la puerta principal. Cuando ésta cae, se ve un vitral en la puerta. Steve prueba el picaporte:

—Está cerrada.

Robin levanta un ladrillo.

—Encontré una llave —lanza el ladrillo a través del vitral. Steve mete la mano y abre la puerta. Todos entran.

Lucas intenta encender una lámpara.

—Parece que alguien se olvidó de pagar el recibo de la luz —Dustin saca una linterna y la enciende. Los demás hacen lo mismo, excepto Steve.

—¿De dónde las sacaron todos? —pregunta.

Dustin lo mira incrédulo:

—¿Necesitas que te digan todo? No eres un niño.

Te inclinas hacia Steve y le dices: —Yo tampoco tengo.

—Gracias.

Dustin se quita la mochila y se la da a Steve:

—Bolsillo trasero.

Steve saca dos linternas y te da una, luego deja caer la mochila. Max se detiene frente a un viejo reloj de pie.

Continúa en la siguiente página.

—Ustedes también están viendo esto, ¿cierto? —pregunta Max.

—¿Es el que apareció en tu visión? —pregunta Nancy.

Max asiente. Es un reloj común y corriente. Robin limpia la carátula polvorienta y lo confirma.

—Bien, divídanse en parejas y comiencen a buscar —dice Nancy.

Los demás se separan en parejas y te quedas solo. Supones que no están acostumbrados a los números impares. Recorres la planta baja, pero no ves nada interesante, así que subes las escaleras. Las tablas crujen y gimen bajo tus pies, lo que hace más intenso el ambiente en los pasillos llenos de telarañas y polvo. Detrás de una puerta que conduce a un ático, encuentras otras escaleras y subes.

Las vigas de madera del ático están cubiertas de polvo y telarañas. Examinas el piso con la linterna. En un rincón, la luz se refleja en algo. Te acercas lentamente, tu respiración se vuelve cada vez más pesada.

Frascos. Frascos viejos, sucios y pegajosos es lo que encuentras junto a los dibujos de una criatura gigante. Tomas uno y observas el interior: telarañas y arañas. Piensas en los últimos días y lo comprendes: Virginia Creel había visto arañas

en una de las visiones provocadas por Vecna. No sabes si está relacionado, pero reflexionas al respecto y recuerdas que la historia de Victor te inquietó, y no por razones obvias. Sales del ático.

Continúa en la siguiente página.

—¿Dónde estabas? —sisea Robin.

Todos los demás están de regreso en el vestíbulo.

—Estaba buscando…

—Olvídalo, no importa. Encontramos a Vecna. O, al menos, lo tuvimos por un momento —interrumpe Dustin.

—¿Qué? —das un paso atrás—. ¿Lo vieron?

—¿Qué? ¡No! —Dustin parece frustrado—. ¡Mira!

Un polvoriento candelabro comienza a brillar. La pálida luz es débil al principio, pero parpadea y relumbra cada vez más.

—Es como las luces de Navidad —dice Nancy.

—¿Luces de Navidad? —pregunta Robin antes de que tú puedas hacerlo.

—Sí, cuando Will estaba atrapado en el Mundo del Revés, las luces… cobraron vida. Así era como Joyce podía hablar con él —explica Nancy.

Will era el amigo que se perdió en el Mundo del Revés hace tantos años, su primera aventura. Parece que Robin tampoco estaba con ellos cuando eso sucedió.

—Vecna está aquí —Lucas mira fijamente las luces—. En esta casa, justo del otro lado.

Las luces se apagan.

Continúa en la siguiente página.

—¡Se está moviendo! —Steve encabeza la marcha, siguiendo el rastro de Vecna hasta el ático, donde encontraste los frascos de arañas.

—¿Recuerdan la historia de Victor? —te volteas hacia Robin y Nancy—. Había arañas en la visión de Virginia.

—¿Qué significa eso? —pregunta Lucas.

—Todavía no estoy seguro —respondes.

En el ático, la única luz parpadea. Vecna. Todos la rodean y sus linternas empiezan a brillar.

—Bien… ¿qué está pasando? —pregunta Steve.

Nadie responde.

—¿Está él ahí parado? —preguntas. Las luces se intensifican cada vez más hasta que las lámparas explotan. Un fragmento de cristal te rasguña la cara—. ¡Dios…! ¿Qué fue eso? —gritas.

Por la expresión de los rostros de los demás, está claro que es hora de salir de allí, rápido. Todos corren de vuelta al auto. Dustin toma su mochila del suelo al salir.

—¿Qué pasó ahí dentro? —le preguntas mientras te subes a la parte de atrás.

Las llantas chirrían mientras Nancy se aleja en dirección a su casa.

—No tengo idea —responde Dustin, seguido de una retahíla de maldiciones.

Las cosas empeoran a la mañana siguiente, cuando llegas al escondite de Eddie. La policía está por todas partes.

—¿Creen que lo hayan atrapado? —preguntas a los demás.

Los equipos de noticias están reunidos alrededor del jefe de policía. El jefe informa a los periodistas del asesinato de otro estudiante, Patrick McKinney.

Continúa en la siguiente página.

—También hemos identificado a una persona de interés, Eddie Munson —muestra una foto de Eddie a las cámaras—. Exhortamos a cualquiera que tenga información sobre su paradero a que acuda a nosotros, por favor.

—Esto no está bien. Definitivamente, esto no está bien —Steve mira a Dustin.

La radio de Dustin se enciende.

—¿Dustin? ¿Wheeler? ¿Pueden oírme? —la voz de Eddie llega a través de la radio—. Estoy en Roca Calavera.

Dustin saca una brújula.

Después de caminar durante un buen rato siguiendo a Dustin y su brújula, no están cerca de Roca Calavera.

—Vas por el camino equivocado —dice Steve a Dustin.

—No, no me equivoco. Mi brújula apunta hacia allí, así que Roca Calavera debería estar por aquí.

—No, hombre, Roca Calavera es un sitio superpopular para llevar a una chica —explica Steve—. Bueno, no era popular hasta que yo lo hice famoso. Prácticamente, lo descubrí. Vamos en la dirección equivocada.

Steve los lleva directo a Roca Calavera, donde Eddie está esperando.

Continúa en la siguiente página.

—Esto no tiene sentido —protesta Dustin. Sigue mirando la brújula y caminando en círculos. Los demás dejan a Dustin con su obsesión y se reúnen alrededor de Eddie.

—¿Qué pasó? ¿Viste el asesinato? —le preguntas.

—Lo vi, Eddie asiente e hice lo que aparentemente hago ahora... escapé.

La vergüenza en sus ojos te atrapa. Es devastadora.

—¿Sabes a qué hora ocurrió el ataque contra Patrick? —pregunta Nancy.

Eddie se quita el reloj y se lo lanza:

—Eran las 9:27.

—La misma hora en que nuestras linternas estallaron —Robin mira a Nancy.

—Así que ese poder que vimos era Vecna atacando —continúas—. ¿Y de alguna manera es capaz de hacerlo desde el otro lado?

—Pero ¿cómo? —pregunta Nancy—. Ce cerró los portales.

—Nuestra amiga superpoderosa, ¿sabes, la que perdió sus poderes y se mudó...? —explica Steve.

—Sí, la mencionaron —replica Eddie.

—¡Bum! —grita Dustin, dejando de caminar en círculos—. Yo no estaba equivocado. La brújula sí —señala su brújula—. Lucas, ¿te acuerdas de qué puede afectar a una brújula?

—Un campo electromagnético.

—Sip —Dustin sonríe—. En presencia de un campo electromagnético más fuerte, la aguja se desviará hacia esa potencia. La última vez que vimos que eso sucedía...

—¡Fue cuando había un portal en el Laboratorio Hawkins! —termina Lucas.

—Entonces, estás diciendo que tenemos un camino a Vecna —concluyes—. Muéstranos ese camino.

Continúa en el número 200.

Al oscurecer, llegan al Lago de los Enamorados.

—Estábamos justo aquí —dices.

—¿Hay un portal en el Lago de los Enamorados? —pregunta Max.

—Sólo hay una forma de averiguarlo —Steve señala un bote que está a la orilla.

Eddie y Steve lo empujan al agua y luego lo sujetan. Robin sube, después Eddie y Nancy. Antes de que nadie pueda decir nada, tú también saltas dentro. Te sigue Dustin, pero Eddie lo detiene.

—En este bote sólo pueden ir cuatro personas, máximo —dice.

—Pero es mi teoría. Yo debería ir.

—Ustedes quédense con Max y vigilen que no haya problemas —dice Nancy a los demás, y le quita la brújula a Dustin.

Tomas un remo, comienzas a remar y Steve salta al bote.

—¡Dijiste que eran máximo cuatro! —protesta Dustin.

Steve se encoge de hombros. Reman hasta el centro del lago cuando Nancy dice que aminoren la velocidad.

—¿Y ahora qué? —miras a los demás.

Steve se quita la camiseta y los zapatos.

—A menos que alguno de ustedes pueda superar el hecho de que fui cocapitán del equipo de natación y socorrista certificado durante tres años, tendré que ser yo el que baje a echar un vistazo —dice Steve.

Eddie le entrega una linterna cubierta con una bolsa de plástico.

—Ten cuidado, Steve —dice Nancy.

Sorprendes a Robin viéndolos de reojo. Seguro que aquí hay alguna historia. ¿Un triángulo amoroso? Steve se lanza al agua desde la lancha. Nancy cuenta el tiempo en su reloj. Después de casi un minuto, Steve sale a la superficie.

—Encontré el portal. Es un portal pequeño, pero ahí está —justo en ese momento, Steve es arrastrado hacia abajo. Miras a los demás. ¿Qué pasó? Sin dudarlo, Nancy salta tras él, y Robin la sigue. Miras a Eddie, y saltas también.

Continúa en la siguiente página.

Puedes ver el portal brillando incluso en la oscuridad del agua y nadas hacia él. Cuando lo atraviesas, te encuentras fuera del agua y de tu mundo. El suelo está cubierto de enredaderas retorcidas y el cielo relampaguea con destellos rojos. Es el Mundo del Revés. Si tenías alguna duda, en este punto ya no hay ninguna. Oyes gritos y ves a Nancy y Robin luchando contra criaturas parecidas a murciélagos que atacan a Steve. Ayudas a Eddie a cruzar el portal y ambos corren hacia la pelea. Los murciélagos tienen a Steve inmovilizado en el suelo, sangrando, y uno lo está asfixiando con su cola. Nancy y Eddie toman los remos y golpean a los murciélagos. Tú y Robin los pisotean. Agarras a uno por la cola, le pisas la cabeza y lo apartas. Aparecen más. Un dolor abrasador te sorprende en el costado; un murciélago te ha tirado al suelo y te da un mordisco. Eddie lo golpea, aplastándole el cráneo, y tú vuelves a ponerte en pie, sangrando. Steve se levanta, atrapa a un murciélago por la cola y lo golpea contra el suelo hasta partirlo en dos. Los murciélagos están muertos.

—Ya odio este lugar —jadeas.

Eddie maldice en voz alta cuando aparecen más murciélagos, que bloquean el portal.

—Tenemos que correr para resguardarnos —Nancy y se apresuran hacia una hilera de árboles en dirección a Roca Calavera.

Tú avanzas tan rápido como puedes. La protección de la roca te permite recuperar el aliento.

—No toques las lianas —te advierte Nancy—. Es una mente colmena.

—¿Y ahora qué? —preguntas—. El único portal que conocemos está bloqueado por esas… cosas.

—Demobats —murmura Steve, mientras Nancy le cura las heridas.

—¿Qué?

—Dustin... —Steve hace una mueca de dolor cuando Nancy lo envuelve con algo—. Él les daría un nombre como Demogorgon, demodogos, Azotamentes, ¿sabes?

Continúa en la siguiente página.

—De acuerdo, ¿qué hacemos con los demobats que vigilan el portal? —pregunta Eddie.

—Tengo armas —Nancy otea el horizonte—. Si podemos llegar a mi casa, podemos usarlas para avanzar entre los demobats.

—Espera —detienes a Nancy—. No podemos simplemente irnos.

—Creo que deberíamos hacerlo —Steve se apoya contra la roca, señalando su vendaje improvisado.

—No, piénsenlo —insistes—. ¿Dónde más vamos a encontrar una manera de derrotar a Vecna, si no es aquí? De cualquier manera, ahora no podemos cruzar ese portal, y es el único que conocemos.

—No necesariamente —interrumpe Nancy—. Si un portal se abre cada vez que Vecna comete un asesinato...

—Entonces, ¿estás diciendo que hay un portal en mi remolque? —termina Eddie.

—De acuerdo, entonces tenemos otra salida —continúas—. Pero piénsenlo: si hay un portal, ¿por qué Vecna no lo ha atravesado sin más?

—Como el Demogorgon —Nancy mira a Steve—. Cuando Will desapareció en el Mundo del Revés, hace tres años, el Demogorgon vino a nuestro lado.

—Entonces, ¿por qué Vecna no lo hace? —das un paso hacia Nancy—. Somos periodistas, ¿cierto? Aquí hay algo. Puedo sentirlo. Vecna es lo suficientemente fuerte para cruzar el portal y causar estragos en Hawkins, pero no lo hace. Debe de haber una razón que se lo impide.

—Y Ce no está aquí con sus poderes para enfrentarse a él e impedírselo —Nancy sigue tu línea de pensamiento—. Entonces, ¿qué lo detiene?

Es Eddie quien habla ahora.

—Esto no tiene sentido, es una locura —sisea—. ¡Necesitamos salir de aquí!

Si eliges seguir hacia la casa de los Creel en el Mundo del Revés, continúa en la siguiente página.

Si eliges dirigirte hacia el remolque de Eddie, continúa en el número 215.

203

Te las arreglas para convencer a los demás de que vayan a la casa de los Creel, a pesar del efusivo desacuerdo de Eddie. Steve encabeza la marcha y tú tiras de Nancy para que camine contigo. Es el momento de contarle tus sospechas.

—¿Recuerdas cuando Victor nos habló de las diferentes visiones que tuvo su familia? —le dices, y ella asiente—. Mencionó que Virginia veía arañas, Alicia encontraba animales muertos y tenía pesadillas, y él veía episodios de guerra.

—Correcto, ¿y?

—¿Qué vio su hijo? —puedes ver que Nancy está entendiendo tu punto—. ¿Por qué fue el único al que Victor no mencionó cuando habló de las visiones? Y cuando Victor salió de su visión, Alice ya estaba muerta como Virginia, con los ojos hundidos, pero Henry...

—Henry seguía vivo y en coma, sin huesos rotos, sin los ojos hundidos.

—Exacto. No sé qué significa eso, pero me ha estado molestando todo este tiempo. ¿Por qué Victor sabía lo que los demás veían, pero evitó mencionar a Henry?

—¿Y por qué Henry fue el único que murió de forma diferente?

—Si este demonio es el mismo de entonces, sabemos que sólo puede matar a una persona a la vez desde el Mundo del Revés: Chrissy, Fred, Patrick. Incluso Victor dijo que Virginia fue la primera en morir. Si pudiera, ¿por qué el demonio no los habría matado a todos al mismo tiempo?

—¿Qué intentas decir?

—Alice ya había fallecido cuando Victor escapó de su visión. ¿Por qué Henry no estaba muerto? —quieres continuar con tu argumento, pero te interrumpe Steve, quien anuncia que han llegado a la casa de los Creel.

Continúa en la siguiente página.

La casa está cubierta de demobats, cientos de ellos. Acercarse sería una misión suicida.

—¿Llegamos hasta aquí para nada? —murmura Eddie, luego se muerde el puño.

—¿Quizás haya otra forma de entrar? —sugieres—. ¿Si podemos encontrar una manera de distraer a los murciélagos, tal vez podríamos hacerlo?

—¿Y luego qué? —pregunta Eddie—. ¿Les tiramos piedras? Estamos desarmados y apenas pudimos escapar de esos demobats. ¿Cómo se supone que vamos a luchar contra Vecna?

—No vamos a luchar contra él —insistes—. Pero ¿tal vez podríamos conseguir algo más de información?

—¡No podemos entrar ahí desarmados! —argumenta Eddie.

—No lo estaremos —Nancy mira a todos—. Tengo armas en mi habitación. Si vamos a mi casa en el Mundo del Revés, podríamos tomarlas y luego regresar para echar un vistazo.

Nancy abre la puerta de su casa y sube las escaleras hasta su dormitorio. Busca en el armario y saca una caja de zapatos.

—Algo está mal —dice mirando dentro de la caja—. No están aquí.

—¿Segura que estás buscando en el sitio correcto?

—Hay una niña de seis años en la casa. Sé dónde guardo las armas —suelta la caja y va a su buró. Saca un cuaderno del cajón. Hojea las páginas—. Este diario debería contar todo lo que ha pasado hasta ahora, pero no es así. Lo último escrito es del 6 de noviembre de 1983.

—El día que Will desapareció.

Steve y Nancy se miran.

Continúa en la siguiente página.

205

Nancy sale corriendo de la habitación y todos la siguen. En la cocina encuentra un periódico: 6 de noviembre de 1983.

—¿Retrocedimos en el tiempo o el Mundo del Revés está en 1983? —preguntas. Nadie tiene una respuesta.

—Esperen —Steve mira a su alrededor—. ¿Oyen eso? —pones atención y escuchas voces débiles, una conversación—. ¿Hola? —Steve empieza a gritar—. ¡Henderson! ¿Puedes oírme? —al no obtener respuesta, Steve los mira—. Es Dustin. Puedo escucharlo.

—Eso significa que están en mi casa, pero en el otro lado —Nancy mira una lámpara cercana—. ¿Alguien sabe código Morse?

—¿Cuenta el SOS? —pregunta Eddie.

Nancy asiente y Eddie prende y apaga la luz en dicho código. Se oye la maldición de Dustin desde el otro lado. Grita que se reúnan arriba, en la habitación de Nancy. Se comunican con ellos usando las luces. Acuerdan que se reunirán en el remolque de Eddie. Es momento de dejar el Mundo del Revés.

Cuando llegan al remolque de Eddie, ven a Dustin, Lucas, Max y una chica que no conoces al otro lado del portal. Utilizan una sábana como cuerda y colocan un colchón en el extremo. Robin pasa primero y luego Eddie. Te preparas para salir.

—¿Nancy? —Steve la sacude.

Te giras y ves que Nancy está en trance.

—¡Música! —gritas a través del portal—. ¡Busquen música ya!

Ves a los demás desaparecer por el portal y los oyes gritar pidiendo algo de música. Te giras hacia Nancy y Steve. En ese momento, Nancy sale de su trance. Tú, Steve y Nancy escapan del Mundo del Revés.

Continúa en la siguiente página.

Nancy está temblando en el sofá de la sala de Max, cubierta con una manta, con los ojos muy abiertos a causa del miedo.

—¿Recuerdas lo que dijiste sobre la muerte de Henry?

—asientes—. Tenías razón: era diferente. Porque Henry no murió. Él era el demonio —Nancy describe su visión—. Me mostró cómo mató a su familia y luego se lo llevó el doctor Brenner, tatuado con el número uno.

Dustin y Lucas se miran. Nancy ve tu confusión.

—Él estaba a cargo del Laboratorio Hawkins —dice ella.

—Dirigía los experimentos con Ce. Murió cuando nos atacó el Demogorgon en 1983 —explica Lucas.

—Siempre volvemos a ese año —murmuras.

—Eso no es todo —continúa Nancy—. Henry, o Vecna, conocía a Ce. Sus poderes estuvieron bloqueados todos esos años hasta que Ce lo liberó. Luego… luego mató a todos en el laboratorio y Ce lo arrojó al Mundo del Revés.

—Eso explica por qué no hubo más asesinatos demoniacos después de que los Creel fueron asesinados —tratas de encajar las piezas del rompecabezas. Estás convencido de que puedes encontrar una manera de derrotar a Vecna.

—No sólo me mostró el pasado —dice Nancy, tapándose más con la manta—. Me reveló cosas que todavía no han sucedido. Vi una nube oscura que se extendía sobre Hawkins, el centro de la ciudad en llamas, soldados muertos y una criatura gigante con la boca abierta. Y la criatura no estaba sola. Había muchos monstruos. Un ejército completo. Y entraban en Hawkins, en nuestras calles, en nuestras casas. Y, entonces, me mostró a mi mamá, a Holly, a Mike, y estaban… y todos estaban… —se le quiebra la voz—. Me hizo ver cuatro portales que se extendían a lo largo de Hawkins.

Continúa en la siguiente página.

—Cuatro campanadas —dice Max—. El reloj de Vecna. Siempre da cuatro campanadas. Cuatro exactamente. Nos contó su plan desde el principio.

—Cuatro muertes —añade Lucas, quien mira a Max—. Cuatro portales. El fin del mundo.

—Si eso es cierto, falta solamente una muerte —dice Dustin.

Steve mira a Max.

—Inténtalo de nuevo. Inténtalo de nuevo...

Max va al teléfono y marca.

—¿A quién llamas?

—A los Byers —responde Dustin—. Will Byers...

—Desapareció en el Mundo del Revés en 1983 —dices para acelerar su respuesta.

—Ce, nuestra amiga superpoderosa, vive ahora con ellos en Lenora Hills, Cal...

—California —exclamas sorprendido—. De donde yo soy.

Max cuelga el teléfono.

—Repiqueteó un par de veces, luego comenzó a sonar como si estuviera ocupado.

—¿Cómo es posible? —pregunta Lucas—. Ya pasaron tres días.

—No creen que esté pasando algo en Lenora, ¿cierto? —te preguntas hasta dónde llega el Mundo del Revés. ¿Hay una Lenora alternativa? ¿Está tu madre en peligro?

—El año pasado, Ce dijo que cuando trató de entrar en la mente de Billy, él le contó que el Azotamentes estaba construyendo todo esto para ella —dice Max.

Quieres preguntar más al respecto, pero Nancy habla.

—No puede ser sólo una coincidencia —Nancy se levanta y va hacia la ventana—. Lo que sea que esté pasando en Lenora, está conectado con todo esto. Estoy segura. Pero Vecna no puede hacerles daño, no si está muerto —se aparta de la ventana para mirarlos a todos—. Tenemos que regresar ahí. Volver al Mundo del Revés.

Continúa en la siguiente página.

208

Sobre el papel, el plan parece bastante sencillo. En la práctica, hace que se te revuelva el estómago. Te ofreces como voluntario para quedarte con Lucas y Erica para ayudar a Max. Eso también podrá darte más tiempo para pensar en todo lo que has aprendido. No puedes evitar sentir que sigue faltando una pieza, algo más que podría ayudarles a derrotar a Vecna.

En una tienda de artículos para cacería, tú, Robin, Nancy, Erica y Steve consiguen armas. Eddie y los otros miembros conocidos del Club Fuego Infernal se mantienen apartados después de que Erica describió las turbas que desató un jugador de basquetbol llamado Jason Carver. Dustin te entrega una lista de los ingredientes necesarios para preparar bombas molotov, y Nancy te cuenta lo que odian las criaturas del Mundo del Revés. Recorres los pasillos y tomas todo aquello que te parece útil.

Ves a Nancy en el mostrador observando las armas. Un chico con chamarra deportiva se acerca a ella. Erica se detiene a tu lado.

—Ése es Jason, el jugador de basquetbol que está cazando a Eddie —se te va el alma al suelo—. Tengo que avisarles a los demás.

Ella observa alrededor y sigues su mirada. El lugar está lleno de deportistas. Corre por el pasillo de regreso. Vuelves a mirar a Nancy. ¿Debes intervenir?

Si eliges dejar que Nancy se encargue de ese asunto,
continúa en la siguiente página.

Si eliges intervenir, continúa en el número 213.

Observas desde lejos cómo Jason se acerca a Nancy. Parece amenazador, pero ella se mantiene firme. Al final, la deja en paz. Esperas hasta que esté despejado y te acercas a ella.

—¿Estás bien?

Ella asiente. Compran las armas que reunieron y vuelven corriendo al coche. Steve se aleja rápidamente. Al pasar, ven a Jason afuera de la tienda.

—Recuerden —dice Nancy—, nada de desviarse del plan, pase lo que pase.

Tú, Max, Lucas y Erica se dirigen a la casa, con linternas. Como todos deben permanecer en silencio, también llevan blocs de notas para comunicarse. Erica encuentra a Vecna y les informa a todos. Llegó el momento de la primera fase. Erica y tú llegan al parque que está frente a la casa y esperan, en un juego infantil con forma de cohete, la señal de los que van al Mundo del Revés. Tu linterna brilla. Ya llegaron al otro lado. Erica habla para que el equipo en el Mundo del Revés pueda oír:

—Bien, los tortolitos han copiado. Max está pasando a la fase dos: distraer a Vecna.

Erica y tú esperan la siguiente señal. Por fin, llega. Cuando la luz se apaga, sabes que el equipo del otro lado se dirige a la casa de los Creel.

Continúa en la siguiente página.

Erica y tú permanecen juntos, esperando una señal de que el plan está funcionando. El suspenso es terrible, pero recuerdas las órdenes de Nancy: no desviarse del plan.

Escuchas el motor de un coche acelerando: ¡son los deportistas! Los dos saltan del juego infantil con forma de cohete. Uno de los vigilantes persigue a Erica mientras tú corres hacia la casa de los Creel para advertir a Lucas.

Jason es más rápido y entra primero en la casa. Peor aún, cuando entras en el edificio, que está a oscuras, ves a Vecna. ¡Algo salió mal!

—Jason —oyes decir a Lucas—, no puedes estar aquí ahora, hombre.

Subes corriendo las escaleras hasta el ático y te encuentras a los adversarios caminando en círculos y rodeando a su presa.

—¿Esto es lo que le hicieron a Chrissy? —pregunta Jason mientras intenta despertar a Max.

Lucas trata de detenerlo. Jason saca una pistola del bolsillo de su chamarra. Te lanzas sobre él y su pistola se dispara al caer al suelo. Tanteas a ciegas y la tomas.

—¡Mantente abajo! —le gritas a Jason.

Se queda paralizado. Max empieza a elevarse. Lucas toma el Walkman y hace escuchar la música a Max. Ella despierta.

Continúa en el número 212.

—¡Lucas, saca a Max de aquí! ¡Ve a buscar a Erica! —gritas.

Lucas sostiene a Max y salen del ático, mientras tú mantienes la mirada en Jason.

—Te vas a quedar ahí —le adviertes—. Si te mueves, si nos sigues, no me darás opción. Asiente si lo entiendes.

Jason asiente.

Lentamente sales del ático. Al llegar a las escaleras, te detienes y sacas la linterna. Ya no brilla. Esperas que eso signifique que el equipo del Mundo del Revés tuvo éxito. Encuentras a Erica, Lucas y Max.

—No podemos quedarnos aquí —les dices—, no con ese maniaco persiguiéndonos. ¡Debemos regresar al remolque de Eddie ahora!

—Perdimos —Nancy tensa la mandíbula.

Los demás regresaron al mundo real por el portal del remolque de Eddie. Todos, excepto Eddie. Dustin les cuenta cómo Eddie se sacrificó para darles más tiempo. Su sacrificio fue en vano.

—Vecna sigue ahí afuera.

Intentas alentarlos.

—Pero evitamos que abriera el último portal.

—¿Por cuánto tiempo? —Nancy hace la pregunta que está en la mente de todos—. Vecna escapó, y Max sigue marcada. No pasará mucho tiempo antes de que él recupere sus fuerzas y lo intente otra vez, o encuentre a otra víctima. No podemos cerrar ninguno de los portales sin Ce.

—Ce estará aquí —dice Max—. La vi en mi mente. Ella dijo algo acerca de venir como huésped. Luchó con Vecna y eso me dio la oportunidad de salir. Estoy segura de que están en camino. Sólo tenemos que esperarlos. Hasta entonces…

—Max sostiene el Walkman— dependo de Kate Bush.

—Así que estamos en un punto muerto —te sientas y acunas la cabeza entre tus manos.

El peligro no ha terminado. Ni de lejos.

Fin

213

Te acercas rápidamente a Nancy.

—Hey, Nancy, tu mamá te estaba buscando.

—Ah, de acuerdo —ella voltea hacia Jason—. Gracias por el consejo. Me tengo que ir.

—Hey, espera un momento —dice Jason, impidiendo que ambos se vayan—. Creo que no te conozco.

—Éste es mi primo, no es del pueblo, está de visita para pasar aquí las vacaciones de primavera.

—Sí, sólo que mi mala suerte me hizo venir cuando todo esto está pasando —dices, tratando de hacer creíble la historia.

—Mucho gusto. Yo soy Jason Carver —te ofrece una mano. Dudas antes de estrecharla y presentarte. Jason te saluda con firmeza—. Extraño momento para visitar Hawkins, ¿no te parece? —no te suelta.

—Nancy —exclamas—, corre.

Luego derribas a Jason. Luchas por mantenerlo en el suelo antes de que alguien tire de ti, te dé la vuelta y te inmovilice contra el mostrador. Giras la cabeza para ver a los otros alejarse. Lo lograron.

Continúa en la siguiente página.

—Me niego a hablar sin la presencia de un tutor o mi abogado —repites.

Tras agredir a Jason, te detuvieron. Te has negado a hablar, conoces tus derechos.

—Hemos intentado llamar a tu madre, pero nadie contesta —el agente Callahan se inclina sobre la mesa—. ¿Hay alguien más a quien podamos llamar? ¿Alguien en Hawkins?

—No —en algún momento se darán cuenta de que pueden llamar a los Wheeler, ya que te estabas quedando con ellos, pero estás tratando de ganar tiempo. Aspiras a mantener a la policía alejada de los demás para que puedan ejecutar el plan.

—¿Dónde te estabas alojando? —pregunta finalmente Powell.

—Como menor, me niego a hablar sin la presencia de un tutor o mi abogado.

Callahan golpea la mesa.

—¡Maldita sea, chico! Aquí está en juego la vida de personas. ¿Dónde está Eddie Munson? —grita.

Powell lo empuja hacia atrás.

—Sé a ciencia cierta que Eddie es inocente —contestas—. Él no ha matado a nadie.

—¿Cómo lo sabes? —pregunta Powell.

Respiras hondo.

—Me niego a decir más sin la presencia de un tutor o mi abogado.

Callahan maldice de nuevo. Powell mira su reloj.

—Todavía no hemos podido conseguirte un abogado con todo el caos que hay por aquí.

—Entonces, supongo que tendrán que esperar —dices.

Powell y Callahan se levantan y abren la puerta para conducirte a una celda, ya que fuiste detenido por el delito de agresión. Escuchas un ruido sordo y luego la tierra tiembla, haciéndote caer. Se te llenan los ojos de lágrimas. La tierra te traga entero.

Fin

A pesar de tu creciente curiosidad, puedes darte cuenta de que no están preparados para hacer nada útil en casa de los Creel, así que cedes.

—Supongo que deberíamos ir al remolque de Eddie.

No tardan mucho en regresar al remolque. Steve mira a su alrededor en busca de algo para alcanzar el portal que está en el techo.

—Eddie, dame un empujón.

Eddie junta las manos y Steve se apoya en ellas. Alcanza el portal y se impulsa para cruzarlo, luego da una voltereta y aterriza perfectamente de pie. Hace una pequeña reverencia. Robin pone los ojos en blanco.

—Bien, fanfarrón, ¿y ahora qué tal si nos ayudas a los demás?

—Sólo impúlsate con la ayuda de Eddie y luego yo te atraparé —dice.

—Sí, pero luego, ¿cómo voy a salir? —grita Eddie.

Steve se da cuenta de su error.

—La gravedad cambió cuando pasaste, ¿cierto? Igual que el portal en el lago —dice Nancy—. Si puedes conseguir algo lo suficientemente sólido para sujetarnos y trepar, podríamos pasar.

Steve se aleja del portal y regresa con unas sábanas. Lanza el atado a través del portal y éste se queda suspendido en el aire, tal y como predijo Nancy. Steve también coloca un colchón bajo las sábanas colgantes, para que todos aterricen ahí. Robin sube primero. Luego, Eddie. Te haces a un lado para que Nancy sea la siguiente. Ella da un paso adelante y se queda paralizada.

—¿Nancy? ¿Qué pasa? —no contesta. Caminas a su alrededor y ves sus ojos agitados y vidriosos—. ¡Nancy!

—¿Qué está pasando? —grita Robin.

—¡Es Nancy! Está en trance. Vecna la tiene. Tenemos que…

Robin sale corriendo antes de que puedas terminar la frase. Los ojos de Nancy siguen revoloteando, pero todavía no se ha levantado del suelo. ¿Vecna los detectó en el Mundo del Revés? ¿Por eso está tratando de matarla ahora?

Continúa en la siguiente página.

De repente, Nancy pierde el sentido. La atrapas antes de que caiga al suelo.

—¡Nancy! ¡Nancy! ¿Estás bien? ¿Qué pasó?

Está temblando. Rápidamente, la ayudas a salir del Mundo del Revés y regresan al mundo real.

—El remolque de Max está al lado. Rápido, vamos allá —dice Eddie.

Después de irrumpir en el remolque de Max, acomodas a Nancy, que sigue conmocionada, en un sofá. Les cuenta entonces lo que vio. Henry Creel era Vecna y mató a su propia familia. Al igual que su amiga Ce, tenía poderes. Ce lo desterró al Mundo del Revés, y él ahora está buscando venganza.

—No sólo me mostró el pasado —continúa Nancy—. Me enseñó cosas que todavía no han sucedido. Había muchos monstruos. Un ejército. Y entraban en Hawkins, en nuestras calles, en nuestras casas —se le quiebra la voz—. Me hizo ver cuatro portales que se extendían a lo largo de Hawkins.

—¿Cuántos portales conocemos hasta ahora?

—Está el del Lago de los Enamorados, y uno en el remolque de Eddie —responde Robin—. Así que son dos.

—Un portal se abre donde Vecna asesina a la gente. Chrissy en el remolque de Eddie, Patrick en el lago... —explicas a los demás—. Eso significa que hay otro portal donde Fred fue asesinado. Tres portales... sólo necesita uno más. ¡Tenemos que encontrar a Max!

Todos salen del remolque y se apresuran a volver al lago. Cuando llegan allí, no encuentran a los demás por ninguna parte.

Continúa en la siguiente página.

—La radio que nos dio Dustin sigue en el bote —Robin señala hacia el agua.

—No voy a regresar nadando a ese lugar —dice Steve.

Todos están de acuerdo. Quién sabe si volverían a correr con suerte si alguien fuera arrastrado a través del portal por segunda vez.

—No se fueron de aquí sin una razón —añade Nancy. Busca en sus bolsillos y saca las llaves del coche—. Algo pasó.

—¿Quizá regresaron a tu casa? —se suben todos al coche, que sigue estacionado justo donde lo dejaron, y Nancy lo pone en marcha.

Cuando llegan a la calle sin salida, ven las patrullas delante de la casa de los Wheeler.

—Voy a entrar, como un ninja —Steve sonríe mientras sale del auto.

Lo ven acercarse sigilosamente a la casa, subir a unos contenedores de basura y encaramarse a una ventana del segundo piso. En ese momento, se abre la puerta principal y sale un par de policías. Ven a Steve, lo agarran de las piernas y lo tiran al suelo.

—¡Nancy! ¡Arranca! —gritan.

Pero es demasiado tarde: los policías salen corriendo de la casa y rodean el coche. Sacan a Eddie y lo detienen. Los demás son escoltados a casa de los Wheeler.

—¡Ustedes no entienden! —Nancy trata de decir a los policías mientras se sientan en la sala—. ¡Él es inocente! Eddie no hizo esto. ¡Y todos estamos en peligro!

—Tendremos que llevarlos a ellos también a la comisaría —dice el jefe Powell a los padres que están presentes en la sala—. Por los cargos de complicidad con un delincuente que se ha fugado —le quitan el Walkman a Max.

—¡No! ¡Esperen! —gritas, pero es demasiado tarde.

Max es levantada en el aire y, en un instante, sus miembros se rompen uno a uno.

Lucas grita.

Fin

La forma en que el doctor Hatch los miraba al marcharse te hizo sentir nervioso. Nancy y Robin siguen al guardia, pero tú das marcha atrás y sigues en silencio a Hatch por donde llegaron. Él se dirige a su oficina. Abre la puerta y entra, pero no la cierra por completo. Te asomas por la rendija y escuchas. Hatch toma el teléfono y marca.

—Hola. ¿Me puede comunicar a la oficina del profesor Brantley, por favor?

¡Los descubrió! Corres hacia donde dejaste a Nancy y Robin. Tienen que salir de allí.

—Y estaba seguro de que me llevaría, como se había llevado a mi Virginia. Pero entonces oí otra voz. Al principio, creí que era un ángel y seguí la voz, sólo para encontrarme en una pesadilla mucho peor —oyes decir a un hombre, y luego tararea una melodía.

Cuando llegas con Nancy y Robin, están escuchando atentamente a Victor Creel. Las apartas.

—Tenemos que irnos. Ahora.

—No podemos irnos… aún no hemos averiguado nada.

—¡Escúchenme! ¡Hatch nos descubrió! ¡Tenemos que irnos!

Lideras la salida y corres por el jardín hasta el coche. Todos se suben y Nancy acelera.

—¡Código rojo! Repito, ¡éste es un código rojo! ¿Me copian? —Dustin grita por la radio—. ¡Vamos! ¡Vamos!

—Dustin —responde Robin—, ¿qué está pasando? ¿Dónde están?

—¡Por fin! ¡Por favor, por favor, díganme que ya lo solucionaron! ¡Vecna tiene a Max! Tiene… —se corta.

Robin te lanza la radio y comienza una lluvia de ideas con Nancy.

—¿Dustin? Dustin, ¿qué está pasando? —intentas obtener una respuesta.

—Es demasiado tarde. Está muerta. Max está muerta.

Les dice que vayan al cementerio.

Continúa en la siguiente página.

Cuando llegan al cementerio, encuentran el coche de Steve estacionado al pie de una colina. Suben a la cima tan rápido como les es posible. Ven a Lucas sujetar el cuerpo sin vida de Max y gritando desesperadamente; pronuncia el nombre de Max, rogándole que despierte. Los demás están de pie, rodeándolos, y mirando hacia abajo. Cuando te acercas, también lo ves. Un gran agujero brillante en el suelo. De lejos, parece lava. De cerca, se ve la membrana carnosa. Todos se reúnen lejos del agujero.

—¿Eso es...? —pregunta Nancy.

Dustin asiente.

—Es un portal del Mundo del Revés. Se abrió después de... después de... —no consigue terminar la frase.

Todos miran a Lucas, que sujeta a Max con fuerza; ella tiene los ojos completamente perdidos y la cara y las extremidades destrozadas.

—¿Deberíamos... deberíamos llamar a la policía? —preguntas.

—¿Y decirles qué? ¿Que Max fue asesinada por un demonio llamado Vecna? —responde Steve. Todos se reúnen, intentan pensar en el siguiente paso.

—No podemos dejarla aquí —dice Robin—. Si la encuentran, el pueblo se volverá loco. ¿Tres horribles asesinatos en tres días?

—Entonces, ¿qué debemos...?

Dustin te interrumpe.

—Hey, ¿chicos? ¿Dónde están Lucas y Max?

Todos se dan la vuelta para comprobar que ya no están allí. Buscan a su alrededor pero no los ven por ninguna parte. Lucas no habría podido bajar la colina tan rápido arrastrando el cuerpo de Max.

—¿No creen que él...?

Sí, lo hizo. Cruzó el portal. El resto de ustedes va detrás de Lucas.

Continúa en la siguiente página.

Cuando sigues a los demás hacia el portal, te encuentras subiendo de alguna manera. Steve te ayuda. Estás en el cementerio, pero no. El aire es insoportablemente frío, las partículas de polvo flotan a tu alrededor y el cielo está cubierto con nubes oscuras y relámpagos rojos.

—Bienvenidos al Mundo del Revés.

—Tenemos que encontrar a Lucas, rápido —Nancy entra en acción—. Recuerden, todo este mundo es una mente colmena. No pisen las enredaderas y sean sigilosos.

—¿Adónde la llevaría? —pregunta Robin.

Los demás discuten opciones, pero algo más llama tu atención.

—Seguimos en el mismo lugar donde enterraron al hermano de Max, ¿cierto?

Los demás se detienen y te miran como si estuvieras loco.

—¿Qué? —Steve sacude la cabeza—. Sí, obviamente.

—Entonces, ¿dónde está su lápida?

Los demás observan y descubren que la colina está vacía.

—¿Qué dem…?

—Bueno, eso es algo que podemos averiguar más tarde. Lo que tenemos que hacer en este momento es encontrar a Lucas —Nancy hace que el grupo vuelva a enfocarse—. Dustin, ¿conoces algún lugar que pueda ser importante para Lucas y Max?

—Mad Max —susurra Dustin. Luego grita—: ¡Tenemos que ir a la sala de *arcades*!

Continúa en la siguiente página.

Los relámpagos proyectan un brillo amenazador sobre la sala de *arcades*. Dustin se dirige al interior, con cuidado de no tocar ninguna enredadera. Camina por un pasillo y se detiene.

—Tiene que estar aquí. Éste es el lugar donde conocimos a Max. Este juego de aquí, *Dig Dug*, fue donde alcancé mi puntuación más alta.

—Bien, dispérsense y busquen por todos lados. Dustin, si no están aquí, tienes que pensar en otro lugar que pueda ser significativo para ellos.

Todos se abren en abanico.

—¡Los encontré! —oyes gritar a Dustin—. ¡Está en la sala de los empleados!

Cuando llegan allí, ves cómo Lucas sostiene la mano de Max con ternura. Sus sollozos hacen difícil entender lo que dice, pero es claro que le habla a Max. Dustin se arrodilla junto a Lucas y lo rodea con sus brazos. Lucas llora en el hombro de su amigo. Dustin intenta consolar suavemente a Lucas, conteniendo sus propias lágrimas.

—Vamos a darles un poco de intimidad —dice Steve. Sale de la habitación y regresa a la sala principal.

Tú, Nancy y Robin lo siguen y buscan un sitio para sentarse en silencio. Después de un rato, Dustin sale también y se une a ustedes, con los ojos rojos.

—Se está despidiendo —Dustin se desploma en el suelo junto a Steve.

Steve sostiene a Dustin, que está sollozando. Oyes que se abre la puerta y te das la media vuelta para ver salir a Lucas, con la cara y la camisa empapadas de lágrimas. Parece completa y absolutamente aletargado. Nancy se levanta y lo lleva hasta el grupo. Le abren un espacio para que se siente. Todos guardan silencio.

—Le dije… —empieza Lucas—. Le conté todo lo que estaba pasando. Le conté sobre Ce, sobre el Mundo del Revés, todo. No me creyó. Tal vez… tal vez, si me hubiera alejado de ella como me lo dijo Billy, ella todavía… —Lucas rompe a llorar.

Nancy lo abraza fuerte.

Continúa en la siguiente página.

Al final, Lucas se queda dormido en el regazo de Nancy por el cansancio y el duelo. Los demás murmuran entre sí, intentando averiguar qué ha pasado.

—Empieza desde el principio —susurra Nancy a Steve.

—Ustedes fueron a ver a Creel, y Max estaba fuera de sí. Estaba escribiendo estas cartas, una para cada uno de nosotros. Ella quería entregar algunas a su mamá y luego ir al cementerio. Lucas quería acompañarla a la tumba de Billy, pero ella fue sola. Esperamos lo que pareció una eternidad. Cuando subí, estaba en trance. Y casi enseguida, la vimos flotar.

—Fue exactamente lo que Eddie dijo que le pasó a Chrissy en su remolque —añade Dustin.

—El portal apareció no mucho después de eso —dice Steve—. Lucas la apartó mientras se abría. Fue justamente el sitio donde murió.

—¿Mencionó Eddie algo sobre un agujero o un portal? —pregunta Nancy. Steve niega con la cabeza:

—Huyó en cuanto los huesos de Chrissy empezaron a quebrarse. De abrirse un portal, él ya no estaba ahí para verlo.

—¿Y la tumba? —preguntas—. ¿Están seguros de que estábamos en el mismo lugar del cementerio?

—Afirmativo —responde Nancy—. La lápida de Billy debería de haber estado allí. Lo que sea que esté pasando, está claramente conectado con el Mundo del Revés.

—¿Creen que el Azotamentes haya regresado? —pregunta Dustin. Los otros parecen alarmados.

—Si es así, ¿es seguro estar aquí ahora? —Steve mira alrededor con recelo.

—No podemos ir a ninguna parte con Lucas así —dice Nancy—. Dejemos que descanse un poco.

Continúa en la siguiente página.

223

Intentas relajarte, pero no puedes. Te duele el corazón por lo sucedido a Max. Oyes susurros. Abres los ojos y ves a Nancy y Robin caminando hacia la entrada de la sala de *arcades*. Se mueven en silencio, sin querer llamar la atención. Las corazonadas de Nancy han sido correctas antes; tal vez ésta sea una más. Por otra parte, si algún demonio superpoderoso anduviera suelto, estarían encaminándose hacia el peligro.

Si eliges seguir a Nancy y Robin, continúa en la siguiente página.

Si eliges no seguirlas, continúa en el número 231.

Te levantas y las sigues, pero mantienes cierta distancia para que no se den cuenta de que estás allí. Esta versión de Hawkins está abandonada, a excepción de los extraños y mortíferos demobats que ves a lo lejos. Si el Mundo del Revés es un universo paralelo, te preguntas dónde está la gente. En el mundo real está Spock, ¿dónde está Spock con su barba de candado? Te preguntas si estas criaturas fueron alguna vez personas. Si ése fuera el caso, ¿qué les pasó para que se transformaran así? Nancy y Robin tratan de mantenerse a cubierto mientras se alejan del centro del pueblo. Llegan a una vieja casa cubierta de murciélagos. Las observas, esperando que no hagan nada estúpido, como entrar. Como si tus plegarias hubieran sido escuchadas, dan media vuelta. Tú las interceptas.

—¿En qué estaban pensando? —preguntas incrédulo mientras vuelves a la sala de *arcades* con Robin y Nancy.

—Estábamos siguiendo una pista —dice Nancy.

—¿Y encontraron algo?

—Lo que sea que mató a la familia de Victor Creel definitivamente sigue ahí —dice Robin.

—¿Custodiado por esos monstruos? —preguntas.

—Exactamente —Nancy asiente—. Sabemos que una vez que la familia se mudó a la casa, empezaron a tener visiones y a aparecer animales muertos...

—Espera, ¿dijiste animales muertos? —interrumpes—. ¿Me estás diciendo que este demonio asesino les dejaba animales muertos?

—Sí, es decir, eso parece ser lo menos terrorífico que ha hecho —Robin voltea hacia ti.

Algo sobre los animales muertos te incomoda, pero no puedes descifrarlo.

Continúa en la siguiente página.

Cuando llegas a la sala de *arcades*, todos están de pie.

—¿Adónde demonios se fueron? —Steve parece aterrorizado.

—Estábamos siguiendo una pista —responde Nancy.

—Saben lo peligroso que es esto. No deberían salir corriendo...

—De acuerdo, mamá —se burla Robin.

—Todo esto es culpa tuya —Steve se acerca a ti—. Nada de esto habría sucedido si no hubieras estado aquí. Max seguiría viva —su voz se vuelve monstruosa.

—¡No es mi culpa! Yo no lo sabía. Sólo intentaba alejarme de Hatch...

De repente, todo a tu alrededor desaparece. Te encuentras en un vacío negro; ¡sientes que te hundes, que caes!

—Veo que me has estado buscando —la voz monstruosa retumba a tu alrededor—. Nancy estaba tan cerca. Tan cerca de la verdad, pero entonces tú la alejaste. ¿Cómo estaba el viejo, ciego y mudo Victor? ¿Me ha extrañado? He querido volver, pero he estado ocupado. Muy ocupado.

Aterrizas en una casa. Hay una familia, un hombre, su esposa, un hijo y una hija.

Son los Creel. Los sigues hasta el comedor. Las luces parpadean. Se enciende una radio y suena una vieja canción. El hombre, Victor Creel, se levanta para revisar el aparato. Entonces, su mujer se eleva. Sólo tarda unos instantes, pero su cuerpo se contorsiona y quiebra, sus ojos se hunden en el cráneo y cae muerta sobre la mesa. Victor corre hacia la puerta con su familia, pero se queda paralizado. Alice es la siguiente en ser levantada, destrozada y arrojada al suelo. Henry, el hijo de los Creel, cae al suelo con la nariz sangrando.

Continúa en la siguiente página.

Los ojos de Henry se abren y se ponen vidriosos, luego gira la cabeza hacia ti.

—¿Por qué no te sientas? —unas lianas te arrastran hacia el comedor, ahora vacío. Una horrible criatura se alza ante ti: ¡Vecna! Te rodea la cabeza con sus garras—. Quiero que lleves un mensaje a Nancy. Dile que voy a ir por todos ustedes. Éste es el principio del fin —oyes cuatro campanadas.

Caes una vez más. Cuando abres los ojos, estás de vuelta en la sala de *arcades* del Mundo del Revés.

—Era… —jadeas—. ¡Era Vecna! Lo vi. Ya viene. ¡Viene a Hawkins! ¡Va a matar a todos! —Robin intenta ayudarte a calmar tu respiración—. ¡No! ¡No! ¡Tenemos que salir de aquí! ¡Él sabe dónde estamos!

Steve corre hacia la ventana.

—¡Chicos! ¡Ahí vienen! —te giras para ver los murciélagos que se dirigen hacia la sala de *arcades*—. ¡Tenemos que movernos! ¡Ahora! —Steve los conduce a la parte de atrás.

—¿Adónde vamos? ¿Adónde vamos? —gritas. Las lágrimas se deslizan por tu cara. *Éste es el principio del fin.*

—¡El remolque! —grita Dustin—. ¡Si se abrió un portal donde murió Max, tiene que haber otro en el remolque de Eddie!

Todos empiezan a correr en esa dirección. Cuentas a los demás: Steve, Dustin, Nancy, Robin, Eddie…

—¿Dónde está Lucas? —gritas.

Se dan la vuelta y ven a Lucas corriendo en dirección contraria, hacia los demobats.

—¿Qué está haciendo? —grita Dustin. Empieza a correr tras él, pero Steve tira de él. Ya es demasiado tarde.

Continúa en el número 228.

Sigues temblando de miedo, aunque ya estás otra vez en el mundo real. Te sientas con los demás supervivientes en el sótano de Nancy. Ya no están ni Max ni Lucas, y Vecna sigue ahí afuera. Después de lo ocurrido en el Mundo del Revés, Steve llevó a Eddie a casa de los Wheeler desde su antiguo escondite.

—¿Dónde demonios están? —Dustin golpea el teléfono—. Ya pasaron días, y el teléfono siempre suena ocupado.

—Algo está mal —dice Nancy. Se levanta y camina—. Esto no puede ser una coincidencia. Justo cuando se abren más portales al Mundo del Revés, ¿nos resulta imposible contactar a Once? Esto debe estar relacionado de alguna manera.

—De acuerdo —dice Robin—. Pero incluso si hay una conexión en esto, no podemos contactarlos, entonces ¿ahora qué hacemos?

Nancy se vuelve hacia los demás.

—Debemos matarlo —se sienta a tu lado—. ¿Te dijo algo más? ¿Te mostró algún indicio de lo que podría hacer a continuación?

Niegas con la cabeza.

—Dijo que estabas cerca de la verdad, pero que yo te aparté de ella.

—¿Que tú la apartaste? —Robin golpetea con los dedos—. ¿Se estará refiriendo a la casa de los Creel? Pero ni siquiera sabíamos que estabas allí; nosotras regresamos por nuestra cuenta.

—No... —Nancy aprieta los puños—. Se refiere a Pennhurst, cuando estábamos hablando con Victor...

—Esto está relacionado con aquellos asesinatos de los Creel, pero eso ya lo habíamos averiguado —dice Robin.

—¿Por qué ellos? —Steve pregunta—. Si él es tan poderoso, ¿por qué matar a un par de niños y a una mujer? ¿Por qué atacar a esta familia?

—¿Y por qué se contuvo hasta ahora? —Dustin añade—. Vaya, Steve, realmente ayudaste.

Steve no se molesta en ocultar su enfado.

Continúa en la siguiente página.

—Mira —dices—, tengo tanta curiosidad como ustedes, pero nos enfrentamos a un problema más urgente. ¿Saben? ¡La parte en la que dijo que iba a matar a todo el mundo!

—Dijiste que oíste campanadas, ¿cierto? —pregunta Nancy, ignorándote.

—Sí, cuatro campanadas.

—Tres muertes en nuestro mundo, tres portales aparecen...

—¿Crees que falta una víctima? —preguntas.

Ella asiente.

—Pero ¿con qué fin? Por lo que sabemos, esos portales se quedan ahí. Podría atravesar cualquiera de ellos.

—No lo sé, pero si hay una cuarta víctima, tenemos que averiguar quién será y rápido.

—Todos los demás estaban viendo a la señorita Kelley, ¿no es así? —pregunta Eddie—. Entonces, ¿la siguiente persona no sería alguien que también la consultaba?

Se dirigen a la escuela. Cuando llegan, se dan cuenta de que las calles están llenas de gente a la caza de Eddie. Entran con facilidad y van directamente a la oficina de la consejera.

—Busquen los expedientes de cualquiera que haya tenido pesadillas, dolores de cabeza, algo así —ordena Nancy.

Todos toman una pila de expedientes y empiezan a leer.

Continúa en la siguiente página.

—¡Encontré uno! —grita Robin.

En ese momento, se oye un fuerte ruido en el pasillo. Sales rápido por la puerta y ves a una pandilla de adolescentes con chamarras deportivas corriendo hacia ti.

—¡Tenemos que salir de aquí! —gritas y cierras la puerta de un solo movimiento—. ¡Rápido! Salgan por la ventana.

Los cristales se rompen; hay una multitud intentando entrar. Están rodeados.

—¡No podemos dejar que atrapen a Eddie! —grita Dustin—. ¡Lo van a matar!

La puerta se abre. Agarras todo lo que puedes y empiezas a lanzarlo, pero es inútil. Te superan en número.

Un chico rubio con chamarra deportiva parece estar al frente. Va directo hacia Eddie.

—¡Jason, hombre, escucha! —comienza a hablar Eddie.

Jason le propina un puñetazo en el abdomen.

—¡Detente! ¡Él no hizo nada! —grita Dustin.

La multitud se pone más violenta.

Se oyen campanadas.

—Es la hora —te llama la voz de Vecna.

Ves la cara de Max, ves a Lucas correr en dirección a los murciélagos, ves a Eddie siendo golpeado en la oficina de la consejera. Entonces, sientes que tu cuerpo se eleva. Se acabó. Éste es el final.

Fin

—¡Alto! ¿Qué creen que están haciendo ustedes dos? —pasas corriendo por delante de ellas y bloqueas la puerta—. ¡No pueden estar pensando en serio en salir de aquí!

Ves que Steve despierta. Se une a ti en la puerta:

—¿Qué está pasando?

—Estaban intentando escabullirse a algún sitio —le dices.

—¿Están locas? Después de lo que le pasó a Max...

—¡Queremos ir justo para honrar a Max! —responde Nancy—. No podemos quedarnos aquí sentados y dejar que su muerte haya sido en vano. Tenemos que detener a Vecna, y la respuesta podría estar en la casa de los Creel.

—¿En serio, pensaban cruzar todo el pueblo a pie hasta la casa de los Creel? —Steve se exaspera—. Nancy, mira, lo entiendo, yo también estoy dolido. Pero no podemos ser imprudentes, no ahora, aún no entendemos bien lo que está pasando.

—Bueno, tal vez lo habríamos entendido si hubiéramos podido escuchar la historia completa de Victor —Nancy te fulmina con la mirada.

—Las saqué antes de que Hatch pudiera atraparnos. No fue culpa mía que nos descubrieran —protestas.

—Oh, ¿así que es culpa mía que Max esté muerta? —Robin cierra las manos en puños.

—¡No, yo no dije eso! No quise decir eso...

—Ahórratelo. Nos vamos —Nancy y Robin te empujan, pero luego se detienen. Las ves: criaturas parecidas a murciélagos colman el cielo. Están volando lejos de la sala de *arcades*.

—Ésa es la dirección de la casa de los Creel. Tiene que haber una conexión —susurra Nancy.

—No podemos quedarnos aquí. Ésta es nuestra oportunidad de salir —dices.

Continúa en la siguiente página.

Todos llegan al cementerio sin problemas. Siguen a Dustin a través del portal y se encuentran otra vez en el cementerio del mundo real, junto a la tumba del hermano de Max. Las patrullas pasan zumbando cerca de ustedes.

—¿Qué está pasando? —pregunta Nancy, que es la última en salir por el portal.

Steve tira de ella:

—¡Tenemos que seguirlos!

Saltas al coche de Nancy con Robin; Dustin y Lucas se van con Steve. Nancy sigue a las patrullas hasta un restaurante en ruinas.

—¿Qué es este sitio? —preguntas. Lees el cartel, Hamburguesería Benny's, pero el exterior está lleno de basura. Sales del auto y observas a los policías entrar—. ¿Qué está pasando?

—¿Nancy? —te giras y ves a Robin parada frente a la puerta abierta del lado del conductor, sacudiendo a Nancy. Los ojos de Nancy están en blanco, se ven movimientos rápidos—. ¡Nancy!

—¡Es Vecna! ¡Tiene a Nancy! —grita Dustin y corre hacia el coche—. Esto es lo que le paso a Max. Si la levanta, ¡está perdida!

Todos intentan frenéticamente despertar a Nancy, pero es inútil. Se desploma en el asiento. Steve la saca y la recuesta en el suelo. Nancy abre los ojos.

Los mira a todos.

—Se acabó.

—¿Qué? —preguntan—. ¿Qué se acabó?

—Perdimos —Nancy empieza a llorar—. Vecna acaba de conseguir su última víctima. Perdimos.

La tierra comienza a temblar. Caes al suelo. Percibes un olor a humo y te giras, ves que la cafetería se parte en dos. Surgen gritos del interior. La grieta se extiende hacia el centro del pueblo. ¡El pueblo de Hawkins ha sido destruido!

Fin

Nancy te da la llave de su casa.

—Entra por el sótano y quédate allí hasta que vayamos a buscarte.

Le aseguras que eso harás y te diriges a su casa en autobús con tu maleta.

Cuando llegas a su casa ves que las luces están apagadas. Parece que no hay nadie. Encuentras una puerta lateral y la abres. El sótano luce acogedor y bien aprovechado; las paredes están pintadas de un tono amarillo cálido. Te sorprende la memorabilia de *La guerra de las galaxias* y otros objetos estrafalarios que decoran el lugar. Nunca habrías imaginado que Nancy fuera una nerd. Después de merodear, no encuentras nada de interés. Si quieres saber más sobre Nancy, tendrás que registrar todo el lugar.

Estás seguro de que no hay nadie más en la casa, pero de todas maneras subes las escaleras sin hacer ruido. La planta baja parece el hogar de una familia típica de los suburbios. En las paredes ves fotos de Nancy y su familia: una madre, un padre y dos hermanos pequeños, un niño y una niña. Subes las escaleras. La primera habitación en la que entras es la de sus padres. Nada de lo que hay allí te dice nada sobre Nancy y su obsesión por los magos y los demonios, así que sigues adelante. La siguiente recámara tiene una cama de tamaño infantil; obviamente pertenece a la hermana menor. Observas un Lite-Brite sobre la cama, pero nada más despierta tu interés. Caminas por el pasillo y entras en otra recámara; ésta es claramente del hermano. En esta habitación hay más objetos de nerd; debe ser él quien decoró el sótano. Al salir, te llama la atención una foto. Es el hermano con una chica. Ella te resulta familiar, algo en sus ojos. No puedes ponerle nombre a la cara, pero estás seguro de haberla visto antes en algún sitio.

Continúa en la siguiente página.

—Vaya —dejas escapar tu sorpresa. ¡Es esa chica rara de Lenora! La que levantó las manos y gritó… y aún sientes vergüenza ajena al recordarlo. Parece que el hermano de Nancy la conocía. ¿Ella es de Hawkins? Te preguntas cómo habría sido la entrevista si hubieras hablado con ella. Sales y encuentras la habitación de Nancy.

Su recámara es exactamente lo que esperabas: limpia, ordenada, muy elegante. Los Wheeler parecen tener dinero. Imaginas a Nancy: la perfecta chica con su familia nuclear y su aburrida vida común. No es de extrañar que quiera creer en magos y demonios… cualquier cosa que la ayude a escapar de la monotonía. Abres su armario y pasas la mano por su ropa; todo es suave, bien confeccionado. Encima del librero ves un estante con cajas de zapatos. Alcanzas una y la abres. La sorpresa de lo que hay dentro casi te hace soltarla. ¿Una pistola? ¿Por qué tendría Nancy una pistola en una caja en su habitación? Tembloroso, cierras la caja y la vuelves a dejar donde la encontraste. Echas un vistazo a la habitación. Observas una foto de ella con un chico que no habías visto antes. En la foto, se miran con cariño. Debe ser un novio. Te preguntas por qué no está ahora con ella. Al lado, ves otra foto de Nancy con una chica pelirroja que no es Max. Se abrazan y sonríen a la cámara. Tomas la foto y sin querer tiras una carpeta. Los recortes de periódico se desparraman por el piso. Los recoges rápidamente para devolverlos a su sitio, pero una foto te llama la atención. Es la misma chica. Lees el titular: "Una fuga de productos químicos tóxicos del Laboratorio Hawkins mata a una adolescente; las autoridades intentan encubrirlo". Repasas rápido el artículo y descubres que la chica se llamaba Barbara Holland.

Continúa en la siguiente página.

Barbara murió en 1983, pero el artículo que tienes en tus manos es de 1984. Buscas en la carpeta otros recortes de 1983; te llaman la atención titulares como "El niño que volvió a la vida". Hay una foto del chico, al que reconoces de inmediato. En la foto, lleva el cabello más largo y es mucho más joven, pero su aspecto es prácticamente el mismo: es el chico que estaba con aquella extraña chica que gritaba en Lenora. Ahora estás seguro de que son de Hawkins. El artículo cuenta la historia de Will Byers, que desapareció y se dio por muerto —después de que el cuerpo de otro niño fue identificado erróneamente como suyo— antes de que apareciera, tras haberse perdido en el bosque. En otro artículo hay una foto de Will con su familia: una madre y un hermano. Vuelves la vista al escritorio de Nancy: el novio es el hermano de Will. Dedicas un rato a hojear los recortes. No ves fotos de la chica gritona por ninguna parte.

Una puerta se cierra en el piso de abajo. ¡Demonios! Alguien llegó a casa. Metes los recortes en la carpeta y te escabulles de la habitación de Nancy. Te asomas y escuchas a gente hablando. Los padres de Nancy, sin duda. Bajas las escaleras en silencio e intentas alcanzar el sótano sin ser descubierto, con el corazón palpitante. ¡Ya casi llegas a la puerta del sótano!

—¡Oh, hola! —te vieron. Volteas para encontrarte con la señora Wheeler—: ¿Eres amigo de Nancy?

—¿Eres amigo de Nancy? —te interroga el hombre, su padre.

—Oh —revisas tus opciones y recuerdas la llave que llevas en el bolsillo—. Sí, en realidad estoy aquí para la conferencia de periodismo estudiantil, pero la familia que me iba a hospedar ya no puede hacerlo, así que Nancy me dio una llave para que viniera a esperar aquí, mientras ella termina un trabajo.

—Ah, entonces, ¿tú también eres periodista? —la señora Wheeler sonríe—. Qué bien.

Continúa en la siguiente página.

—¿Quieres tomar algo mientras esperas a Nancy?

—Siempre estamos contentos de tener más chicos en casa —un hombre, que debe ser el señor Wheeler, dice con tono sarcástico.

—No le hagas caso —la señora Wheeler sacude la cabeza—. Ven a la cocina y te daré algo. ¿Jugo?

—Sólo agua, por favor —no tienes más remedio que seguirla.

Ves al señor Wheeler en un sillón reclinable, con el control del televisor en la mano. La pantalla se refleja en sus lentes. La niña rubia que viste en las fotos familiares está jugando en el suelo del estudio. La cocina es grande y luminosa. La señora Wheeler llena un vaso con agua y te lo ofrece.

—¿Sabes cuándo volverá Nancy? —pregunta la señora Wheeler.

—No estoy… seguro. Estábamos trabajando en la biblioteca y, luego, me sentí cansado y me dijo que podía venir aquí.

—¿Dijiste que la familia que te iba a recibir no podía alojarte? Toses.

—Mmm, sí. Los… los Benson. Después de todo, pensé…

La señora Wheeler te mira con tristeza.

—Lo comprendo. Es horrible lo que le pasó a su pobre hijo. A veces me pregunto qué le ocurre a este pueblo. Nada ha sido igual desde que Barb…

—¿Barb, como Barbara Holland?

—Sí, era la mejor amiga de Nancy. Eran inseparables hasta… bueno, hasta que falleció. Me alegro de que el hermano de Nancy, Mike, esté a salvo en Lenora.

Casi escupes el agua.

—¿Lenora Hills, California?

Continúa en la siguiente página.

—Oh, ¿conoces el lugar?

—De hecho, vengo de allá —haces una pausa—. Supongo que no me tocará conocerlo.

—Oh, ¿quizá conoces a su novia, Jane? Ahora vive allá con Will, el amigo de Mike, y su familia.

Tenías razón, ¡esas fotos eran de la chica y el chico extraños que viste en Lenora el último día antes de las vacaciones de primavera! En ese momento, se abre la puerta y oyes la voz de Nancy.

—¡Hola, cariño! —grita la señora Wheeler.

Nancy entra en la cocina y se sorprende de verte allí. Rápidamente, controla su asombro.

—Hola, mamá, espero que no te importe…

—No te preocupes, tu amigo ya me contó lo que pasó —la señora Wheeler no parece inmutarse por las visitas en casa. A Nancy le siguen Robin, Steve, Max, Dustin y un chico que aún no conoces—. ¿Qué tal si les pido una pizza?

—Gracias, mamá, me parece estupendo —Nancy te pone la mano en el hombro—. Estaremos en el sótano.

Ésa es tu señal para irte. Le das las gracias a la señora Wheeler y sigues a los demás escaleras abajo.

—¿Qué estabas haciendo? —te pregunta Nancy en un susurro—. Te dije que te quedaras en el sótano.

—Estaba investigando —dices tranquilamente, con una mirada de complicidad—. Como cualquier buen periodista.

A Nancy se le eriza la piel. Robin interviene:

—¡Eso no importa! Tenemos problemas mayores.

—¿Qué problemas mayores? —preguntas.

Todos te miran y luego se miran entre sí. Robin empieza a hablar.

Continúa en la siguiente página.

—Bueno, la buena noticia es que Nancy es una genio y la conexión con Victor Creel dio en el blanco —intentas ocultar tu sorpresa, pero Nancy se da cuenta y sonríe—. Victor creía que su casa estaba embrujada por un demonio, que ahora creemos que es Vecna. Lo malo es que... —la voz de Robin se interrumpe mientras mira a Max.

—La mala noticia es que me lanzaron una maldición y acabaré como Chrissy y Fred —concluye la pelirroja.

—¿Qué?

—Ésta es la razón por la que deberías haberte quedado con nosotros —dice Nancy—. Después de encontrar la conexión Creel, Dustin nos llamó por radio para que nos reuniéramos con ellos en la escuela.

Dustin continúa:

—Descubrimos que Fred y Chrissy estaban viendo a la señorita Kelley, la consejera, y que tenían dolores de cabeza y visiones antes de que los mataran. Luego Max tuvo una visión y, bueno...

—Ambos murieron a las veinticuatro horas de su primera visión —Max se sienta en el sofá, con la mirada perdida.

El chico que no conoces se sienta a su lado e intenta tomar su mano, pero ella se aparta.

—¿Quién eres tú? —preguntas.

—Oh, él es Lucas —responde Dustin mientras Lucas saluda con la mano—. Claro, se me olvidaba que hay otro problema: unos deportistas andan a la caza de frikis... nos están buscando a nosotros y a Eddie. Así que también está eso.

—Mira, no tenemos tiempo que perder. Mañana Robin y yo iremos a ver a Victor Creel a Pennhurst para obtener más respuestas. Los demás se quedarán aquí hasta que volvamos —te mira fijamente—. Deberíamos dormir un poco.

Continúa en la siguiente página.

No puedes dormir. Sólo das vueltas, ahí acostado, obsesionado con todo lo que te han contado. Desapareció el mundo tal y como lo conocías, o al menos ahora sabes que nunca existió. Dimensiones alternas, monstruos, control mental… todo existe y, de algún modo, estás en medio de todo ello. Intentas esponjar la almohada para relajarte, pero no sirve de nada; sigues inquieto. Te levantas y sales sigilosamente por la puerta lateral del sótano. Ves una bicicleta y decides que te ayudará sentir el aire fresco de la noche mientras das un paseo.

Avanzas sin rumbo, y dejas vagar también tus pensamientos. Parecía que había al menos dos explicaciones para todo en Hawkins. Will Byers se perdió en el bosque y luego lo encontraron, tras resolver que lo habían confundido con otro niño que murió ahogado; o, como te enteraste al interrogar a Dustin y Lucas, Will Byers se perdió en una dimensión alterna llamada el Mundo del Revés, donde se escondió de un monstruo despiadado. Barbara Holland fue envenenada por la fuga de un químico tóxico del Laboratorio Hawkins que el gobierno intentó ocultar; o a Barbara la secuestró el mismo monstruo que se llevó a Will y la asesinó. Después de tratos ilegales con el alcalde de Hawkins, el centro comercial Starcourt se incendió, lo que ocasionó que murieran treinta personas, entre ellas, el jefe de policía Jim Hopper y el hermano de Max, Billy Hargrove; o una red de espionaje soviético podía operar en Hawkins con la anuencia del alcalde, y las treinta personas fueron poseídas por el Azotamentes, otro monstruo del Mundo del Revés. Ahora, a Chrissy Cunningham y Fred Benson los mató un asesino serial adolescente llamado Eddie Munson; o Chrissy y Fred fueron asesinados por Vecna, otro monstruo del Mundo del Revés que ya puso sus ojos en Max como su próxima víctima.

Continúa en la siguiente página.

Puedes ver a lo lejos las ruinas del centro comercial. Hay grafitis por todo el cascarón del edificio. Dejas la bicicleta en el suelo.

—Si buscas una forma de entrar, puedo ayudarte —saltas y ves a Robin detrás de ti, sosteniendo una bicicleta.

—Me seguiste —dices, afirmando un hecho en lugar de hacer una pregunta.

—Te vi salir. Con todo lo que está pasando, no pensé que fuera prudente dejarte vagar solo —deja su bicicleta junto a la tuya—. Vamos, sígueme.

Echas un vistazo rápido a tu alrededor; no parece que haya nadie más aquí. Por un lado, Robin está trabajando con un presunto asesino; por otro, si quisiera hacerte daño, no necesitaba esperar hasta que estuvieras dentro del centro comercial. La sigues por la parte trasera del centro comercial.

—¡Ajá! —señala una puerta de acceso al tejado—. La cerradura de la puerta de la azotea está rota, pero podríamos entrar desde ahí, y luego te mostraré el lugar.

Entrar es tan fácil como ella dice. Al bajar de la escalera, te encuentras en la segunda planta del centro comercial. Robin te guía hacia las escaleras eléctricas. Desde este punto, se ven los restos calcinados del centro comercial.

—Esto me parece obra de un incendio.

—Bueno, el gobierno no podía decirle a todos que el gigantesco montón de vísceras y miembros humanos fue una vez un monstruo viviente. Lo quemaron para ocultar la verdad.

La miras y dices: —¿Por qué debería creerte?

Robin sonríe:

—Ven por aquí, por favor.

Continúa en la siguiente página.

Caminas hacia una heladería, cuyo letrero de neón apenas se sostiene.

—Bienvenido a Scoops Ahoy, el lugar donde todo empezó, al menos para mí —entran en la tienda y te lleva a la parte de atrás—. Aquí es donde conocí a Steve "Cabellera" Harrington y a su pandilla de amigos —te enseña una habitación trasera con una mesa y sillas, y un pizarrón roto en el suelo—. Aquí es donde descifré los mensajes secretos de los soviéticos que Dustin captó en su Cerebro. Es una gran radio que construyó para contactar con su novia de Utah, Suzie, y de la que durante un tiempo creímos que no existía.

Recoges el pizarrón roto. Una parte está manchada, pero puedes distinguir el alfabeto ruso escrito con rotulador rojo.

—Así que hay palabras en ruso en una pizarra —volteas hacia Robin—. Eso no cuenta como prueba.

—Como te dije, esto es sólo el principio —ella cruza una puerta que da a un pasillo blanco—. Aquí es donde se hacían las entregas a cada una de las tiendas.

Te lleva por el pasillo hasta una zona de carga y descarga detrás del centro comercial, con portones dobles de metal y una plataforma elevada.

—¿Por qué regresamos afuera?

—Confía en mí, ¿está bien? —Robin tira de la manija de una puerta—. Lo creas o no, entrar aquí la primera vez fue súper complicado. En realidad, así es como la hermana de Lucas, Erica, se involucró. Necesitábamos a alguien lo suficientemente pequeño para que pasara por los conductos de ventilación y nos dejara entrar.

—¿Los conductos de ventilación?

—Vamos —la sigues al interior. Hay estantes vacíos y polvo, nada más. Ella abre un panel junto a la puerta y puedes ver algunos botones—. Espera.

La habitación empieza a retumbar.

—Vaya, me alegro mucho de que haya funcionado. Sinceramente, no estaba segura de que sirviera todavía. ¡Espera!

Continúa en la siguiente página.

Sientes que tu cuerpo se desploma. Te aferras a los estantes atornillados y observas cómo se mueven las paredes detrás de ellos. La habitación es un elevador. Sientes que caes durante mucho tiempo y, de pronto, la habitación se detiene y tu cuerpo se dobla por la fuerza.

—Pero ¿qué…?

—Esto ni siquiera es lo mejor —Robin pulsa otro botón, y las puertas se abren a un largo pasillo—. Sólo debo advertirte que esto va a ser un largo paseo.

Te quedas mirando el aparentemente interminable pasillo.

—¿Qué es este lugar? —preguntas.

—La base secreta soviética de la que te habló Dustin.

—Estuviste escuchando nuestra conversación.

—No es que tuviera muchas opciones. El sótano de los Wheeler no es tan grande, y la voz de Dustin es muy sonora —mientras caminan, Robin te explica lo que les ocurrió a ella, Steve, Erica y Dustin cuando llegaron por primera vez a la base; cómo ella y Steve fueron capturados y drogados con una especie de suero de la verdad; cómo Dustin y Erica los rescataron. Una parte de ti quiere admitir que este espeluznante pasillo es prueba suficiente, pero la reprimes.

—Aquí estamos —Robin te conduce a una especie de habitación central con diferentes puertas—. Entramos aquí, a la sala de comunicaciones, con la esperanza de contactar con alguien que estuviera en la superficie —te abre la puerta. Dentro, ves un panel de control y unos auriculares tirados en el suelo. Te lleva a una escalera—. Aquí es donde estaba la Llave. Erica y yo no sabíamos lo que estábamos viendo, pero Dustin y Steve lo comprendieron de inmediato.

Continúa en la siguiente página.

Ves trozos de metal retorcidos más allá de los cristales rotos de la sala de control en la que se encuentran. Robin te guía por unas escaleras metálicas; el repiqueteo de tus pasos resuena a tu alrededor.

—La máquina estaba aquí. Apuntaba con una especie de láser a la pared de ahí —ves una grieta en el muro de hormigón—. Cuando volvimos a la superficie, pudimos contarles a los demás lo que habíamos encontrado. Hopper, nuestro antiguo jefe de policía, se sacrificó para destruir la máquina. La señora Byers, la madre de Will, ni siquiera pudo encontrar su cuerpo. Se desintegró por completo. Así es como murió en realidad, no en un incendio.

Caminas hasta el borde de la plataforma y miras hacia abajo. La caída podría romperte fácilmente los huesos.

—No puedo creerlo —murmuras, luego te vuelves hacia Robin—. Quiero decir, te creo, pero... —te quedas sin palabras. Todo lo que te dijeron era verdad.

—Y con esto concluye nuestra visita a la base secreta soviética bajo el centro comercial Starcourt en Hawkins, Indiana —Robin hace una pequeña reverencia.

—¿Por qué aquí? —miras a tu alrededor con asombro—. ¿De todos los lugares del mundo?

—Hopper y la señora Byers capturaron a un científico soviético, creo que se llamaba Alexei, que les dijo que habían intentado abrir portales en Rusia, pero que no lo habían conseguido. Así que vinieron al único lugar donde sabían que se había abierto un portal con éxito, para investigarlo.

—¿Y fue tu amiga Ce quien abrió el primer portal?

Robin asiente.

—Por lo que nos contó, no creo que supiera lo que estaba haciendo cuando ocurrió.

—Entonces, ¿me estás diciendo que todo esto fue el resultado de un extraño accidente?

Robin se encoge de hombros y te escolta de regreso a la superficie. Montan en las bicis y pedalean de regreso a casa de los Wheeler.

Continúa en la siguiente página.

—¿Dónde estaban ustedes dos? —Steve abre la puerta del sótano antes de que puedas llamar.

—Teníamos antojo de un helado, así que fuimos a Scoops Ahoy —sonríe Robin—. Como sea, será mejor que me prepare para ir a ver a Victor Creel.

Cruza el sótano rápidamente y sube las escaleras. Tú te sientas en el sofá junto a Dustin.

—Fuimos a la base secreta soviética —de pronto, te sientes muy, muy cansado.

—¿Ahora nos crees? —te pregunta él. Tú asientes.

Robin y Nancy bajan, y Nancy te repite las instrucciones: quédate en el sótano y espera a que ellas regresen. Las chicas se van. Buscas un saco de dormir y descansas.

Cuando despiertas, todo el mundo se ha ido. A tu lado hay una radio. La enciendes.

—Hey, ¿hay alguien ahí? —pruebas.

—Tienes que decir "cambio" cuando termines de hablar. Cambio —oyes la voz de Dustin.

—¿Dónde están? Pensé que esperaríamos a Robin y a Nancy. Cambio.

—Max escribe unas cartas, "por si acaso". Cambio.

—¿Qué?

—Olvidaste decir "cambio". Tenemos una parada más y luego volveremos. No te muevas de ahí. Cambio y fuera.

Te levantas y abres la puerta del sótano. La bicicleta que usaste anoche todavía está allí. La tomas y sales en dirección a Starcourt. Será mejor que busques pistas mientras los demás están fuera. Cuando llegas al centro comercial, sigues el camino por el que Robin te guio la noche anterior para regresar a la sala donde fue abierto aquel portal soviético.

Continúa en la siguiente página.

En la sala de control, te quedas mirando la grieta en la pared y tratas de imaginar cómo habría sido el portal. Al principio, imaginas una ventana circular que conecta con un mundo paralelo, como la de una película que viste con tu madre hace años. Intentas recordar el nombre. *¿Prisioneros del universo paralelo?* Algo así. Pero esta enorme grieta dentada sugiere algo más peligroso y violento.

Caminas por la sala de control, sin saber con seguridad qué estás buscando. La zona está cubierta de polvo y suciedad. Tus huellas y las de Robin todavía son visibles. Vuelves a la sala donde ella y Steve fueron capturados por los soviéticos. Estás a punto de irte cuando oyes algo. Pisadas. No pueden ser los otros; te habrían llamado. Abres un conducto de ventilación y saltas dentro. Lo cierras tras de ti. En ese momento, oyes que se abre la puerta. Los pasos se acercan hasta que alguien está justo encima de ti. Contienes la respiración y le suplicas al universo que el hombre no mire hacia abajo. Otros entran y se unen.

—Todo despejado, señor —habla el primer hombre—. Comprobamos alrededor de la sala de control, y la puerta permanece cerrada.

—Nuestros sensores detectaron una entrada anoche y de nuevo hoy —dice otro hombre. Se acerca y entra a tu campo de visión; lleva un uniforme militar estadounidense, uno más elegante. Debe tener un rango superior—. Quiero un registro completo. Podría ser la chica. Si te enfrentas al objetivo, dispara a matar.

—Entendido, coronel Sullivan —el hombre que está arriba de ti saluda. Tu corazón late rápidamente. No tienes más remedio que sentarte y aguardar hasta que todo esté despejado. Después de horas de espera, finalmente te quedas dormido.

Continúa en la siguiente página.

246

No tienes idea de cuánto tiempo estuviste dormido, pero es claro que estás solo. Abres con cuidado la rejilla y echas un vistazo. La habitación está vacía. Obviamente, lo que viste eran militares estadounidenses y estaban buscando a una chica. Tiene que ser la amiga superpoderosa de la que siempre has oído hablar, Once. Regresas a la superficie. Es de noche en Hawkins. Te preguntas si dormiste casi todo el día. Tomas tu bicicleta y vuelves a casa de los Wheeler. Cuando te alejas lo suficiente del centro comercial, dejas de pedalear y sacas la radio:

—¿Hola? ¿Hay alguien ahí? ¿Dustin? ¿Max? ¿Alguien?

—¿Dónde has estado? Cambio —es Lucas.

—Escondiéndome de los militares. Cambio.

—¿Qué? —escuchas algo de estática. Vuelve la voz de Lucas—. ¡Olvídalo! Dirígete al Lago de los Enamorados para reunirte con los demás. No vayas a casa de los Wheeler. Repito, no vayas a casa de los Wheeler. Cambio.

Sigues en la bici hasta el Lago de los Enamorados pero no ves a nadie. Hay un bote vacío flotando en medio del lago. Vuelves a llamar por radio:

—¿Nancy? ¿Robin? ¿Dónde están?

No hay respuesta. Lo intentas otra vez, pero sigues sin tener respuesta. Debe haber otra opción. Justo entonces, ves a más militares junto a una cabaña y un cobertizo para botes. Están tomando fotografías y registrando el terreno. Algunos llevan escafandras y se preparan para sumergirse en el agua; otros empiezan a marcharse. Los sigues.

Continúa en la siguiente página.

Conducen en silencio y despacio, lo que te permite seguirlos a medida que se adentran en el bosque por caminos sin asfaltar. Se detienen en una cabaña anodina, estacionan la camioneta y entran. Miras a tu alrededor con atención antes de acercarte. Si bien las cortinas están corridas, hay luz en el interior. Escuchas una conversación, pero no. te es lo bastante clara para que puedas entenderla. Rodeas la cabaña y encuentras una cortina ligeramente abierta. Arrastrándote por debajo de la ventana, asomas la cabeza y entrecierras un ojo para ver con más claridad.

Las personas están vestidas con uniformes militares. Reconoces al coronel. A su lado, hay un pizarrón con fotos, nombres y ubicaciones. Intentas leer y memorizar la información. *Once, vista por última vez en Lenora Hills, California. Sam Owens, visto por última vez en su residencia. William Byers, Jonathan Byers, Mike Wheeler, vistos por última vez en Lenora Hills, California. Joyce Byers, paradero desconocido.*

Tenías razón, la chica que están buscando es Once. Respiras aliviado de que aún no la hayan atrapado. El coronel se levanta de su asiento y los demás saludan cuando sale de la sala. Al oír el chirrido de la puerta principal, tomas la bicicleta y pedaleas para salvar tu vida. Detrás de ti, oyes que un helicóptero despega. Lo ves dirigirse hacia el oeste. Luego, escuchas gritos y el ruido de alguien que corre cada vez más cerca. ¡Tienes que irte! Con Nancy, Robin y Steve desaparecidos, tu única opción es reunirte con los demás en casa de los Wheeler.

Continúa en la siguiente página.

Ves las patrullas delante de la casa de los Wheeler y te das cuenta de por qué te advirtieron que te mantuvieras lejos de ahí. Sacas la radio y les mandas una señal.

—¿Qué estás haciendo aquí? Cambio —sisea Dustin.

—No pude encontrar a los otros. No estaban en el lago. Cambio —dices.

—¿Qué? Se suponía que debían buscar el portal en el agua. Cambio.

—¿El qué? Cambio.

Las manos te tiemblan, Dustin parece exasperado:

—Tomaría… demasiado tiempo explicártelo —Dustin hace una pausa—. Creo que encontramos a los otros. Espera. Cambio.

Aguardas en las sombras y te estremeces con cada sonido. Al fin, la radio chirría, es Dustin:

—Nos reuniremos en el remolque de Eddie. Repito, nos reuniremos en el remolque de Eddie. Los demás estarán allí. ¿Me copias? Cambio.

—Te copio. Cambio —confirmas.

Te preguntas cómo se enteraron de que los otros estaban en el remolque. Si se hubieran contactado a través de las radios, seguramente tú también los habrías escuchado. Ves una ventana abierta en el piso de arriba. Una chica que no conoces asoma la cabeza y mira a su alrededor, luego vuelve a meterse. Lucas observa por la ventana tras ella y también vuelve a entrar. Están planeando algo. A través de las ventanas de abajo, puedes ver a los policías hablando con los Wheeler y otros adultos. Te das media vuelta y descubres los coches que habías visto antes dando vueltas por la calle. ¿Los militares te siguieron hasta aquí? Es mucha gente para escabullirse. ¿Tal vez podrías ayudar a los demás a entrar por un camino despejado?

Por otra parte, podrían atraparte. Si los militares te siguieron hasta aquí, todo el mundo está en peligro.

Si eliges ayudar a escapar a los otros, continúa en el número 250.

Si eliges dirigir a los militares lejos de la casa Wheeler, continúa en el número 259.

Te acercas sigilosamente a la casa, asegurándote de permanecer agachado y fuera de la vista de los demás. Las anodinas camionetas de los militares se acercan. Bajan la velocidad frente a la casa de los Wheeler y luego se alejan. ¿No querían que la policía se percatara de su presencia? Das vuelta a la parte trasera de la casa, ves una manguera y la enroscas en una llave de agua corriente. Encuentras una habitación cerca de donde la policía sigue hablando con los adultos y abres lentamente la ventana. Después de meter la manguera con mucho cuidado, dejas que fluya el agua.

—Lo siento mucho, señor y señora Wheeler —dices en un susurro, y giras la llave al máximo.

Puedes oír el caos que se desata en el interior. Regresas deprisa a la parte delantera de la casa y ves a los otros bajar por la ventana. La chica que no conoces apuñala las ruedas de las patrullas de policía y luego salta a una bici. Se marchan. Tú tomas la bici y los sigues.

—¿Dónde estabas? —te grita Max en su camino al parque de remolques.

—Ustedes no estaban, así que decidí volver a Starcourt. Hay otro problema…

—Espera, ¿estuviste en Starcourt todo este tiempo?

—Sí, desde que ustedes se fueron esta mañana.

—¡Eso no fue esta mañana! ¡Eso fue ayer por la mañana!

En las bicis, te ponen al tanto de lo que te perdiste. Max tuvo otra visión, pero gracias a la visita de Nancy y Robin a Victor Creel, descubrieron que la música podía evitar que Vecna entrara en la mente de Max. En su visión, Max vislumbró algo que Nancy dedujo que era la casa de los Creel. Fueron a buscar y encontraron a Vecna. Luego, hallaron el escondite de Eddie y otro estudiante fue asesinado por Vecna.

Dustin utilizó una brújula para encontrar un portal en el lago, los capturó la policía y los llevaron a casa de los Wheeler. Cuando lleguen al remolque, ya casi estás al día

Continúa en la siguiente página.

El portal del remolque de Eddie definitivamente no es como la ventana circular que imaginabas. Rezuma y se retuerce, como materia orgánica: carnosa. Al otro lado, ves a los demás.

—Ahora entiendo por qué lo llamaron el Mundo del Revés —dices.

—En realidad, no habíamos visto esto antes —Dustin ata unas sábanas.

Ayudas a los otros a arrastrar un colchón de la habitación de Eddie y lo dejan en el piso bajo el portal.

Oyes la voz de Eddie:

—Esas manchas son… mmm… No sé qué son esas manchas.

Dustin levanta las sábanas, que atraviesan el portal y quedan suspendidas en equilibrio, creando una cuerda de escape.

—Supongo que soy el conejillo de Indias —dice Robin, y sube por la cuerda. Al atravesar el portal, se ve que su cabello cae, cuando la gravedad del mundo real se apodera de ella. Se impulsa y aterriza sobre el colchón—. ¡Eso fue divertido!

Eddie es el siguiente en pasar.

—¿Nancy? —oyes la voz de Steve y vuelves a mirar hacia arriba. Steve sujeta a Nancy por los hombros y la sacude—. ¡Hey! ¡Hey! ¡Quédate conmigo! ¡Nancy! Nancy, ¡despierta!

—Vecna —dice Max.

Corres con los demás a la habitación de Eddie y buscas entre su colección de casetes. Erica entra corriendo en la habitación:

—¡Steve dice que tienen que darse prisa!

—¿Qué estás buscando? —grita Eddie.

—¿Madonna, Blondie, Bowie, los Beatles? Música, ¡vamos, necesitamos música! —grita Robin.

—¡Esto! ¡Es! ¡Música! —grita Eddie.

—¡Toca algo, lo que sea! —gritas.

Justo entonces vuelve Erica:

—¡Está fuera! Nancy logró liberarse de Vecna.

Continúa en la siguiente página.

En la sala de Max, Nancy describe la visión que tuvo de Vecna. Él le reveló su nombre y su historia: es Henry Creel, el hijo de Victor; él fue, y no su padre, quien mató a su familia, pero luego de eso fue capturado por el doctor Brenner, el mismo científico que experimentó con Once, quien lo usó como su primer sujeto de prueba, y lo llamó Uno; después de que matara a todos en el laboratorio, Once lo arrojó al Mundo del Revés, donde se convirtió en Vecna. Y luego, le mostró el futuro.

—Había muchos monstruos. Un ejército. Y entraban en Hawkins, en nuestras calles, en nuestras casas… —se le quiebra la voz—. Me mostró portales. Cuatro portales. Se extendían a lo largo de Hawkins. Y estos portales se parecían al del techo del remolque de Eddie, pero no dejaban de crecer. Y éste no era el Hawkins del Mundo del Revés. Éste era *nuestro* Hawkins.

—Inténtalo de nuevo. Inténtalo de nuevo… —le insiste Steve a Max.

Ella se gira para usar el teléfono.

—Si estás tratando de llamar a tus amigos de Lenora, no te molestes. Ya no están allí —dices.

Todos te miran asombrados.

—¿Cómo lo sabes? —pregunta Max.

Explicas lo que pasó cuando te quedaste atrapado en el centro comercial y lo que viste después. Sus amigos deben estar huyendo de los militares.

—Tenían órdenes de disparar a matar —terminas el relato.

—¿Por qué van detrás de Once? —pregunta Max.

—No tengo idea. Sólo supe que les perdieron la pista.

—¿Qué vamos a hacer sin Ce? —Steve se inclina en el sofá y apoya los codos en las rodillas.

—Entonces, ahora depende de nosotros —dice Lucas con tono solemne—. Estamos por nuestra cuenta.

Nancy idea un plan. El primer paso es conseguir armas.

Continúa en la siguiente página.

Después de robar un remolque, abastecerse de armas y escapar de la horda de deportistas que están cazando a Eddie, todos se preparan para la guerra en campo abierto. Max sujeta una escopeta, mientras Nancy recorta la boquilla con una segueta. Lucas y Erica construyen lanzas. Eddie y Dustin luchan y bromean a lo lejos. Te acercas a Robin y Steve con otro bidón de queroseno y escuchas un poco de su conversación.

—Es que no tiene sentido —dice Steve.

—¿Qué es lo que no tiene sentido? —le pregunta Robin.

—Era Dan Shelter. Él se graduó... no sé... hace como dos años.

—¿Dan es importante? —preguntas tras dejar el bidón en el suelo.

—Eh, no, es sólo un tipo que conocemos. Olvídalo. Tonterías amorosas de la escuela —dice Steve.

Te sientas ahí para ayudar a preparar más bombas molotov.

—Del tipo no correspondido —dice Robin mientras le da una palmada en el brazo. Decides no entrometerte en el historial amoroso de Robin—. Como sea, de cara al fin del mundo, las apuestas de mi vida amorosa se sienten espectacularmente bajas.

—Sí, te entiendo —Steve toma otra botella—. Pero yo todavía tengo esperanzas.

—No todo tiene un final feliz —añade Robin.

Ella llena la botella de queroseno, te la entrega y tú le colocas un trapo dentro.

—Sí. Sí, créeme, lo sé —sorprendes a Steve mirando a Nancy cuando dice eso.

—No estoy hablando de un romance fallido —Robin echa queroseno en otra botella—. Es que... Tengo la terrible corazonada de que no saldremos bien librados de ésta.

—Ya veo... pero ¿qué otra opción tenemos? —preguntas. Todo está listo. Ha llegado el momento.

Continúa en la siguiente página.

Despúes de dejar a Lucas, Max y Erica en la casa de los Creel, te encuentras de nuevo en el remolque de Max.

—Muy bien —dice Nancy—. Quiero que lo repasemos una vez más. Fase uno.

—Nos encontramos con Erica en el parque. Ella les avisará a Max y Lucas cuando estemos listos —responde Robin.

—Fase dos.

—Max atrae a Vecna. Él irá tras ella, lo que hará que entre en trance —añade Steve.

—¿Fase tres?

—Eddie y yo atraemos a los murciélagos —Dustin señala a Eddie, que está de pie detrás de él.

—Fase cuatro...

—Vamos a la guarida de Vecna y atacamos —dices tú.

—Nadie pasa de una fase a otra hasta que todos hayamos confirmado por radio —sentencia finalmente Nancy—. Y nadie se desvía del plan, pase lo que pase. ¿Entendido?

—Entendido —responden todos.

Es hora de salir. Entran en el remolque de Eddie. La cuerda improvisada todavía cuelga del portal. Steve entra primero y aterriza como todo un experto sobre sus pies cuando la gravedad cambia al otro lado.

—Ooooh, ¿y ahora qué quiere que hagamos, que aplaudamos? —dice Robin con sarcasmo.

Steve desaparece y regresa arrastrando un colchón. Lo coloca bajo el portal. Nancy entra después, seguida de sus armas, luego Eddie, luego Robin y por último Dustin. Estás a punto de entrar en el Mundo del Revés por primera, y esperas que última, vez. Te impulsas y trepas. Cuando cruzas sientes que caes. Las mariposas aletean en tu estómago. En realidad, fue divertido.

Continúa en la siguiente página.

Te pones de pie en el Mundo del Revés y observas relámpagos rojos y nubes oscuras. Unas enredaderas envuelven todo. A lo lejos, se oyen los chillidos de los demobats. Steve se detiene y se dirige hacia Eddie y Dustin.

—Hey, chicos, escuchen. Si las cosas aquí comienzan a ir mal, quiero decir, *muy mal*, ustedes deben abortar la misión. ¿De acuerdo? Atraigan a los murciélagos. Manténganlos ocupados un minuto o dos. Nosotros nos encargaremos de Vecna. No traten de hacerse los héroes ni nada de eso, ¿de acuerdo? Ustedes son sólo...

—Señuelos —Dustin termina por él—. No te preocupes. Tú puedes ser el héroe, Steve.

—Absolutamente. O sea, míranos. Nosotros somos héroes —añade Eddie. Steve comienza a alejarse cuando Eddie lo detiene—. Oye, ¿Steve? Hazlo pagar.

Después de eso, ustedes emprenden el camino hacia la casa de los Creel.

En el parque, al otro lado de la calle de la casa de los Creel, ves una luz brillante en el juego infantil con forma de cohete.

—Erica —dice Robin.

Todos corren hacia el cohete. Los murciélagos chillan furiosamente y se dispersan por la casa. Ustedes esperan el visto bueno de Erica.

—De acuerdo, ella está dentro —resuena la voz de Erica—. Inicia la fase tres.

Robin saca la radio y se pone en contacto con Dustin y Eddie:

—Ella está dentro. Iniciando la fase tres.

—Recibido, iniciando fase tres —responde Dustin.

Al cabo de unos segundos, ven a los demobats alejarse volando de la casa de los Creel en dirección al parque de remolques. Es hora de iniciar la fase cuatro. Al abrir la puerta de la casa de los Creel, ves que las enredaderas cubren el suelo.

—Recuerden, mente colmena. No toquen las enredaderas —dice Nancy a los demás.

Steve encabeza la marcha, seguido de Nancy. Robin parece dudarlo. La tomas de la mano.

—Está bien, sólo camina despacio. Yo te ayudaré —dices mientras sigues el camino que indica Steve.

Continúa en la siguiente página.

Llegan al final de la escalera, frente a la puerta del ático donde Vecna espera. ¡La tierra tiembla! Robin y tú se aferran el uno a la otra, intentando mantenerse firmes. La sostienes con tanta fuerza como puedes hasta que el temblor se detiene. Miras hacia abajo y sientes alivio al comprobar que nadie ha tocado ni una sola liana. Es hora de seguir. Steve dirige la ruta hasta el ático, evadiendo las lianas. Cuando llegan, ven a Vecna por primera vez. Cubierto de cicatrices y músculos irregulares, está suspendido del techo, congelado. No se ha percatado de su presencia. Nancy apunta con su pistola y los demás toman las bombas molotov.

—*Flambé* —susurra Robin.

Empiezan a lanzar los explosivos. Vecna cae del techo y luego se eleva, envuelto en llamas. Nancy se pone delante y empieza a disparar, obligando a Vecna a retroceder hasta que revienta la pared y cae a la calle. Todos bajan corriendo las escaleras y salen.

—¿Ganamos? ¿Está...? —preguntas. Encuentras a los demás mirando una zona del suelo quemada—. ¿Dónde está el cuerpo?

El reloj de pie suena una vez. Y luego otra. Todos corren a la casa. *Campanada. Campanada.* La hora marca las cuatro.

—Cuatro campanadas —jadea Robin.

—Max.

El suelo empieza a temblar violentamente. Todos se aferran al barandal, tus dedos se resbalan y caes hacia atrás. Te golpeas con fuerza la cabeza.

Continúa en la siguiente página.

Han pasado dos días desde que se abrió la grieta en Hawkins. Los periódicos dicen que fue un terremoto, pero tú sabes la verdad.

Dustin, Robin y tú están en casa de los Wheeler ayudando a recolectar donativos para socorrer a los desplazados por el "terremoto". De pronto, llega una camioneta de reparto de pizzas. La puerta lateral se abre y salen cuatro personas. Un chico alto y delgado y una chica con el cabello a rape se abrazan, y Dustin corre a unirse a ellos.

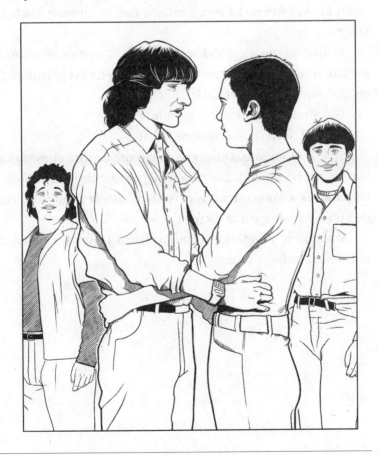

Continúa en la siguiente página.

Reconoces la camioneta... ¡y al conductor! Es Argyle, un chico de tu escuela. Ha llevado pizza a tu casa muchas veces. ¿Qué está haciendo en Hawkins? ¿En serio trajo a estos chicos desde Lenora?

Poco a poco vas reconstruyendo la historia e identificando las nuevas caras. El chico alto de cabello oscuro es Mike. Lo has visto en muchas fotos de la familia Wheeler. Nancy corre hacia un chico que sabes que es Jonathan Byers: sus fotos ocupan un lugar destacado en la habitación de Nancy. El otro chico es Will Byers. La joven callada con la cabeza rapada es Once.

Te apartas mientras todos se abrazan. Después de un momento, te acercas a Dustin. Quieres conocer a las personas de las que tanto has oído hablar.

—¿Dónde está Lucas? —pregunta Will.

—En el hospital —responde Dustin.

En ese momento, Dustin se da cuenta de que ellos no saben lo que ha pasado. Los recién llegados se dirigen al hospital para ver a Max, mientras el resto de ustedes sube al coche de Steve y se dirige a la escuela.

Mañana te pondrás en camino hacia Lenora, a pesar de que Vecna todavía vive.

Fin

Sin importar lo que estén haciendo ellos, necesitas tener fe en que pueden manejarlo. Llevan librando esta batalla mucho más tiempo que tú. Subes a tu bicicleta y pasas junto a los vehículos militares.

—¡Sé dónde está Once! —gritas a todo pulmón.

¡La persecución comenzó! Tomas atajos entre las casas para perder los coches, y te alejas cada vez más. Sabes que los demás se reunirán en el parque de remolques, pero te preocupa el largo viaje y la posibilidad de que los militares vuelvan a descubrirte.

—Estamos en el remolque de Eddie. ¿Ahora dónde estás tú? —la voz de Dustin llega a través de la radio—. Vecna es Henry Creel, y está planeando destruir Hawkins. Lo encontramos en la casa de los Creel —Dustin te da una dirección—. Estamos tratando de contactar con nuestros amigos, pero no hay respuesta. Tienes que llegar ahí lo antes posible. Cambio.

—Si te refieres a tus amigos de Lenora, no tendrás noticias de ellos —explicas lo que pasó desde que escapaste del centro comercial—. No puedo ir con ustedes. Los pondría en riesgo. Me voy a esconder. No se pongan en contacto conmigo. Cambio y fuera.

Apagas la radio y pedaleas a toda velocidad hasta llegar al único lugar donde estás seguro de que los militares no pensarán en buscarte: la casa de los Creel. Cuando llegas, dejas la bici entre unos arbustos y entras. Encuentras una vieja cama mohosa en una de las habitaciones y te desplomas sobre ella: estás muerto por el cansancio.

Continúa en la siguiente página.

Sales de un descanso sin sueños y ves a Lucas y Max de pie junto a ti.

—¿Qué están...? —Max te cubre la boca con una mano para que no hables.

Lucas sostiene un bloc de notas y te enseña lo que tiene escrito: *Quédate callado.* Asientes y Max retira la mano. Lucas garabatea otra nota y te la muestra: *¿Qué pasó?* Te entrega el bloc y tú respondes: *Larga historia. ¿Qué hacen aquí?* Max escribe en su bloc y lo sostiene en alto: *Vamos a atacar a Vecna.* Casi te ahogas. Justo en ese momento entra en la habitación la chica que viste antes. Sostiene una nota: *Encontré a Vecna.* Lucas garabatea una nota para ti: *Mi hermana Erica.* Erica los lleva de regreso al vestíbulo de la casa. Una lámpara azul brilla sobre la mesa con más intensidad que las que Lucas y Max tienen en sus manos. Erica sostiene otra nota: *¿Fase dos?* Lucas asiente. Justo entonces, una flota de coches se detiene en el exterior, militares armados saltan fuera de ellos y entran corriendo en la casa.

—¡Suéltenme! —grita Max.

Lucas intenta que lo escuchen, pero lo ignoran. Te tiran al suelo y un hombre te sujeta. Al girar la cabeza, ves que Lucas, Erica y Max también están inmovilizados. Los esposan a todos y luego los ponen de pie.

—¿Dónde está la chica? —te grita un hombre a la cara—. ¿Dónde está la chica?

Lucas empieza a gritar.

—¡Devuélvanselo! ¡Devuélvanselo de inmediato! —se agita salvajemente.

Te giras para ver a otro hombre que se aleja con el Walkman de Max. ¡De pronto, Max se eleva en el aire! Los militares desenfundan sus armas contra ella. Los miembros de

Max empiezan a quebrarse. Lucas la llama a gritos para que despierte, pero es inútil. Su cuerpo golpea el suelo con un ruido horrible. Lucas intenta desesperadamente arrastrarse hacia ella. Bajo el cuerpo sin vida de Max, la tierra se abre. Te arrastran lejos de la grieta, junto con Erica y Lucas. Lucas llora en agonía.

Fin

261

Llevas diez minutos parado, detrás de los árboles, vigilando la cabaña. Está claro que hay alguien dentro, y ese alguien podría ser un sanguinario asesino… Estás solo. Te arrastras lo más silenciosamente posible a medida que te acercas. Escuchas movimiento dentro de la cabaña: cacerolas y sartenes. Por un momento, te preguntas si te topaste con un ritual satánico. Te sacudes la idea de la cabeza: ahora no es el momento de perder el control de la realidad. Es evidente que quien se encuentra ahí dentro está cómodo. No te vería llegar. Llamas a la puerta, asegurándote de no acercarte a las ventanas. La puerta se abre ligeramente.

—¿Dustin? —escuchas una voz.

Saltas y te abres paso a través de la puerta. Ves una caña de pescar, la tomas y la balanceas sin control. Debe ser Eddie Munson. Cae de espaldas, tratando de esquivar tus golpes. Lo tienes acorralado.

—Mira, sin importar lo que has oído, ¡te juro que yo no hice nada! ¡No me hagas daño! —Eddie se refugia en un rincón.

Más allá de los tatuajes de marionetas y murciélagos, parece un adolescente metalero común y corriente. Como él, hay un montón en tu escuela.

—Si no hiciste nada, ¿por qué no te has entregado? —esgrimes la caña de pescar como advertencia.

—Si lo hiciera, no me creerían.

—¿Por qué no? Debes de haber visto quién lo hizo. Podrías habérselo dicho a la policía, pero huiste.

—¡Sí, hui! —su confesión suena desesperada—. Pero estaba aterrado. Fue algo muy loco.

Lo que te cuenta está más allá de toda comprensión. Chrissy fue asesinada por un fantasma o demonio invisible.

Continúa en la siguiente página.

—¡Estás mintiendo! —gritas, blandiendo la caña de pescar como un látigo—. ¡Dime la verdad ahora!

—¡Ésta es la verdad! —se agarra el pelo con los puños—. ¡Juro que es la verdad! ¡No sé cómo demostrarlo! Si pudiera probarlo, iría a la policía ahora mismo, ¡pero no puedo! —presiona su frente contra el suelo, le pide perdón a Chrissy en un susurro.

¿Está llorando? Bajas un poco la caña de pescar. Al verlo completamente devastado, resulta evidente que Eddie no es una amenaza para nadie. Piensas en Lucas atrapado en Benny's y en su insistencia sobre la inocencia de Eddie. Ahora puedes verlo.

—¿Y si pudieras probarlo? —tiras la caña de pescar y te arrodillas junto a él—. Sé que tienes algunos amigos que te están ayudando; tal vez ya encontraron una manera. Ellos te creen.

—Sólo me creen porque ya se han enfrentado a cosas así antes —voltea hacia ti y te mira a los ojos—. Tenían alguna amiga superpoderosa que ya no está, ellos... han visto cosas como ésta en Hawkins.

—¿Ellos qué?

¡Pum! ¡Pum! ¡Pum!

—¡Abran la puerta! ¡Te vi cuando entraste! —¡Jason está del otro lado de la puerta! Te siguió hasta dar con Eddie—. ¿Está él ahí contigo? ¡Eddie Munson, ven aquí y enfréntame!

Eddie maldice. Lo tiras del brazo y te diriges a la parte trasera de la cabaña.

—¡Espera! —grita Eddie, alejándose de ti. Corre por la habitación y toma una radio—. Necesitaremos esto para contactar a mis amigos.

Eddie te sigue por la parte de atrás y empiezan a correr hacia los árboles.

Continúa en la siguiente página.

Corres hasta que te arden los pulmones antes de estar seguro de que perdieron a Jason.

—Yo... —te inclinas intentando recuperar el aliento— no creí que algún día alguien me perseguiría.

Eddie se lleva la radio a la boca:

—Dustin, ¿estás ahí? ¿Dustin? ¿Wheeler? ¿Hay alguien?

No hay respuesta. Eddie maldice.

—Supongo que por ahora estamos solos —te enderezas y miras a tu alrededor—. No podemos quedarnos aquí todo el día y esperar que nadie nos encuentre.

—Roca Calavera no está muy lejos —Eddie se levanta y se sacude la suciedad de los pantalones—. Podríamos escondernos allí durante un tiempo y tratar de localizar a mis amigos.

No te gusta la idea de quedarte sentado esperando, pero Eddie es un sospechoso y Jason no será tan amable contigo si vuelves a encontrártelo. Tiene sentido esconderse. Sin embargo, ocultarse no ha hecho nada para ayudar a Eddie a limpiar su nombre o para resolver este asesinato.

—¿Qué estás pensando? —te pregunta.

—¿Y si trabajamos juntos para demostrar tu inocencia? —le propones y haces una pausa. Eddie te mira sorprendido—. Digamos que les creo a ti y a tus amigos sobre este caso a la Scooby-Doo que está pasando en Hawkins. Tuvo que empezar en algún sitio, por alguna razón. Quizá, si pudiéramos averiguar por qué mataron a Chrissy, podríamos descubrir cómo vencer a este fantasma.

—No es un fantasma, es un hechicero con poderes —te corrige Eddie—. Y a menos que me lo hayas ocultado, ninguno de nosotros tiene superpoderes.

Eddie parece decidido a permanecer a salvo y escondido. Puede que sea lo mejor, teniendo en cuenta que pronto la zona estará plagada de deportistas dispuestos a todo para encontrarlo. Aun así, después de ver la angustia de Eddie al admitir que huyó de Chrissy, podrías conseguir que aceptara tu plan utilizando un poco de su sentimiento de culpa.

Si eliges ir a Roca Calavera para esconderte,
continúa en la siguiente página.

Si eliges investigar el caso con Eddie, continúa en el número 289.

El camino hacia Roca Calavera es tranquilo, a pesar del miedo a que alguien pudiera estarlos siguiendo. Le pides a Eddie más detalles sobre la última vez que vio a Chrissy, y él no se guarda nada.

—Aún no me has dicho por qué Chrissy estaba en tu remolque —le haces notar.

Eddie parece dudar, luego suspira y te explica:

—Se suponía que no tenía que estar allí. Nos conocimos en el lugar donde suelo hacer tratos.

—Así que era una clienta. ¿Cuánto tiempo estuvo acudiendo a ti para eso?

Eddie sacude la cabeza.

—Ésa era la primera vez —camina en silencio un rato—. Ella era agradable, en verdad. Digo, no agradable porque quería algo de mí, sino genuinamente agradable.

—Entonces, si no se conocieron en el parque de remolques, ¿por qué se fue contigo?

—Ella estaba buscando algo más fuerte, y yo no tenía ese tipo de cosas conmigo, así que debimos volver a mi casa.

—¿Dijo por qué quería comprarte algo? ¿Antes les compraba a otras personas?

Eddie negó con la cabeza.

—Estaba muy nerviosa, obviamente era su primera vez. Le dije que no teníamos que hacerlo, pero insistió. No sé por qué estaba comprando y no le pregunté. Debería haberlo hecho. Quizás eso habría cambiado las cosas.

No sabes cómo responder a eso, así que caminas a su lado en silencio. Pronto, Roca Calavera está a la vista.

—Supongo que deberíamos intentar contactar con tus amigos otra vez —aventuras.

Eddie no tarda mucho en obtener una respuesta en esta ocasión.

Continúa en la siguiente página.

—Lo primero que debemos hacer es conseguirte un nuevo escondite —dice Dustin. Los amigos de Eddie llegan poco después. Max, Dustin y Steve habían irrumpido en la escuela cuando oyeron la llamada de Eddie—. Nancy y Robin están en la biblioteca siguiendo una corazonada. Esperemos que encuentren algo.

—Entonces, ¿debemos hallar un lugar para esconderlo y luego qué? —preguntas.

Max sostiene unas llaves.

—Luego, iremos a la escuela a revisar algunos expedientes de los estudiantes. Chrissy estaba viendo a la consejera y Fred también.

—Así es. Ustedes dos no lo saben —Dustin se queda un momento con la boca abierta—. Hubo otro asesinato esta mañana temprano, o anoche, ya tarde. Fred Benson fue asesinado en el bosque cerca del parque de remolques cuando él y Nancy estaban investigando…

La voz de Dustin se apaga cuando la noticia del segundo asesinato te golpea como una tonelada de ladrillos. ¿Ésa fue la razón por la que Fred no te recogió en el aeropuerto? Pero no, llegaste a la casa de los Benson antes de que se hiciera pública su muerte. Tal vez a Fred lo asesinaron después. Piensas en la señora Benson. Ya debe saber lo que le pasó a su hijo. Quizá tendrías que ponerte en contacto con ella.

—Seguimos sin localizar a Lucas —continúa el chico de la gorra—. Nos llamó por radio cuando salíamos de la escuela. Le dijimos que se reuniera con nosotros allí, pero no hemos sabido nada de él desde entonces y ya es de noche.

—¿Eso… puede ser… culpa mía? —dices avergonzado.

—¿Dónde está él? —te pregunta.

Continúa en la siguiente página.

Es arriesgado volver a estar tan cerca de Jason y sus amigos después de que te descubrieron, pero al menos le debes esto a Lucas. Te diriges a los demás. Eddie se quedó en Roca Calavera por su propia seguridad:

—Lucas está amarrado, oculto en un pequeño armario de limpieza en la parte trasera de la cocina en Benny's. Tendremos que llegar allí, liberarlo y salir, todo sin ser vistos.

—¿Y si yo voy ahí? —pregunta Steve—. Yo era el capitán del equipo de basquetbol. No sería raro que apareciera para saludar a unos viejos amigos.

Niegas con la cabeza:

—No puedes hacer eso. Jason sabe que eres amigo de Dustin. Conseguí la dirección de la cabaña cuando irrumpimos en el videoclub para buscarte.

—Espera, ¿entraron en la tienda? ¡Voy a perder mi trabajo!

—Steve, concéntrate —Dustin lo observa con incredulidad.

—De acuerdo —Steve sacude la cabeza—. Nuevo plan. Yo entro para distraerlos, mientras ustedes se cuelan y sacan a Lucas. Nos reuniremos en Roca Calavera.

Todos están de acuerdo. Steve se dirige a la parte delantera del restaurante, mientras que el resto de ustedes exploran la parte trasera. Se oye a Steve gritar:

—¿Qué demonios le hicieron a mi tienda?

El alboroto que sigue indica que es hora de moverse. Llevas a los demás a la cocina en silencio y te quedas vigilando mientras Max y Dustin abren el armario de limpieza. Los nudos que le hicieron a Lucas están muy apretados, y Max y Dustin tienen problemas para liberarlo.

—Tomen un cuchillo de la cocina y corten las cuerdas —dices en voz baja—. Dense prisa, no creo que la distracción de Steve dure mucho más.

El forcejeo se prolonga unos segundos que parecen largos minutos de agonía en lo que el ruido de fuera parece acrecentarse más y más; finalmente, Max y Dustin liberan a Lucas. En ese momento, estalla una pelea.

Continúa en la siguiente página.

—Ustedes vayan a Roca Calavera. Yo iré a ayudar a Steve. Muévanse, ahora.

Max y Dustin guían a Lucas por la parte trasera mientras tú corres hacia el frente. Afuera, ves a Steve y Jason lanzándose golpes. El resto del equipo alrededor de ellos anima a Jason.

—¡Jason! —le gritas.

Te mira y parpadea como si no pudiera creer que estés delante de él. Francamente, tú tampoco puedes creerlo.

—¡Tú! —la ira arde en sus ojos—. ¡Traidor! ¿Dónde está Eddie?

Antes de que pueda acercarse más, te das la media vuelta y corres en la dirección opuesta tan rápido como te es posible. Jason se olvida por completo de Steve y te persigue; sus secuaces también se mantienen cerca.

Un motor ruge detrás de ti. Volteas para mirar al coche de Steve levantando polvo. Dustin mete a Steve en él. El motor ruge una vez más, y el auto acelera directamente hacia ti. Los deportistas saltan para salirse de su camino. Max parece feroz al volante. Se desvía hasta detenerse, separándote de los deportistas. Dustin empuja la puerta y entras. Max se aleja a toda velocidad.

—¿Cuál era exactamente tu plan? —pregunta Max mientras se lanza a la carretera. Pronto, están lejos de Benny's—. ¿Hacer que te atraparan y te dieran una paliza?

—La verdad es que no lo pensé bien —apoyas la cabeza en el asiento, recuperando el aliento. A tu lado está Lucas, magullado. Lo miras a los ojos—. Lo siento, Lucas.

Él asiente.

—Gracias por venir a buscarme.

¡El coche se desvía!

Continúa en la siguiente página.

—¡Max! ¿Max? —Steve salta del asiento trasero y agarra el volante.

Dustin intenta sacudir a Max, pero ella no responde.

—¿Qué está pasando? —grita Lucas.

Dustin levanta la pierna de Max del pedal mientras Steve conduce, gritándole a Dustin que se dé prisa.

—¡No lo sé! ¡No lo sé! Es como si estuviera dormida, pero con los ojos abiertos —Dustin lucha por apartar a Max del asiento del conductor.

Steve intenta dirigir el coche. Te inclinas y ayudas a Dustin a mover a Max del asiento, y Steve toma el control del auto, el cual frena. Entonces, Max despierta.

—¡Demonios, Max! ¡Casi haces que nos maten! —gritas.

Parece confundida, aturdida. Mira a los demás y pregunta:

—¿Qué pasó?

—No lo sé. Dínoslo tú. En un momento estás conduciendo mi coche, cosa que, por cierto, te dije expresamente que no volvieras a hacer, y al siguiente estás... fuera —Steve apaga el motor.

—Yo... ¿Ustedes no lo vieron? —parece preocupada—. El reloj de pie, en medio de la carretera. Casi lo golpeamos, y entonces... —ella sale del auto y camina por la carretera—. ¡Estaba justo aquí!

Continúa en la siguiente página.

Cuando llegan a Roca Calavera, otros dos ya están con Eddie. Se presentan como Nancy y Robin. Max cuenta su visión: un reloj de pie en la carretera que daba cuatro campanadas.

—Antes de la hora de descanso, vi a Chrissy en el baño de la escuela. Tenía miedo, pero no había nadie más. Estábamos solas ella y yo —añade Max.

—Fred parecía fuera de sí cuando llegamos al parque de remolques —Nancy frunce el ceño—. El artículo que encontramos sobre los asesinatos de Creel decía que la familia también tenía visiones.

—Así que la única pista que tenemos son estas visiones —recapitula Eddie—. Pero todos los que tenían visiones están muertos, excepto Max...

—No todos —Nancy mira a Robin—. Victor Creel sigue vivo y está en Pennhurst. Si pudiéramos hablar con él...

—¿Tal vez podríamos obtener más información sobre este demonio? —preguntas.

—Vecna —te corrige Dustin—. Lo llamamos Vecna.

—Cállate, Henderson —Steve pone los ojos en blanco—. Tenemos otro problema que están olvidando: ¿dónde se va a quedar Eddie?

—Podríamos esconderlo en el sótano de los Wheeler, como hicimos con Ce —sugiere Dustin.

—Esperen, tengo una idea mejor —Lucas pone a todos al corriente.

Continúa en la siguiente página.

—¡Hogar, dulce hogar!

Aquéllas fueron las palabras que Dustin decía mientras lideraba el camino.

El escondite —lo que los demás llaman la cabaña de Hopper— parece una ruina. Hay un gran agujero en el techo y polvo y escombros por todas partes.

—Parece una zona de guerra —bromeas.

Más que una broma, tus palabras tomaron sentido literal.

—Bueno, algo así —Robin se encoge de hombros—. El Azotamentes se convirtió en un monstruo enorme parecido a una araña y atacó a Ce aquí.

Aunque durante el trayecto en coche hasta la cabaña te pusieron al corriente de los acontecimientos de los últimos tres años, sigues conmocionado cada vez que te recuerdan los problemas de Hawkins. Primero, fue un Demogorgon que capturó a uno de sus amigos en un universo paralelo. Luego, el Demogorgon se apoderó del cuerpo de ese amigo y derribó todo un laboratorio con perros demoniacos —o demodogos, como Dustin, los corregía una y otra vez— y, después, el Demogorgon se apoderó de la mente del hermano de Max y creó un monstruo con la carne de treinta seres humanos del pueblo, para intentar matar a su amiga superpoderosa, Ce. Han pasado muchas cosas y la mayoría del pueblo ni siquiera lo sabe, por no hablar del resto del mundo. Después de ayudar a Eddie a preparar un lugar para dormir, los demás están listos para partir. Deberías hablar con la señora Benson: hoy se enteró de que su hijo fue brutalmente asesinado. No estás seguro de cómo podrías ayudar, pero sientes como que deberías decirle algo.

—¿Estás bien para quedarte aquí solo? —le preguntas a Eddie.

—Oh, no te preocupes por mí. Simplemente pasaré la noche solo en una cabaña que fue atacada por un demonio asesino. No pasa nada —Eddie sonríe a pesar del miedo que se asoma en sus ojos.

Si eliges quedarte en la cabaña con Eddie,
continúa en la siguiente página.

Si eliges ir a casa de los Benson, continúa en el número 278.

Nancy promete llamar a la señora Benson y decirle que pasarás la noche en casa de los Wheeler y que recogerás tus cosas por la mañana, para que ella pueda vivir su duelo con privacidad. Te sientes un poco culpable al delegarle esa responsabilidad, pero no estás seguro de qué hacer o decir. Los demás llevan guardando secretos así mucho más tiempo que tú. Muy pronto, Eddie y tú están en sus respectivos rincones, listos para dormir.

—¿Qué pasa? —pregunta Eddie, preocupado por ti.

—Es que… estaba con la señora Benson cuando dieron la noticia del asesinato de Chrissy. Se suponía que Fred me recogería en el aeropuerto, pero nunca apareció. Me iba a hospedar para asistir a una conferencia de periodismo que él estaba organizando. Por eso vine a Hawkins, en realidad —retuerces el dobladillo de la camisa entre tus manos—. Supongo que hasta ahora estoy cobrando conciencia.

—Lo entiendo —cambia de posición—. Al principio, cuando pasó lo de Chrissy, no podía pensar con claridad. Tenía tanto miedo. Pero más tarde me pegó fuerte el hecho de que hubiera muerto.

—Es estúpido que me sienta así. Quiero decir, en realidad ni siquiera conocía a Fred —confiesas.

—Yo apenas conocía a Chrissy, pero aun así duele.

—Eso es diferente. Tú viste cuando sucedió; por supuesto, eso se quedará contigo —suspiras—. Yo no debería estar tan triste por esto. Siento que estoy asumiendo el dolor de otra persona.

—No creo que sea una competencia —Eddie apoya la cabeza en su brazo mientras se gira hacia un lado—. Todos podemos vivir un duelo.

Reflexionas sobre ello hasta que te duermes.

Continúa en la siguiente página.

272

Te despiertas y oyes a Eddie preparando el desayuno en la cocineta. El olor a comida hace que tu estómago gruña. ¿Cuándo fue la última vez que comiste? Parece que han pasado años. ¿Cómo era la vida antes de Hawkins? No lo recuerdas.

—¿Qué hora es? —preguntas todavía atontado por el sueño al dirigirte a la mesa.

Sólo hay dos asientos, los antiguos ocupantes eran sólo la amiga superpoderosa y su padre adoptivo. Te preguntas cómo sería vivir casi aislado durante un año, como tuvo que hacer Ce, de acuerdo con lo que cuentan sus amigos.

—Es tarde. Nos quedamos dormidos —está concentrado en la sartén—. El desayuno está casi listo.

Eddie apaga la estufa, divide la comida en dos platos y te acerca uno.

—Entonces, ¿sabes cocinar? —preguntas.

—Somos mi tío y yo, así que nos turnamos.

Eddie empieza a devorar la comida. Tú picoteas un poco de tu plato.

—Voy a ver a la señora Benson y a recoger mis cosas. ¿Qué le digo?

—No lo sé —levanta la vista, pero casi parece que mira más allá de ti—. Si pudiera hablar con los padres de Chrissy… les diría que lo siento.

Asientes. El resto del desayuno transcurre en silencio. Pronto estás listo para volver a la civilización.

—Hey —dice Eddie, parado en la puerta—, ten cuidado ahí afuera. Jason sigue a la caza.

Continúa en la siguiente página.

Apoyas la bicicleta de Fred en un costado de la casa y respiras profundo antes de llamar. La señora Benson abre la puerta, con los ojos rojos e hinchados.

—Señora Benson, yo... siento mucho lo que le pasó a Fred.

—Gracias. Bajé tu maleta, ya que ni siquiera alcanzaste a deshacerla. Entra, tu amigo te está esperando.

—¿Mi amigo? —cuando entras en la casa, lo ves sentado en el salón.

Jason te guiña un ojo.

—¿Qué haces aquí? —le preguntas.

—Vine a ayudarte para trasladar tus cosas, ¿recuerdas? —el tono de amabilidad en la voz de Jason es sutil—. No podemos dejar que andes por ahí con tu maleta. ¿Qué clase de amigo haría eso?

—Te lo agradezco, pero tengo todo bajo control.

El rostro de Jason se torna severo:

—No hay ningún problema. Además, tenemos que hablar.

El corazón late con fuerza en tu pecho.

—Creo que deberías ir con él —añade la señora Benson—. Después de lo que ha pasado, no es bueno salir solo. Si mi Fred no hubiera salido solo, tal vez... —se le corta la voz—. Es más seguro, querido.

No puedes dejar que te lleve Jason, pero si montas una escena, la señora Benson podría sospechar. Por otro lado, ya viste lo que Jason es capaz de hacer, y ya no estás de su lado.

Si eliges mentirle a Jason, continúa en la siguiente página.

Si eliges huir, continúa en el número 277.

—En realidad, ya quedé de ver aquí a un amigo para que me lleve... —una vez que Jason se vaya, piensas, podrás disculparte con la señora Benson y escapar.

—Oh, es verdad, ahora te estás quedando con Nancy Wheeler —la señora Benson sonríe—. Siempre fue una buena amiga de mi Fred. Sería bueno verla.

Sientes que se te retuerce el estómago. Jason no sabía de la participación de Nancy, y ahora la señora Benson acaba de exponerla a la ira de Jason.

—Nancy Wheeler, ¿eh? —los ojos de Jason son fríos y calculadores—. ¿No tiene un hermano llamado Mike en el Club Fuego Infernal? ¿Cómo le va?

—No lo sé, no lo conozco. Creo que pasará las vacaciones fuera de Hawkins.

—Lástima. Me habría encantado hablar con él —la mandíbula de Jason se tensa—. Bueno, estaría bien ver a Nancy, quizá puedo esperarla aquí contigo.

—Seguro que tiene otras cosas que hacer, y no queremos incomodar a la señora Benson...

—Oh no, está bien. Prefiero saber que están en un lugar seguro mientras esperan —la señora Benson sonríe, ajena al hecho de que acaba de arruinar tu oportunidad de deshacerte de Jason.

—Gracias —intentas mantener la calma—. ¿Estaría bien si uso su teléfono para llamar a los Wheeler y ver si Nancy ya viene para acá?

La señora Benson te lleva a un teléfono. Sacas el trozo de papel con el número de Nancy y marcas, con el corazón desbocado. Responde una mujer.

Continúa en la siguiente página.

—Hola, ¿puedo hablar con Nancy, por favor?

La señora Wheeler te informa que Nancy y Robin salieron temprano, y Steve se marchó un poco más tarde con Max, Lucas y Dustin. Estás solo.

—Cuando regresen, ¿podría decirles que me llamen a casa de la señora Benson? Dígale que Jason Carver y yo la estamos esperando. Gracias —cuelgas el teléfono.

No sólo Nancy estaba expuesta, sino que tu última oportunidad de salir de ahí sin Jason también se ha esfumado. Tienes que hacer algo rápido, o Jason insistirá en llevarte cuando Nancy no aparezca. Entras en la sala, donde él sigue sentado.

—Parece que Nancy ya viene en camino —sonríes, manteniendo la mentira.

Te sientas frente a Jason.

—Maravilloso —dice la señora Benson—. Si no les importa, niños, voy a disculparme. Siéntanse libres de encender el televisor y sírvanse cualquier cosa de la cocina —la señora Benson está visiblemente agotada; sube las escaleras.

Jason no tarda en empezar a interrogarte:

—Sé que ayudaste a Sinclair a escapar. Lo que no entiendo es por qué. Tú fuiste quien lo delató. ¿O fue una distracción para que pudieras llegar a Eddie primero? —aprieta los puños y se levanta.

Continúa en la siguiente página.

—Aún no le he contado nada a la policía de lo tuyo con Eddie, pero no creas que no lo haré —su sonrisa es siniestra.

Se acerca más. No hará nada ahora que la señora Benson está arriba, ¿cierto?

—Ya lo habrías hecho, Jason. Pero quieres tener a Eddie antes que ellos. Creo que deberías irte o yo le diré a la policía lo que le hiciste a Lucas.

—Sólo empeorarías las cosas para ti. Además, no les importará Lucas cuando les diga que te vi con Eddie.

—¿Tienes alguna prueba de que conozco a Eddie? Ni siquiera soy de este pueblo, ¿recuerdas? Y llegué aquí cuando Eddie ya había huido.

Eso le borra la sonrisa de la cara.

—Es tu palabra contra la mía —concluyo.

—Te equivocas —saca un cuchillo y lo pone en tu garganta—. Vas a decirme dónde está Eddie, y luego vas a contárselo todo a la policía —te agarra por la camisa y te levanta, sin que el cuchillo se aparte de tu cuello. Luego gira la cabeza y dice lo suficientemente alto para que la señora Benson lo escuche—: ¿Nancy no puede venir? Entonces, ¿por qué no nos vamos ya? —camina detrás de ti, manteniendo en todo momento la amenaza del cuchillo—. No olvides tu maleta.

Pronto tú y tu maleta están encerrados en el coche de Jason. Nadie vendrá a salvarte.

Fin

—Oh, lo olvidé. Dejé la bicicleta de Fred afuera. Debería regresarla a su lugar —antes de que nadie pueda reaccionar, sales de un salto por la puerta principal, subes a la bici y te largas, después de gritar una disculpa para la señora Benson por encima del hombro.

Demasiado esfuerzo para tomar tus cosas. No miras atrás, sabiendo que Jason te perseguirá. En lugar de eso, pedaleas más fuerte. Te diriges a toda prisa a la cabaña para esconderte.

Ya con Eddie, hablan con Dustin por la radio.

—Sí, estamos bien ahora —le dices—, pero Jason nos está buscando.

—Bueno, está bien que hayamos encontrado un nuevo escondite —responde Dustin—. Estamos saliendo ahora mismo del parque de remolques. Max tiene una carta más para entregar, luego podremos reunirnos con ustedes. Todavía no tenemos noticias de Nancy y Robin.

Cuando Dustin se despide, suspiras.

—¿Así que se supone que tan sólo debemos esperar y escondernos? —preguntas, frustrado.

—Pues, eso es lo único que yo he estado haciendo —Eddie toma asiento a tu lado—. No está tan mal.

—Si hubiera dejado que Steve se encargara de Jason, yo podría estar allá afuera con los demás. Podría estar haciendo algo.

—Si nos necesitan, vendrán por nosotros. Por ahora, estamos en un lugar donde nadie puede encontrarnos y eso está bien. ¿Te imaginas lo que habría pasado si nos hubiera atrapado Jason?

Sabes que tiene razón, y al menos tienes compañía mientras esperas. Eddie se ofrece a enseñarte a jugar Calabozos y

Dragones para pasar el rato. Al cabo de un tiempo, llaman a la puerta. Deben ser Dustin y los demás. Cuando abres, un deportista te derriba. ¡Te siguieron!

—¡Se acabó el juego, Munson! —grita Jason.

Fin

Estás despierto hasta tarde, incapaz de dormir. Cuando fuiste a la casa de la señora Benson, ella te agradeció que hubieras decidido quedarte en otro sitio, le diste el pésame y recogiste tus cosas. Ahora estás en el sótano de los Wheeler, dando vueltas, insomne. Te preguntas si Eddie estará despierto. Te levantas en silencio y llevas la radio al baño. Cierras la puerta tras de ti.

—Hey, Eddie, soy yo. ¿Estás despierto?

—Sí, no puedo dormir —su voz suena ronca.

Los dos agradecen la compañía.

—Mañana Nancy y Robin irán a ver a Victor Creel —le comunicas—. Creen que podrían encontrar algo.

—Cualquier cosa puede ayudarme en este momento —suena derrotado—. Pero Vecna también mató a su familia. ¿Cómo se supone que vamos a detenerlo cuando otros no pudieron?

Intentas tranquilizarlo.

—No lo sé, pero todos aquí dijeron que han luchado contra cosas como ésta antes y ganaron, así que tal vez exista una oportunidad.

—Sí, tal vez.

Pasan la noche hablando de cualquier cosa. Al final, te quedas dormido en el piso del baño con la radio junto a tu cabeza.

Continúa en la siguiente página.

Max te sacude:

—¡Eh, despierta! Nancy y Robin están a punto de irse.

Te incorporas, aturdido, y te limpias el sueño de los ojos.

—A Pennhurst, ¿cierto? —bostezas—. De acuerdo, de acuerdo, ya me estoy levantando.

Saludas a los demás en el sótano, y luego Nancy y Robin bajan las escaleras.

—Quédense aquí hasta que Robin y yo regresemos —dice Nancy al resto antes de marcharse.

Max pasa la mañana escribiendo cartas, mientras Dustin, Lucas y Steve la observan con preocupación. Pasan las horas y, de pronto, Max se levanta y reparte algunas cartas. Antes de que te des cuenta, ya están todos en el coche de Steve. Max tiene otras cartas que entregar y se las arregló para convencer a Steve para que la llevara. Están en el cementerio esperando a que Max entregue su última carta en la tumba de su hermano, que se encuentra en lo alto de una colina. Tú estás en el auto con los demás. Steve parece intranquilo.

—Está tardando demasiado —dice impaciente.

—Dale tiempo, Steve —responde Lucas.

Steve sale del coche y se dirige colina arriba antes de que nadie pueda detenerlo. Empieza a sacudir a Max.

—¿Qué está pasando? —abres la puerta del coche.

—¡Algo está mal! —grita Lucas.

Tú, Lucas y Dustin corren colina arriba. Steve sigue sacudiendo a Max, gritando su nombre. Max se mantiene quieta, con los ojos en blanco. ¡Es Vecna! Dustin baja corriendo al auto para ponerse en contacto con Nancy y Robin. Vuelve con un Walkman y algunas cintas musicales.

Continúa en la siguiente página.

Es la mañana siguiente, de vuelta en el sótano de los Whe-eler. Max escucha música en su Walkman. Según Robin y Nancy, la música mantiene alejado a Vecna. Así fue como Victor Creel sobrevivió al ataque a su familia perpetrado por Vecna hace tantos años.

Nancy baja las escaleras, seguida de Dustin y Max.

—Tenemos que ir a casa de los Creel —anuncia.

Los demás están listos para partir.

—¿Y Eddie? —preguntas—. ¿No deberíamos ir a ver cómo está después de la última visión de Max?

—No creo que Vecna tenga como objetivo a Eddie —responde Dustin—. Creo que simplemente estuvo en el lugar equivocado en el momento equivocado, con Chrissy. Vecna no va tras él.

—Aun así, ¿no deberían contarle lo que está pasando? —inquieres.

Están de acuerdo en que alguien debería estar con Eddie. Además, son más que suficientes para registrar la casa.

Continúa en la siguiente página.

Eddie y tú están sentados junto a la radio, esperando noticias de los otros. Está oscuro. Ya pusiste a Eddie al corriente de todo lo ocurrido desde que tuvo que abandonar su refugio en Coal Mill.

—¿Qué hora es? —le preguntas durante una pausa en la conversación.

Te muestra su reloj, son alrededor de las nueve y media de la noche. La radio cobra vida.

—¿Están ahí? ¿Va todo bien? —es Max.

—Sí, estamos bien. ¿Por qué? —respondes.

—Encontramos a Vecna —les dice—. Algo pasó aquí. Los pondremos al tanto mañana.

Al día siguiente, cuando los demás llegan a la cabaña, les explican lo que vieron en la casa de los Creel. Vecna estaba allí, pero no del todo. Se encontraba en el otro lado, en la dimensión del Mundo del Revés. Luego, en el ático, hizo algo que reventó las lámparas. En realidad, no lo entiendes y lamentas no haber estado allí para verlo.

—¿Y qué creen que fue eso? —preguntas.

—Cuando el Demogorgon aparecía, las luces parpadeaban. Lo que Vecna estaba haciendo era mucho más poderoso —respondió Nancy—. Will usaba las luces para hablar con su madre cuando estaba perdido en el Mundo del Revés.

—Entonces, ¿Vecna estaba intentando comunicarse con ustedes? —inquieren.

—No lo creo. Pero sin duda tramaba algo —concluye Nancy.

Se oyen sirenas de policía a lo lejos. Todos, salvo Eddie, corren hacia el coche para seguirlas.

—Fue Patrick —dice Lucas cuando regresa de Benny's, después de pasar la presencia policial que rodea el lugar—. Vecna lo atacó de la misma manera en que lo hizo con Chrissy y Fred en algún momento de la noche.

Continúa en la siguiente página.

—Las luces —Dustin se dirige a Nancy—. ¿Crees que lo que vimos fue el ataque de Vecna?

—Entonces, ¿Patrick fue asesinado anoche? —te enderezas—. ¡Esto es genial!

—¿Qué? ¿Cómo va a ser genial que maten a Patrick? —Lucas parece enfadado; Patrick era su compañero de equipo.

Deberías ser más empático.

—¡No, no es lo que quise decir! —aclaras—. Me refiero a que ahora Eddie está a salvo. Estuve con él toda la noche, tiene una coartada. Tal vez podamos convencer a la policía de que es inocente y podría salir de su escondite.

—¿Crees que Powell aceptará eso? Eddie es su único sospechoso ahora mismo —Robin parece poco convencida—. Si le dices eso, sabrá que sabemos dónde se esconde Eddie. No podemos correr ese riesgo.

—En este momento, los únicos que saben que Eddie es sospechoso son la policía, Jason y nosotros —dices.

Un alboroto llama su atención. Los equipos de noticias se están instalando alrededor del jefe de policía mientras se prepara para hacer un anuncio.

—Anoche tuvo lugar otro asesinato de un estudiante de la Secundaria Hawkins aquí en Benny's. El fallecido ha sido identificado como Patrick McKinney. La forma de la muerte… —continúa el jefe Powell.

—Tres asesinatos. Tendrá que dar más información a la prensa —añades, preocupado.

—Si dice a los periodistas que fue Eddie, comenzará una cacería contra él —afirma Max.

Es ahora o nunca. Puedes liberar a Eddie de culpas, pero eso podría meterte en problemas. Por otra parte, si no dices nada, Eddie estará en más peligro que antes.

Si eliges interrumpir la conferencia de prensa,
continúa en la siguiente página.

Si eliges quedarte callado, continúa en el número 286.

Corres hacia la conferencia de prensa, gritando a todo pulmón:

—¡Necesito hablar con el jefe Powell! ¡Tengo información importante sobre los asesinatos! Muévanse —los camarógrafos y los periodistas, atónitos por tu arrebato, te abren paso. Powell está tan sorprendido como los demás—. ¡Señor, por favor, necesito hablar con usted ahora mismo! —Powell mira a los periodistas y luego a ti—. ¡Por favor!

—Lamento la interrupción, pero hoy celebraremos una sesión en el ayuntamiento al que se está invitando a todos a asistir. Responderé a sus preguntas entonces —te lleva a un lado—. Ven conmigo.

—Él es inocente —dices en cuanto Powell y tú se quedan solos—. Eddie Munson no puede ser el asesino.

—El primer asesinato tuvo lugar en su propia casa, y no se le ha visto desde entonces —Powell parece poco convencido—. ¿Por qué estás tan seguro?

—Yo... —dudas, recordando la advertencia de Robin. Demasiado tarde—. Lo sé porque estuve con él toda la noche cuando Patrick fue asesinado.

—¿Estabas con Eddie Munson? Entonces, ¿por qué no ha venido él a la policía a explicar lo que pasó? ¿Por qué se ha estado escondiendo?

—Porque tenía miedo de que no le creyeran.

—Bueno, si me dices dónde está, podré hablar con él —Powell no es tonto—. Si no tiene nada que ocultar, debería entregarse.

Continúa en la siguiente página.

—¿Alguien presenció la muerte de Patrick? —preguntas. Powell se sorprende por el cambio de tema—. Alguien lo vio, ¿no es así? Había tanta gente en Benny's ayudando a Jason a buscar a Eddie, que alguien debe de haber visto algo. ¿Y si le asegurara que lo que le contó ese testigo es exactamente lo que Eddie dijo sobre lo que le pasó a Chrissy?

—No sé qué quieres decir…

—Eddie dijo que Chrissy se quedó congelada. Él intentó despertarla, pero ella no reaccionó. Luego, se elevó en el aire y fue entonces cuando sus huesos comenzaron a romperse. Apuesto a que eso es exactamente lo que su testigo le dijo acerca de Patrick, y tal vez también sea lo que le pasó a Fred Benson.

La mirada atónita de Powell te confirma que diste en el blanco.

—Tienes que decirme dónde está Eddie —responde Powell tras una larga pausa.

No está escuchando; tal vez Robin tenía razón después de todo.

—No puedo hacerlo —dices—. No si todavía lo considera como sospechoso.

—Entonces, quedas arrestado por ayudar a un criminal y esconder a un fugitivo —Powell saca un par de esposas.

Robin tenía razón.

Continúa en la siguiente página.

Han pasado semanas desde el terremoto y estás esperando tu sentencia. Fuiste juzgado por esconder a un fugitivo. Todavía siguen buscando a Eddie, pero nadie lo ha visto. En sus visitas, tus amigos te han contado lo que ocurrió en realidad. Eddie murió intentando salvar la ciudad de Vecna. Max está ahora en coma, víctima de ese monstruo. El terremoto fue en realidad la apertura de un megaportal, y desde entonces Vecna desapareció. Aunque ustedes saben que volverá.

—Por la presente se le condena a un año en la prisión estatal —el juez golpea su martillo.

Te sacan de inmediato de la sala. Tu madre, que gastó todos sus ahorros para estar contigo y pagarte un abogado, llora detrás de ti.

Fin

Eddie es ahora el enemigo público número uno tras la conferencia de prensa de Powell. Te sientas con los demás en la cabaña, tratando de averiguar el siguiente movimiento.

—Hopper escondió a Ce aquí durante un año —Nancy intenta tranquilizar a Eddie—. Nadie va a encontrarte.

—Mientras tanto, no estamos cerca de saber nada sobre Vecna ni sus planes. Ni siquiera sabemos por qué está matando adolescentes al azar —te sientes frustrado por la falta de progreso—. ¿Qué tenemos? Sabemos que Vecna tal vez mató a los Creel y luego decidió detenerse por alguna razón. Sabemos que Vecna se encuentra en el Mundo del Revés. Y sabemos que puede matar usando sus poderes mentales. ¿Está planeando matar uno por uno hasta deshacerse de todo el pueblo?

—Tienes razón —Robin suspira—. Incluso con los rusos, nosotros descubrimos que tenían una Llave aquí en Hawkins. No sabemos nada de Vecna, en realidad.

—De acuerdo, entonces empecemos desde el principio —dice Nancy—. Comencemos con el asesinato de Chrissy.

—Ya les conté lo que vi —Eddie parece derrotado—. No sé cómo mi tío soporta vivir en ese remolque.

—No es así… —dice Max de repente—. Él no se está quedando allí. Cuando fuimos a dejar mis cartas, el remolque seguía vacío.

—Eso es imposible. ¿Adónde podría ir? —pregunta Eddie—. Ese remolque y su camioneta son lo único que tiene.

—Si no se está quedando en el remolque, debe haber una razón —Nancy frunce el ceño.

—Entonces, ¿qué hay en ese remolque? —preguntas tú.

Por fin, tienen una pista.

Continúa en la siguiente página.

La puerta del remolque cruje al abrirse, sale aire viciado, mohoso. Todos son capaces de verlo al mismo tiempo. El ambiente es opresivo. Ahora comprenden por qué el tío de Eddie no soportó quedarse.

—Ahí es exactamente donde murió Chrissy —dice Eddie, observando la gran membrana roja en el techo de la estrecha estancia.

Dustin saca su brújula, la mueve de arriba abajo, frenético, y por fin se la enseña a todos:

—Se está volviendo completamente loca. Sólo hay una explicación para eso. Esto tiene que ser un...

—Un portal —termina Nancy por él—. Y si se abre un portal cada vez que Vecna mata a alguien, eso significa que ya hay tres portales: uno aquí, otro donde murió Fred y uno más en Benny's.

—En las dos visiones que tuve de Vecna, el reloj de pie dio cuatro campanadas —Max toma la mano de Lucas—. Sonó cuatro veces exactamente.

—Cuatro campanadas, cuatro portales —susurra Lucas.

—Si está planeando venir aquí, ¿no necesita sólo un portal? —preguntas.

—A menos que no venga solo. El Demogorgon, los demodogos, el Azotamentes, quién sabe qué más podría haber del otro lado —la voz de Dustin suena ronca. El remolque se ha convertido en un capullo de miedo—. El fin del mundo.

—El fuego funcionó contra el Demogorgon y los demodogos, ¿cierto? ¿Podemos tan sólo quemarlo? —pregunta Steve.

—Cuando Jonathan y yo fuimos al laboratorio, Owens nos enseñó cómo el fuego mantenía el portal a raya, pero no lo cerraba. La única que podía cerrarlos era Ce —Nancy te aparta del portal—. Hopper y la señora Byers pudieron sellar el último porque destruyeron la máquina de los rusos, pero Hopper murió. Deberíamos sacar a Max de aquí.

Miras el portal. Si quemarlo podría detener a Vecna, ¿no valdría la pena hacerlo?

Si eliges quemar el portal, continúa en la siguiente página.

Si eliges seguir tu camino con los demás,
continúa en el número 291.

Vas a la cocina y buscas alrededor.

—Si lo único que podemos hacer es mantener esta cosa bajo control, tal vez eso es lo que deberíamos hacer hasta que encontremos un plan mejor. Quemar este portal, el que se abrió tras la muerte de Fred y el de Benny's. Tal vez eso detenga a Vecna —encuentras los fósforos—. Necesito algo para encender el fuego. No creo que un pequeño fósforo le haga mucho daño a esa cosa.

—De acuerdo —Nancy da un paso adelante—. Bien, vamos a intentarlo —va a la recámara y regresa con algunas sábanas, que empieza a desgarrar—. Necesitaremos algo para alcanzarlo.

—¿Como un palo o algo así? Déjenmelo a mí —Steve sale corriendo del remolque y vuelve con un bat de beisbol con clavos—. ¿Servirá esto?

—¿Lo conservaste? —la cara de Nancy es una mezcla de emociones.

—Me fue útil contra el demodogo de Dustin…

—Hey, mantén a D'Artagnan fuera de esto —protesta Dustin—. Al final, nos dejó ir.

—Bien, bien —Steve pone los ojos en blanco—. Hagamos esto. Encenderé el bat y lo acercaré al portal.

—De ninguna manera —le quitas el bat—. Es mi idea, así que debo ser yo quien lo haga.

Los demás se apartan mientras envuelves el bat con las sábanas rasgadas y lo enciendes. Parado sobre una silla, acercas la llama al portal. Chisporrotea y desprende un olor pútrido.

—¡Creo que está funcionando!

Una enredadera sale del portal y te derriba. Sientes que se enrosca en tu pierna y te levanta. Eddie intenta sujetarte y tirar de ti hacia abajo, pero es inútil.

Eres arrastrado hacia el portal. La liana se enreda en tu cuello y aprieta.

Fin

—Entonces, simplemente dejaste morir a Chrissy y luego te escondiste como un cobarde —miras a Eddie a los ojos.

—Me asusté. ¿Qué se suponía que...?

—¡Podrías haber intentado ayudarla! —gritas—. No lo hiciste entonces, pero quizá puedas ayudar a encontrar a su asesino, en lugar de permitir que tus amigos hagan el trabajo sucio por ti —lo convences.

La primera parada es de regreso al remolque, la escena del crimen.

—Eso no estaba ahí cuando Chrissy murió —Eddie mira la grieta en el techo de su remolque—. Pero ahí es exactamente donde murió.

Te quedas mirando el lugar con incredulidad. No tienes idea de lo que estás viendo. Te acercas y llevas una silla para alcanzarlo. Es viscoso al tacto, y frío, pero de alguna manera, se siente vivo. Eddie saca su radio:

—Deberíamos avisar a los otros.

Sólo escuchas a medias. Pasas la mano y un chorro de líquido te salpica la cara. Eddie y tú gritan. ¡Está en tus ojos, en tu boca!

—¡Dustin! ¡Dustin, responde ahora! —Eddie habla por la radio frenéticamente.

Te limpias la baba de la cara y te acercas más al agujero. Aguantas la respiración y metes la cabeza. De pronto, estás boca abajo mirando la sala del remolque, pero está cubierto de enredaderas.

—¡Dustin! ¡Dustin! —Eddie grita al fondo.

Sacas la cabeza para contar a Eddie lo que ves. De pronto, una liana se enreda en tu brazo y te lleva hacia ella. Sientes que Eddie agarra tus piernas, pero es inútil.

Continúa en la siguiente página.

290

La liana te suelta y caes de espaldas, mirando el agujero desde el otro lado. Un chirrido agudo te ensordece y el remolque empieza a balancearse como si algo lo empujara. Miras por la ventanilla y ves criaturas como murciélagos gigantes atacando el remolque e intentando entrar por la fuerza.

—¡Eddie, ayúdame! —gritas, saltando para alcanzar el agujero.

Los murciélagos se abren paso y te azotan con sus colas. Una liana te tira al suelo y los monstruos voladores se abalanzan sobre ti y te clavan sus afilados dientes. Gritas de dolor.

—¡Aguanta! Los otros vienen en camino —es Eddie, que acude a ayudarte.

Toma una silla y la lanza contra los murciélagos. Empiezas a sentirte mareado. Pronto perderás el conocimiento. Intentas decirle que corra, pero lo único que sale es un graznido y sangre. Lo último que ves es cómo los murciélagos acorralan a Eddie.

Fin

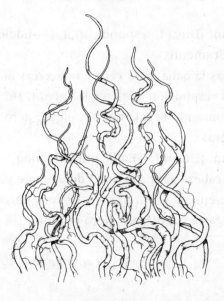

Después de comprobar tanto el camino donde murió Fred como la hamburguesería de Benny's —que ya está libre de atletas—, se confirma la teoría. Vecna ha abierto ya tres de sus cuatro portales. Te frotas la frente, intentando procesarlo todo.

—Mientras Max siga escuchando música, ¿no significa eso que Vecna no podrá completar su plan? —preguntas.

—A menos que se dé por vencido y mate a otra persona —Robin sacude la cabeza.

—¿Y qué pasa si dejo de escuchar música? —pregunta Max.

Lucas la agarra de los brazos:

—¡Max, no puedes estar hablando en serio!

—Hablo en serio. Si soy la última pieza que Vecna necesita, al menos tenemos la ventaja de ese conocimiento.

—Quieres utilizarte como señuelo —Nancy frunce los labios, considerando la propuesta de Max.

—Lo atraemos para que ataque a Max, ¿y luego qué? ¿Vemos cómo muere? —inquieres—. ¿Cómo ayudaría eso?

—Si hacen que suene la música, podré escapar de nuevo —dice Max. Se muestra decidida.

—Es demasiado arriesgado —protesta Lucas.

Nancy titubea.

Te queda claro que la decisión va a depender de ella.

Dustin apoya a Max:

—Sabemos que Vecna está en el Mundo del Revés, en la casa de los Creel; atacó a Patrick desde allí. Si podemos llegar a la casa de los Creel a través del Mundo del Revés, tal vez podamos...

—¿Estás loco? ¿Qué le impediría atacarnos cuando estemos allí? —tu frustración comienza a aumentar.

Cada paso que dan, los acerca más a derrotar a Vecna, pero sigue sin ser suficiente. Sientes como si faltara información clave.

—¿Nancy? —Steve corre a su lado—. ¡Nancy!

Los ojos de Nancy se ponen en blanco.

Continúa en la siguiente página.

Están todos de vuelta en el sótano de los Wheeler. Nancy despertó de su visión con la última pieza del rompecabezas. Vecna fue Henry Creel todo el tiempo. Después de que Ce lo desterró al Mundo del Revés, no pudo volver a lastimar a nadie, hasta que Ce abrió el primer portal. Ahora Vecna viene por venganza.

—Supongo que Vecna se cansó de esperar a que lo descubriéramos… intentas inyectar algo de humor a la oscura situación. Los demás se limitan a fulminarte con la mirada.

—Lo siento, mal chiste —te disculpas.

—¿Tú crees? —Robin levanta una ceja. Nancy sigue temblando tras su encuentro con Vecna—. ¿Deberíamos intentar llamar a los demás? ¿A Ce, a Jonathan?

—Su teléfono lleva días sonando ocupado —Max sigue escuchando música—. Joyce siempre está al teléfono por su trabajo.

—No —dice Nancy finalmente—. Lo que sea que esté pasando en Lenora tiene algo que ver con esto. No puede ser sólo Joyce.

—Espera, ¿Lenora? —te quedas desconcertado, hace tanto tiempo que no piensas en casa—. ¿Te refieres a Lenora, California?

—Sí, Ce y los Byers se mudaron allí después de la muerte de Hopper —responde Steve—. El hermano de Nancy, Mike, fue a visitarlos. ¿Por qué? ¿Conoces ese lugar?

Continúa en la siguiente página.

—Yo soy… —dejas escapar una risita de incredulidad—. Soy de allá. No lo puedo creer.

—¿Conoces a Jonathan Byers? —pregunta Nancy, con los ojos muy abiertos—. ¿O tal vez a su amigo que reparte pizzas? Ar…

—¿Argyle? Sí, por lo general él entrega las pizzas en mi casa. Creo que no conozco a Jonathan, lo siento. Pero puedo intentar localizar a Argyle. Quizás él sepa algo.

—Corres al teléfono y marcas el número de Pizza Surfer Boy, luego preguntas por Argyle. No está.

¿Me podrían dar el número de su casa? Por favor, es una emergencia.

La persona al otro lado te da el número. Cuelgas y llamas a la casa de Argyle. Después de un par de tonos, responden. Pero no hay suerte: Argyle no está. Se fue de viaje con unos amigos. Preguntas si uno de los amigos con los que se marchó se llama Jonathan. Le das las gracias a la persona que te respondió y cuelgas.

—Argyle está con Jonathan y, supongo, con los demás. Están en una especie de viaje por carretera.

—No, Jonathan no iría a ninguna parte en las vacaciones de primavera. Se suponía que yo tenía que ir a verlo —Nancy empieza a caminar de un lado a otro—. Lo que sea que esté pasando por allá tiene que estar conectado con esto.

—¿Qué significa eso para nosotros? —preguntas.

—Significa que estamos solos —Nancy se pasa las manos por el cabello—. Si no hacemos nada, Vecna lo destruirá todo. Tenemos que enfrentarlo antes de que sea demasiado tarde.

—¿Como? —pregunta Eddie—. Tiene superpoderes increíbles, y nosotros…

—Nosotros tenemos conocimiento —Dustin se anima—. Cuando Ce usa sus poderes para ver el Mundo del Revés, se pone en una situación vulnerable. Apuesto a que los poderes de Vecna funcionan igual.

Se va formando un plan.

Continúa en la siguiente página.

—Entonces, ¿qué debo esperar en el Mundo del Revés? —preguntas mientras estás bajo el portal en el remolque de Eddie—. No me gusta la idea de entrar con poca o ninguna información.

—La única que ha estado ahí soy yo, y estaba ocupada huyendo del Demogorgon. Somos lo único que tiene Hawkins en este momento —Nancy se lleva al brazo su escopeta recortada.

Steve y Robin llevan mochilas llenas de bombas molotov. Tú, Dustin y Eddie sostienen lanzas y escudos improvisados hechos con tapas de botes de basura de las que sobresalen clavos.

—Sólo recuerda, todo ahí funciona como una mente colmena —continúa Nancy con las instrucciones—. No toques nada, ni siquiera una enredadera. Nos dirigimos a la casa de los Creel; ahí Lucas y Max prepararán la trampa. Cuando Lucas nos diga que Vecna mordió el anzuelo, entonces entramos.

Steve se eleva a través del portal y hace un aterrizaje perfecto en el otro lado. La vista de Steve parado boca abajo casi te da vértigo. Pronto, lo siguen los demás. El mundo da un vuelco cuando caes por el portal y aterrizas sobre un colchón. Eddie te ayuda a levantarte. A tu alrededor, las enredaderas se enroscan en las paredes y en el suelo del remolque invertido de Eddie.

—No puedo creer que esté en otra dimensión —exclamas.

—Fantástico —dice Eddie, mirando a su alrededor.

Steve los guía fuera del remolque y a través del bosque hasta la casa de los Creel.

Continúa en la siguiente página.

—Demobats —jadea Dustin, mientras todos contemplan la casa de los Creel desde la seguridad que provee la línea de árboles. Murciélagos gigantes y chirriantes se posan en cada centímetro del techo.

—¿Por qué no los habías mencionado? —el miedo crece dentro de ti.

—Porque nunca los habíamos visto —responde Dustin—. El Demogorgon, los demodogos, el Azotamentes, ésos ya los conocíamos. Esto es nuevo.

—No podemos entrar ahí —dice Steve—. Nunca podremos pasar a través de ellos.

—¿En serio, vinimos hasta aquí para nada? —dejas escapar un suspiro.

—No —Nancy niega con la cabeza—. No, sólo tenemos que improvisar. Necesitamos una distracción, algo que aleje a esos demobats de aquí. No podemos dar marcha atrás ahora.

—Tal vez deberíamos hacerlo —dice Robin—. Tengo un muy mal presentimiento sobre todo esto. En verdad muy malo. Lucas y Max no empezarán hasta que sepan de nosotros. Podríamos volver al remolque.

Todo el mundo comienza a debatir las dos posturas. Eddie y Robin quieren volver. Dustin y Nancy, seguir adelante. Después de un acalorado debate, Steve se pone del lado de Robin y Eddie. Puedes hacer que esto quede en un punto muerto o darle la mayoría al Equipo-Irse-a-Casa al unirte o abstenerte de votar.

Si eliges ponerte del lado de Nancy y Dustin, continúa en la siguiente página.

Si eliges dar marcha atrás, continúa en el número 297.

—Creo que me voy a arrepentir de esto, pero no podemos volver ahora. Tenemos que encontrar la manera de entrar —dices.

Eddie, Robin y Steve parecen nerviosos, pero luego asienten. Ustedes son la última esperanza de Hawkins. Si no hacen nada, nadie más lo hará.

—Entonces necesitamos una distracción —dice Eddie con resignación—. Creo que tengo una idea, pero tendré que ir a mi remolque.

—Llévate a Dustin contigo —dice Steve. Dustin protesta, pero Steve lo interrumpe—. Miren, ustedes dos los distraen unos minutos y luego salen de aquí. ¿Entendido?

Eddie tira de Dustin hacia él:

—Sí, entendido.

—Avísennos cuando lleguen. Nosotros les avisaremos por radio cuándo empezar —Nancy le lanza uno de los aparatos—. No hagan nada hasta entonces.

Ves cómo Eddie y Dustin emprenden el viaje de regreso. No falta mucho para el enfrentamiento final.

Continúa en el número 257.

—Estoy con Robin —respiras hondo—. Esto nos supera. Ni siquiera sabíamos de estos murciélagos. ¿Quién sabe qué más habrá ahí?

Dustin y Nancy están disgustados, pero la mayoría se impone y se dirigen de regreso al remolque de Eddie.

Nancy llama a Lucas y Max por la radio cuando están fuera del Mundo del Revés:

—Lucas, el plan ha cambiado. Adelante.

No hay respuesta.

—Algo está mal —Dustin le quita la radio a Nancy e intenta obtener una respuesta.

Afuera, se oye el sonido de motores acelerando.

—No habrían comenzado con el plan sin nuestra señal. Tiene que haber pasado algo más —Robin se acerca a la ventana—. ¿Qué dem...?

Corres hacia la ventana. Una fila de coches atraviesa el parque de remolques, lleno de adultos armados con bats, barras de acero e incluso pistolas.

—Caza de frikis —Eddie corre las cortinas.

—Parece que todo el pueblo está ahí afuera. Tenemos que llevarte de regreso a la cabaña —ves el miedo en los ojos de Eddie.

—Chicos, no puedo comunicarme con Lucas y Max —Dustin está frenético—. ¿Crees que la turba los atrapó?

—¡Eddie! —grita una voz desde afuera.

Te asomas por las cortinas y ves a Jason.

—Eddie, sal ahora —grita otra vez—. Tenemos a tu acólito y estás rodeado.

La multitud detrás de él se separa para revelar a Lucas, que se encuentra atado. No puedes ver a Max. Confías en que esté en algún lugar seguro, escuchando su Walkman. Cuando la tierra retumba, sabes que Max ha muerto.

Fin

RANA TAHIR

Esta obra se imprimió y encuadernó
en el mes de octubre de 2023, en los talleres
de Impregráfica Digital, S.A. de C.V.
Av. Coyoacán 100-D, Col. Del Valle Norte,
C.P. 03103, Benito Juárez, Ciudad de México.